Cliff Allister

Die Exodus Sphäre

MULTIVERSUM Zyklus – Band 4

Impressum:

Cliff Allister: Die Exodus Sphäre – Multiversum Zyklus 4
ISBN-13: 978-1981329045
ISBN-10: 1981329048

Harald Hess
Peyia Panorama 9b
8560 Peyia
Republic of Cyprus
cliff.allister@gmx.de

Korrektorat/Lektorat: Birgit Böckli

Coverdesign: Juliane Schneeweiss
www.julianeschneeweis.de

Druck der Printausgabe: Amazon

Vom gleichen Autor:
Erbe des Imperiums – Markan Saga 1 (2014)
Die Rebellen des Imperiums – Markan Saga 2 (2015)
Todfreunde – Ein Gregory A. Duncan Fall 1 (2015)
Der Leviathan – Ek´Thal-Zyklus Band 1 (2015)
Bewahrer der Zeit – Ek´Thal-Zyklus Band 2 (2015)
Kampf um das Imperium – Markan Saga 3 (2016)
Das neue Imperium – Markan Saga 4 (2016)
Der Rekrut – Multiversum Zyklus 1 (2016)
Mission Triangulum – Multiversum Zyklus 2 (2016)
Hüter des Universums – Multiversum Zyklus 3 (2017)
Sezession – Ein Gregory A. Duncan Fall 2 (2017)
Krieg der Clans (2017)

Für unseren Freund Gomaa,
auch wenn er dies nicht
lesen kann, da es nicht auf
Arabisch ist. Danke für die
letzten zehn Jahre!

Über den Autor:

Cliff Allister ist das Pseudonym eines deutschen Schriftstellers, der seit vielen Jahren im Ausland lebt. Seit 2017 wohnt er mit seiner Frau und drei Katzen auf der Insel Zypern, in der Nähe von Paphos.

Schon in jungen Jahren begeisterte er sich für das Science-Fiction-Genre, ausgelöst durch die unvergessene TV-Serie *Raumpatrouille* Mitte der Sechziger. Er begann 2014 mit dem Schreiben von Science-Fiction-Romanen und gehört inzwischen zu den erfolgreichsten deutschen Autoren dieses Genres.

Cliff Allister

Die Exodus Sphäre

MULTIVERSUM Zyklus 4

Was bisher geschah:

Michael Cordwainer Grand, Major der Terranischen Raumstreitkräfte, verhindert den unprovozierten Angriff eines Schiffes der befreundeten Kolltaner auf eine friedliche Welt. Im Zuge der weiteren Ermittlungen stößt er nicht nur auf eine geheimnisvolle Organisation, die *Liga der Unsterblichen*, die sich seit Jahrhunderttausenden hinter den Kulissen für den Frieden in der Milchstraße einsetzt, sondern entdeckt zudem, dass eine fremde Macht mithilfe ihrer paranormal begabten Suggestoren Kriege in der heimischen Galaxis schürt.

Die Ra´hul, wie sich die Angreifer nennen, wollen die gesamte *Lokale Gruppe* von Galaxien unter ihre Kontrolle bringen und letztlich vernichten. Sie kommen aus einem anderen Universum, das vom Untergang bedroht ist. Sie beabsichtigen ihre eigene Galaxiengruppe aus diesem Universum durch ein *Branenportal* hierherzutransferieren und benötigen dafür den freigeräumten Platz.

Grand wird selbst Mitglied der Liga und mithilfe einer Entität, die sich das *Coniunctional* nennt, gelingt es, die Ra´hul zurückzuschlagen. Es stellt sich heraus, dass es sich bei dem *Coniunctional* um das vergeistigte Kollektivbewusstsein der Dorianer handelt, der ehemals mächtigsten Spezies der *Lokalen Gruppe*, welche vor Hunderten Millionen Jahren 'aufgestiegen' ist, um über das gesamte

Multiversum zu wachen. Als Gegenleistung für die Hilfe erklären sich Michael und Jalina dazu bereit, zukünftig als Agenten des *Coniunctional* zu fungieren.

Doch das *Coniunctional* hat einen Gegenspieler im Multiversum, den *Devorator*, der auch hinter den Invasionsplänen der Ra´hul gesteckt hat. Und der *Devorator* ist noch lange nicht besiegt …

Teil 1

1.

Lauschen. Analysieren. Hoffen.
Seit Jahrmilliarden, wenn Zeit überhaupt eine Bedeutung besaß oder gemessen werden konnte, blieb die letzte, die entscheidende, die *große* Frage unbeantwortet. Vielleicht war es auch erst seit gestern gewesen. Hier, inmitten der elfdimensionalen Harmonien der Strings, auf einer Existenzebene, die ein organisches Bewusstsein nicht zu erfassen vermochte, spielte der Fluss der Zeit keine Rolle. Sie war nicht definiert. Sie existierte nicht und war doch allgegenwärtig. Alles *war!*

Das *Coniunctional*, die geistige Essenz der ehemaligen Dorianer, das in die höhere Sphäre der Existenz aufgestiegene Gemeinschaftsbewusstsein eines ganzen Volkes, besaß durchaus ein subjektives Zeitempfinden, auch wenn dieses nicht einem Zeitstrahl entsprach, sondern einer *Zeitmatrix*, in der Vergangenheit und Gegenwart Gestalt annahmen, die Zukunft jedoch nur in einer diffusen Wahrscheinlich-keitswolke existierte. Jedes denkbare Ereignis konnte im Multiversum Realität werden, doch auf welcher Bran, in welchem Universum und zu welchem dort geltenden subjektiven Zeitpunkt, war nicht vorhersehbar. Jedes direkte Eingreifen veränderte die Parameter und führte zwangsläufig zu einer Unschärfe. Manche Abläufe wurden erst durch eine

Beeinflussung tatsächlich manifest, andere verloren ihr Wahrscheinlichkeitspotenzial, wenn das *Coniunctional* einwirkte. Es war zwar *allsehend*, aber nicht *allwissend* und schon gar nicht *allmächtig*.

Doch nun hatte das *Coniunctional* seinen Irrtum erkannt. Das Gemeinschaftsbewusstsein war von einer völlig falschen Annahme ausgegangen. Unermüdlich hatte es nach Störungen in der Symphonie der Strings gesucht. Nach Disharmonien, nach Aberrationen, nach falschen *'Tönen'*, die nicht dort hingehörten. Es war davon ausgegangen, dass nur eine solche Störung im komplexen und doch so perfekten Zusammenspiel der multidimensionalen Gesetzmäßigkeiten die Antwort auf die ultimative Frage in sich bergen konnte. Jeder String stand in Wechselwirkung mit allen anderen Urteilchen der Schöpfung und gemeinsam schwangen sie in vollendeter Harmonie. Ein *'Misston'* musste unweigerlich den sehnlichst gesuchten Hinweis in sich bergen. Doch das *Coniunctional* hatte sich geirrt!

Die Entdeckung war reiner Zufall gewesen. Doch bei genauerer Betrachtung hätten die Zusammenhänge nicht logischer sein können. Es war von Anfang an falsch gewesen, nach dem *Vorhandensein* von etwas zu suchen, nach der Existenz einer Störung in den Harmonien des Multiversums. Es war im Gegenteil die *Abwesenheit* von etwas, die die Lösung in sich trug! Das Gemeinschaftsbewusstsein schwankte zwischen Euphorie, der Lösung der letzten Frage näher gekommen zu sein, und Scham, nicht bereits früher die richtigen Schlussfolgerungen gezogen zu haben. Auch eine Quasi-Gottheit war nicht unfehlbar, wie es sich eingestehen musste.

Nun galt es, sich das Phänomen näher anzusehen. Das Kollektivbewusstsein *dachte* sich über die unvorstellbare, jedoch nicht messbare Entfernung hinweg und manifestierte sich in der Nähe des Ortes im Multiversum, der seine Aufmerksamkeit erregt hatte. Da war es! Ein Fehler im Gewebe der Schöpfung. Kein Misston, keine Disharmonie, sondern ein *Nichts*. Ein absolutes Nichts, wo es kein Nichts hätte geben dürfen. Eine Lücke, ein Ort, der sich im Multiversum befand, von dem jedoch nichts ausging. Ein Ort ohne Strings, ohne jegliche Existenz. Ein Ort, den es nicht geben durfte, nicht geben *konnte*.

Das *Coniunctional* erkannte sofort die Schwierigkeit, die sich nun bot. Dieser Ort lag auf einer Bran, innerhalb eines der unzähligen Universen und war somit nicht für eine direkte Beobachtung, geschweige denn für eine aktive Untersuchung zugänglich. Dem *Coniunctional* war der Zugang zu den niederen Existenzebenen verwehrt. Der Aufstieg hatte seinen Preis. Nie wieder würde es direkt mit dem vierdimensionalen Raum eines Universums, den die dort lebenden Intelligenzwesen den 'Normalraum' nannten, interagieren können. Doch dies stellte kein unüberwindliches Hindernis dar, denn dafür hatte es seine Agenten.

Dann bemerkte es eine andere, fremde und doch so bekannte Präsenz in seiner Nähe. Wenn das *Coniunctional* noch zu so etwas wie kreatürlichen Emotionen fähig war, dann verspürte es Schrecken, wenn nicht sogar Angst. Der Feind musste auf seine Aktivitäten aufmerksam geworden sein. Vielleicht hatte er das *Coniunctional* sogar heimlich überwacht, beobachtet, auch wenn das Gemeinschaftsbewusstsein sich nicht vorstellen konnte, wie dies möglich gewesen sein mochte.

Diese Entdeckung war beunruhigend; sie würde jede weitere Beschäftigung mit dem Phänomen erschweren – und sie würde einen Einsatz seiner Agenten sehr viel gefährlicher machen.

2.

Fünftausend Jahre, dachte er. *Sogar mehr als fünftausend Jahre. Fünftausendeinhundertundsieben, um genau zu sein.* War es das wert gewesen? Er war immer noch der Gleiche. Zumindest äußerlich. Keinen Tag gealtert und doch sehr viel älter geworden.

Er war erst vor etwas mehr als einer Stunde erwacht. Jalina war nach ihm geweckt worden und befand sich noch in der Obhut der RoboMeds. Es war immer unangenehm, aus der Stasis zu erwachen. Die neuralgischen Schmerzen der wieder ihre Funktion aufnehmenden Organe konnte selbst die Hochtechnologie der Dorianer nicht gänzlich verhindern. Auch jetzt verspürte er noch ein lästiges Stechen im Unterleib. Man hatte ihm wie jedes Mal versichert, dies sei normal und vollkommen ungefähr-lich, doch das machte es nicht angenehmer.

Sieben Mal hatten sie die Prozedur bisher über sich ergehen lassen müssen. Sieben Mal in über fünftausend Jahren. *Wir haben die meisten davon verschlafen.* Er war sich nicht sicher, ob er dies bedauerte oder froh darüber war. Einerseits betrübte es ihn, bei jedem Erwachen in eine Welt zurückzukehren, die ihm fremd geworden war. Zudem bedeutete jede erneute Bewusstwerdung, dass es eine Krise zu bewältigen, einen Auftrag zu erfüllen galt. Andererseits konnte Unsterblichkeit auch Langeweile bedeuten.

Sie hatten sich schon früh dazu entschlossen, nicht die ganze Zeit wach zu bleiben. Nachdem die Ra´hul verschwunden waren, die Kriege in der Milchstraße abebbten und die *Liga der Unsterblichen* sich neu formiert hatte, gab es für sie im Grunde nichts mehr zu tun. Brolon, Poggy und Kranchoor führten gemeinsam die Liga, die inzwischen wieder auf fast zwei Dutzend Mitglieder angewachsen war, wie der RoboMed Grand auf Nachfrage mitgeteilt hatte.

Diesmal hatten sie über zweihundert Standardjahre geschlafen, als der Weckruf sie erreicht hatte.

Michael Cordwainer Grand sah sich in der komfortablen Suite um, die er und Jalina bewohnten, wenn sie sich im *Hort* aufhielten. Der Wohnraum war spartanisch, aber behaglich eingerichtet. Eine weiße Couch aus echtem terranischem Leder schwebte auf einem Antigravkissen vor der Wand. Ihr gegenüber befand sich das große Panoramafenster, das einen Ausblick auf die 'Krempe' der wie ein flacher Hut geformten Station im Bulk bot. Mehrere Raumschiffe standen dort geparkt, darunter ein Kugelraumer der BEWAHRER. Der rötlich schimmernde Energieschild, der den Hort gegen die Einflüsse des Bulk abschirmte und ihn vor der Vernichtung schützte, verwehrte den Blick auf die dort tobenden mehrdimensionalen Energien. Vor der Couch standen ein kleiner Glastisch und zwei bequeme Sessel für die seltenen Besucher des Paares. Linker

Hand führten zwei Durchgänge in das kleine Schlafzimmer und in eine moderne Hygienezelle. Die Bots der Station sorgten dafür, dass die Suite stets für ein Erwachen von Mike und Jalina vorbereitet war. Sie konnten nie wissen, wann das *Coniunctional* nach ihnen rufen würde.

Die neue Station im Bulk war nach der ursprünglichen, von Rigoran zerstörten Basis der *Liga der Unsterblichen* benannt worden. Der abtrünnige Unsterbliche, der im Dienst des *Devorators* stand, war seither nicht wieder aufgetaucht. Grand bezweifelte, dass die unbarmherzige Entität ihn am Leben gelassen hatte, nachdem er seinen Zweck erfüllt hatte. Auch vom *Devorator* selbst hatten sie nichts mehr gehört. Es war, als sei das höherdimensionale Wesen, von dem sie so gut wie nichts wussten, spurlos in den Weiten des Multiversums verschwunden. Doch Tiberius hatte bei ihrem letzten Treffen vor über zweihundert Jahren davor gewarnt, den unheimlichen Gegenspieler des *Coniunctionals* zu unterschätzen oder gar abzu-schreiben.

Grand ging zu dem Dispenser, der sich zwischen den beiden Durchgängen an der Seitenwand befand, und bestellte sich eine leichte Mahlzeit. Allmählich ebbte das Stechen im Unterleib ab und ein nagendes Hungergefühl macht sich breit. Er kannte auch diese Folge eines langen Schlafes in Stasis bereits. Der Körper verlangte nach einer natürlichen Nahrungs-aufnahme, nachdem die Vorräte an

Nährstoffen und Mineralien trotz der Wirkung des Stasisfeldes allmählich aufgezehrt worden waren. Der RoboMed hatte Grand zwar während der Aufwachphase verschiedene Infusionen verabreicht, doch sie konnten die natürliche Reaktion seines Körpers nicht vollständig unterdrücken. Ein leiser Gong ertönte, die Klappe öffnete sich und vor ihm erschienen zwei Spiegeleier mit Toast, eine Schale mit Fruchtsalat und eine dampfende Tasse Earl Grey Tee. Er nahm das Tablett und trug es zu dem kleinen Glastisch. Als er sich eben hinsetzen wollte, öffnete sich zischend die Pneumotür an der anderen Seitenwand und Jalina trat ein.

»Ich hoffe, du hast für mich mitbestellt!« Ihre Augen strahlten, sie eilte auf Grand zu, warf sich in seine ausgebreiteten Arme und schmiegte den Kopf an seine Brust.

»Hey!« Mike musste schmunzeln. »Subjektiv betrachtet, haben wir uns erst gestern Abend voneinander verabschiedet.«

»Aber ich weiß, dass in Wahrheit mehr als zweihundert Jahre vergangen sind«, flüsterte Jalina in sein Ohr. »Und zweihundert Jahre sind eine lange Zeit für eine junge Frau, wenn du weißt, was ich meine.«

»Ich habe da so eine Ahnung. Aber sollten wir uns nicht vorher stärken? Ich bin nur ein schwacher Terraner, wie du dich sicher erinnerst.« Er hob ihren Kopf unter dem Kinn an, sah ihr in die Augen und grinste unverschämt.

»Ja, ich erinnere mich dunkel daran, mich in einen rückständigen Barbaren verliebt zu haben. Also gut, lass uns schnell etwas essen, du terranischer Schwächling!«

Tatsächlich vertilgte die Kolltanerin anschließend fast die doppelte Portion dessen, was Grand mit großem Appetit verspeiste, bevor sie ihn ins angrenzende Schlafzimmer zog.

Eine Stunde später lagen sie nebeneinander in dem breiten Antigravbett und Jalina hatte ihren Kopf auf Grands Brust gebettet.

»Ich bin gespannt, warum uns Tiberius diesmal hat aufwecken lassen«, sagte sie.

»Hoffentlich nicht wieder, um eine verrückte Spezies zu retten«, antwortete Grand.

Bei ihrer zweiten Mission hatte Tiberius sie beauftragt, in einem seltsamen Universum eine tiefgläubige Spezies davon abzubringen, kollektiven Selbstmord aus religiösen Gründen zu begehen. Diese Wesen auf Siliziumbasis hatten sich von ihrer Gottheit verlassen gefühlt, als sie feststellen mussten, dass sie nicht die einzige intelligente Lebensform in ihrem Universum waren, was wiederum die einzigartige Beziehung zu ihrer Gottheit infrage stellte. Die Priester hatten seit Jahrtausenden die Doktrin verbreitet und in den Köpfen verankert, sie seien als Volk dazu auserwählt, 'die Himmel' zu besiedeln. Kaum hatten sie jedoch den ersten Schritt ins All gewagt, als sie auch schon auf eine andere intelligente Lebensform gestoßen waren, die ihnen in allen Belangen weit überlegen war und sich bereits in der gesamten Galaxie ausgebreitet hatte. Sie fühlten sich betrogen und beschlossen, gemeinsam in den Tod zu gehen, um ihre sinnlos gewordene Existenz zu beenden und ihren Gott zu beschämen, der offensichtlich zwischenzeitlich ein anderes Volk auserwählt hatte, ohne ihnen dies mitzuteilen. Normalerweise hätte diese Geschichte das *Coniunctional* nicht interessiert, wenn nicht eine temporale Wahrscheinlichkeitsmatrix den Hinweis gegeben hätte, dass genau diese Spezies in ein paar Millionen Jahren eventuell eine wichtige Rolle im Multiversum spielen könnte. Um diese Wahrscheinlichkeit zu bewahren, mussten sie daran gehindert werden, kollektiven Selbstmord zu verüben, was Grand und Jalina mit einiger Mühe – und dank Grands theaterreifer Vorstellung als Götterbote – gelungen war. Geholfen hatte dabei der Umstand, dass in dem betreffenden Universum alles um mehrere Größenordnungen kleiner war als in fast allen anderen Universen des Multiversums. Jalina und Grand hatten die Siliziumspezies um mehr als das Hundertfache überragt, und ihr Schiff, die *Rhelina*, war den verängstigten Wesen wie ein neuer Mond am Himmel ihres Heimatplaneten vorgekommen.

Jalina kicherte bei dem Gedanken an diese Episode vor sich hin.

Nicht alle Einsätze waren so amüsant gewesen. Ihre fünfte Mission für das *Coniunctional* hatte sie fast eintausend Jahre ihrer subjektiven Zeit gekostet. Das Universum, in dem sie tätig geworden waren, hatte einen um den Faktor zweitausend langsameren Zeitablauf aufgewiesen als ihr Heimatuniversum, was Tiberius ihnen verschwiegen hatte. Während ihres sechsmonatigen Einsatzes war im Hort fast ein Jahrtausend verstrichen und niemand hatte mehr mit ihrer Rückkehr gerechnet.

»Ich hoffe, es geht nicht wieder um Zeitmanipulation«, sagte Grand und dachte dabei an ihre sechste und letzte Mission. »Vor dieser Thematik habe ich regelrecht Angst!«

»Ja, zu Recht«, bestätigte Jalina. »Ein falscher Schritt kann dabei alles zerstören, was wir als unsere Realität kennen.«

Eine Manipulation der Zeit im vierdimensionalen Kontinuum war den dort lebenden Intelligenzwesen normalerweise nicht möglich. Das hierfür erforderliche Verständnis der kosmologischen Gesetzmäßigkeiten, des Zusammenspiels aller Kräfte des Multiversums, war erst mit Erreichen einer höheren Existenzebene verfügbar – allerdings war eine solche 'aufgestiegene' Spezies nicht mehr in der Lage, direkt in die Ereignisse im niederdimensionalen Raum einzugreifen. Somit hatte die Natur, die Schöpfung, oder wie immer man es nennen wollte, Zeitmanipulationen offenbar einen Riegel vorgeschoben. Doch in diesem besonderen Fall war eine hochtechnologische Spezies in einem dem hiesigen sehr ähnlichen

Universum tatsächlich auf eine krude Möglichkeit für Zeitreisen gestoßen – wenn auch mehr durch Zufall als durch eigenes Vermögen. Eine gefährliche Entwicklung, die das gesamte Multiversum erschüttern und unabsehbare Folgen nach sich ziehen konnte und der unbedingt Einhalt geboten werden musste.

Das *Coniunctional* hatte die beginnenden Störungen in den Harmonien der Strings rechtzeitig bemerkt und Grand und Jalina darauf angesetzt, bevor die temporalen Grundfesten des Multiversums irreparabel beschädigt werden konnten. Das betreffende Volk war glücklicherweise nicht nur technologisch, sondern auch moralisch weit fortgeschritten gewesen und hatte letztlich erkannt, welche Gefahren diese Art der Forschungen mit sich brachte, nachdem Grand und Jalina sich als Emissäre einer höheren Intelligenzform zu erkennen gegeben und eindrücklich darauf hingewiesen hatten. Die Experimente waren umgehend eingestellt worden.

»Was immer das *Coniunctional* diesmal von uns will – anschließend möchte ich nicht sofort wieder in Stasis gehen, sondern mit dir irgendwo Urlaub machen.« Jalina seufzte und kuschelte sich noch enger an Grand. »Sonne, Wasser, ein schöner Strand! Ich habe es satt, immer nur in dieser Blechbüchse aufzuwachen. Wir sind unsterblich und haben dabei kein wirkliches Leben!«

»Versprochen!« Michael küsste Jalina zärtlich auf

die babyweiche, blassblaue Kopfhaut. »Aber nur, wenn *du* mir versprichst, dass es ein völlig leerer Strand sein wird, an dem du keine Badeklamotten tragen musst.«

Jalina kicherte, wälzte sich auf ihn und wollte gerade zu einer zweiten Runde ansetzen, als der Türmelder summte und sich *Mutter* meldete.

»Ich störe euch nicht gerne, aber Tiberius ist angekommen und möchte euch sprechen.«

»Oh, Mist«, schimpfte Jalina und rollte enttäuscht zur Seite. »Ich bin noch lange nicht mit dir fertig, mein kleiner terranischer Barbar.«

»Ich befürchte, Tiberius wird nicht warten wollen, bis du deinen unersättlichen Appetit auf meinen Luxuskörper gestillt hast.« Grands Bedauern über die Störung war deutlich herauszuhören.

3.

R … I … G … O … R … A … N
Die Buchstaben wirbelten durch seine Gedanken, ohne einen Sinn zu ergeben. Er fühlte nichts. Besaß er überhaupt einen Körper? Er ballte die rechte Hand zur Faust und spürte, wie sich lange Krallen schmerzhaft in die Handfläche gruben. Es war dunkel. Völlige Schwärze. Vielleicht war er blind. Er konnte auch nichts hören. Kein einziger Laut war zu vernehmen, doch wenn er sich konzentrierte, hörte er das Blut durch seine Adern rauschen. Leicht pulsierend, im Rhythmus seines Herzschlags.

Winzige, bunte, blitzende Lichter erschienen in seinem Blickfeld. Handelte es sich um Halluzinationen, die sein gequälter Geist heraufbeschwor, oder war dort etwas? Er betastete seinen Körper, der ihm seltsam vertraut vorkam, obwohl er nicht zu seinen Erinnerungen passte. Soweit er Erinnerungen besaß.

Rigoran.

Es war ein Name. *Sein* Name! Woher er das plötzlich wusste, war ihm nicht klar, aber es konnte keinerlei Zweifel geben. *Rigoran.* Er hieß Rigoran. So sehr er sein Hirn auch zermarterte, er konnte ihm keine Erinnerungen entlocken, die mit diesem – *seinem* – Namen in Verbindung standen.

Rigoran starrte in die Dunkelheit, wo nach wie vor kleine, bunte Lichter aufzublitzen schienen. Kaum sichtbar und bei Weitem nicht hell genug, um ihm einen Eindruck von seiner Umgebung zu verschaffen.

Unter sich spürte er eine harte, glatte Fläche. Vorsichtig tastete er mit den Händen darüber hinweg, wagte sich dabei immer weiter vor. Er suchte vergeblich nach einer Kante. Vielleicht lag er am Boden eines stockdunklen Raumes, doch irgendetwas sagte ihm, dass sich die Finsternis weiter erstreckte, als dies in einem Raum der Fall gewesen wäre. Viel weiter!

Er lag nicht auf einem Tisch oder einer Liege. Es gab also nichts, dessen Höhe er nicht abschätzen und von dem er herunterfallen konnte.

Rigoran richtete sich vorsichtig auf.

»Ich habe dich neu erschaffen.«

Die Stimme des unsichtbaren Sprechers schien aus allen Richtungen zugleich zu kommen.

»Du bist verwirrt. Es wird einige Zeit dauern, bis du deine Erinnerungen zurückgewonnen haben wirst. Die neurologischen Strukturen in dem Teil deines Gehirns, in dem die Langzeiterinnerungen gespeichert sind, müssen sich erst wieder vollständig konfigurieren. Bleib liegen und warte!«

Die letzten Worte klangen wie ein Befehl und zu seiner eigenen Überraschung gehorchte Rigoran sofort. Er ließ sich auf die harte Fläche zurücksinken und versuchte sich zu entspannen. Aus einem unerfindlichen Grund vertraute er dem Sprecher.

Die kleinen Lichter begannen sich zu einer

zusammenhängenden Gestalt zu formieren. Allmählich schälten sich die Umrisse eines Wesens heraus, das deutlich größer als Rigoran zu sein schien. Die noch halb transparente Form verfestigte sich und nahm zusehends Gestalt an. Die Lichter verblassten in gleichem Maße, wie sie sich zu einem Körper zusammenfügten. Bevor es wieder vollständig dunkel wurde, konnte Rigoran noch erkennen, wie das aus den Lichtern entstandene Wesen zusammenbrach.

»Gedulde dich noch«, meldete sich die unbekannte Stimme erneut, die ihm auf seltsame Weise vertraut vorkam. »Auch Silvars neurologische Konfiguration muss sich erst korrekt justieren. Solange dies nicht geschehen ist, muss der sensorische Input möglichst gering gehalten werden, um die noch sensiblen Strukturen nicht zu überlasten und zu schädigen.«

Rigoran hatte keine Ahnung, wer dieser *Silvar* war, abgesehen davon, dass es sich um das aus den bunten Lichtern erschaffene Wesen zu handeln schien, aber wieder vertraute er der Erklärung der körperlosen Stimme bedingungslos.

Stunden mochten vergehen oder Minuten – Rigoran war jedes Zeitgefühl abhandengekommen. Dann hörte er das Geräusch einer vorsichtigen Bewegung von dort, wo sich das Wesen mit dem Namen *Silvar* befinden musste. Rigoran hatte es nicht genau sehen können, bevor der letzte schwache Lichtschimmer erloschen war, aber er glaubte, eine annähernd humanoide Form erkannt zu haben. Ebenso wie er besaß Silvar anscheinend zwei Beine und zwei Arme sowie einen Rumpf, der am oberen Ende den Kopf trug. Mehr hatte er nicht ausmachen können.

Das Wesen schien nach dem Erwachen vorsichtig seine direkte Umgebung zu ertasten, so wie er es getan hatte. Wieder erklang die unsichtbare Stimme und sagte etwas in einer Sprache, die Rigoran nicht verstand. Das scharrende, tastende Geräusch verstummte.

Rigoran hätte nicht sagen können, wie viel Zeit vergangen war, doch allmählich wurde es heller. Er befand sich in einem leeren Raum unter einer Kuppel, die mehrere Hundert Körperlängen durchmessen mochte und halb so hoch zu sein schien. Unweit von ihm lag eine Gestalt am Boden. Noch immer konnte Rigoran nicht erkennen, wie genau der Körper beschaffen war.

Die Wandung bildete eine perfekte Halbkugel. Das Material, aus dem das Gebilde bestand, war strahlend weiß und es ließ sich nicht feststellen, woher das Licht kam. Es schien gleichförmig aus allen Richtungen zu kommen, da weder Rigoran selbst noch das Wesen namens Silvar einen Schatten warfen.

»Er kann dich nicht sehen«, sagte die Stimme. »Für ihn herrscht nach wie vor völlige Finsternis. Ebenso wie dir habe ich auch Silvar befohlen, einstweilen liegen zu bleiben. Er steht vollständig unter meiner Kontrolle und gehorcht.«

Rigoran war nicht klar, wie es für die bewegungslos am Boden liegende Gestalt dunkel sein konnte, wenn doch die Kuppel inzwischen hell erleuchtet war, und er begann sich zu fragen, welche der Dinge, die er erlebte, überhaupt real waren.

»Deine Erinnerungen sollten allmählich zurückkehren.«

Tatsächlich schien sich ein Nebel in Rigorans Kopf zu lichten. Mehr und mehr Fragmente und Erinnerungsfetzen fügten sich zu einem Ganzen zusammen. Es war, als würden sich unzählige Fenster öffnen, die einen immer besseren Blick auf seine Vergangenheit erlaubten. Was er sah, was er fühlte – was er plötzlich wieder *wusste* – erschreckte ihn. Das anfängliche Gefühl des Vertrauens in den immer noch unsichtbaren Sprecher wich einer heftigen Abscheu.

»Du bist der, den man den *Devorator* nennt«, stellte er mit Entsetzen fest. »Du hast mich getötet, in anderer Gestalt wiedererweckt, meinen Geist manipuliert und mich als deinen Agenten missbraucht.«

»Jetzt habe ich dir deine ursprüngliche Gestalt zurückgegeben! Du bist wieder der, der du zuvor warst.«

Tatsächlich besaß der Gerberaner avianischer Abstammung wieder seinen natürlichen Körper. Rigoran war schlank, fast dürr zu nennen, hatte leichte Röhrenknochen, zwei doppelgelenkige, schlanke Beine und war bedeckt mit einem flauschigen, hellblauen Gefieder. Die beiden kurzen Arme endeten in vierfingrigen Krallenhänden. Der lange, nackte Hals trug einen kurzschnabligen, gelb gefiederten Kopf mit zwei dunklen Knopfaugen an den Seiten. Wie es bei einem Vogelabkömmling zu erwarten war, ging er leicht vornübergebeugt.

»Ich habe in deinem Auftrag Verbrechen begangen«, empörte sich Rigoran. »Du hast mich zu einem Monster gemacht.«

»Ich habe getan, was notwendig war. Ich muss mich gegen einen mächtigen Feind behaupten und du bist ein geeignetes Werkzeug.« Die Kälte, die aus den Worten des Devorators sprach, ließ Rigoran erschaudern. »Doch nun hat sich etwas geändert und ich brauche dich in deiner ursprünglichen Form.«

»Ich werde dir nicht länger dienen«, widersprach Rigoran.

»Doch, das wirst du – so oder so! Ich verfüge über Mittel und Wege, dich dazu zu bringen. Doch es wäre mir lieber, du würdest aus freien Stücken in meinen Dienst treten. Was ich von dir verlange, kann ein Geist, dem keine Fesseln angelegt wurden, eher bewerkstelligen. Doch täusche dich nicht: Ich werde nicht zögern, dein Bewusstsein so zu manipulieren, dass du wieder bedingungslosen Gehorsam leistest.«

»Nichts, was du sagst, kann mich zu deinem Verbündeten machen!«

Der *Devorator* lachte schallend.

»Zu meinem Verbündeten? Du armseliger Wicht! Würdest du in einem winzigen Insekt einen Verbündeten sehen? Du könntest es für deine Zwecke benutzen, dich seiner Fähigkeiten bedienen, aber es wäre niemals ein Verbündeter, sondern lediglich ein klägliches, organisches Werkzeug. Im Vergleich zu mir bist du nichts anderes als ein winziges Insekt.«

»Bevor ich dir freiwillig diene, musst du mich umbringen!«, rief Rigoran aus und sprang auf. Er wusste nun, dass das anfängliche Gefühl der Vertrautheit nur der Nachhall einer geistigen Beeinflussung gewesen war. Eine Nachwirkung seiner mentalen Versklavung.

»Ich werde dich nicht töten. Warum hätte ich mir sonst die Mühe machen sollen, dich aus dem Quantenschaum dieses Universums neu zu erschaffen. Aber dienen wirst du mir! Doch zuvor will ich dir eine Geschichte erzählen.«

4.

Tiberius betrat das Apartment wie ein normaler Mensch. Er hätte jederzeit einfach aus dem Nichts materialisieren können, doch gleich zu Beginn ihrer eigentümlichen Beziehung hatten Grand und Jalina dem Abgesandten des *Coniunctional*, von dem er ein Bestandteil, ein Splitter war, deutlich gemacht, dass sie dies als unfreundlichen Akt der Missachtung ihrer Privatsphäre betrachten würden. Bevor Tiberius sie aufsuchen konnte, musste er sich bei *Mutter* anmelden. Bisher hatte er sich an die Abmachung gehalten.

»Ich freue mich, euch nach so langer Zeit wiederzusehen«, begrüßte er die beiden lächelnd.

Grand fragte sich, ob diese Freude echt oder nur vorgetäuscht war. Er bezweifelte ohnehin, dass das Kollektivbewusstsein so etwas wie menschliche Emotionen verspüren konnte. Es stand auf der Leiter der Evolution so hoch über den organischen Wesen dieses Universums, dass jegliche Vermutungen über seine Gedankengänge oder seine Gefühlswelt, wenn es denn eine solche besaß, nichts als Spekulation waren. Trotz seines vertrauten Äußeren war Tiberius unsagbar fremdartig.

»Ich nehme an, du hast uns aus einem gewichtigen Grund aufwecken lassen?«, fragte Jalina.

»Ah … wie immer direkt auf den Punkt«, sagte Tiberius. »Aber du hast natürlich recht, Jalina, es wartet eine neue Aufgabe auf euch. Vielleicht die wichtigste, die ich euch bisher anvertraut habe.«

»Sagst du das nicht jedes Mal?«, brummte Grand. »Wenn wir deinen Worten Glauben schenken sollen, hing doch bisher bei allen Aufträgen das Schicksal des Multiversums von uns ab.«

»Nun, ich mag manchmal zu dramatische Worte gewählt haben«, gestand Tiberius, »doch dieser Auftrag ist anders als all die vorherigen.«

»Worum geht es diesmal?«

»Diesmal, Michael, weiß ich es selbst nicht genau! Diesmal geht es nicht darum, eine religiös verblendete Spezies vor ihrer eigenen Dummheit zu bewahren oder ein Zeitparadoxon zu verhindern, diesmal sollt ihr etwas erkunden, was für den Fortbestand des gesamten Multiversums, zumindest jedoch für dessen Zukunft, von Bedeutung sein könnte.«

»Geht es nicht noch etwas dramatischer?«, fragte Jalina und runzelte ungehalten die Stirn. »Dieser Gigantismus erscheint mir inzwischen überzogen. Bei jedem deiner Aufträge steht angeblich mindestens ein Universum auf dem Spiel. Eine Nummer kleiner wäre glaubwürdiger.«

Tiberius sah die Kolltanerin ernst an. Grand begann zu ahnen, dass diesmal mehr hinter den Worten des Abgesandten steckte.

»Was ich sage, mag euch hin und wieder überzogen vorkommen, aber ich habe euch nie angelogen«, fuhr Tiberius schließlich fort. »Euer

Verständnis vom Multiversum ist begrenzt, um es vorsichtig auszudrücken, und ihr seht nicht, was ich sehen kann. Die Verflechtungen und Zusammenhänge, die temporalen Konsequenzen, die die kleinsten Eingriffe in die Struktur des Multiversums haben können, die Wahrscheinlichkeitsmatrizen, in denen sich jede mögliche Entwicklung widerspiegelt, und sei sie noch so unvorstellbar. Das Multiversum ist ein Wunder – jedoch ein sehr fragiles Wunder. Alle Räder greifen auf das Feinste ineinander und die geringste Störung der Harmonien kann unfassbare Auswirkungen haben. Ich überblicke das Ganze. Über alle Dimensionen und Zeiten hinweg. Und ich kann Verwerfungen bereits in ihrer Entstehung erkennen. Diese gilt es zu verhindern, wenn die gesamte Schöpfung Bestand haben soll.«

Grand konnte sich nicht erinnern, den Abgesandten des *Coniunctional* je so ernsthaft erlebt zu haben. Ein Blick zu Jalina zeigte ihm, dass auch seine Partnerin von Tiberius Worten beeindruckt war. Trotzdem gab sie nicht nach.

»Wenn dem so ist, wie du sagst, wozu brauchst du uns, um *'etwas zu erkunden'*? Wenn du oder besser gesagt das *Coniunctional* alles sehen und verstehen kann, was könnten wir in Erfahrung bringen, das dir nicht längst bekannt sein müsste?«

Wieder schwieg Tiberius für mehrere Sekunden. Grand war sich nicht sicher, ob er lediglich nachdachte oder mit dem Kollektivbewusstsein in mentalen Kontakt trat, um sich zu vergewissern, wie viel und vor allem *was* er ihnen sagen durfte.

»Das *Coniunctional* ist kein Gott«, sagte Tiberius schließlich. »Wir sind nicht allwissend und können die Schöpfung nicht nach unserem Willen gestalten. Auch wenn unsere Machtmittel eure Vorstellung überschreiten, so sind uns doch Grenzen gesetzt. Eine davon ist euch bekannt: Das *Coniunctional* kann auf der niederdimensionalen Ebene, die euer Zuhause darstellt, nicht agieren. Selbst hier, im *Hort*, der im elfdimensionalen *Bulk* verankert ist, sind meine Möglichkeiten beschränkt. Ich kann mich hier nur für eine begrenzte Zeit aufhalten, um mit euch zu kommunizieren. Doch vieles, was für die Zukunft des Multiversums von Bedeutung sein kann, geschieht auf eurer niederen Existenzebene. Ihr dürft den Einfluss, den die unzähligen Universen mit ihren Myriaden Bewohnern auf das gesamte Konstrukt des Multiversums haben, nicht unterschätzen.« Tiberius wandte sich an Grand. »Ihr Terraner benutzt das Gleichnis vom Schmetterling, der mit seinem Flügelschlag auf der anderen Seite des Planeten einen Wirbelsturm auszulösen vermag. Nimm dies einfach als Analogie zu dem, was eine hochtechnologische Spezies für das Schicksal des Multiversums bedeuten könnte. Selbst die kleinste Störung der Harmonien der Strings kann unabsehbare Folgen haben, die auch wir nicht mehr kontrollieren können. Deshalb ist es unabdingbar, bereits frühzeitig einzugreifen. Da ich dies aufgrund meiner beschränkten Möglichkeiten nicht kann, brauche ich euch, um diese Aufgabe zu erfüllen. Ihr seht, wie wichtig ihr seid.«

»Dies mag zwar alles richtig sein, beantwortet jedoch nicht meine Frage, wieso wir in der Lage sein sollen, etwas zu erkunden, das dir verborgen bleibt«, wandte Jalina ein. Die Kolltanerin konnte hartnäckig sein, wie Grand nur zu gut wusste.

»Nun gut, ich bin ermächtigt, euch in das große Rätsel einzuweihen, das uns seit Äonen beschäftigt. Nun hoffen wir, mit eurer Hilfe der Lösung dieses Rätsels näher zu kommen.«

Grand ahnte, dass sie nun erstmals zu hören bekommen würden, was das *Coniunctional* wirklich umtrieb. Er hatte sich häufig gefragt, was die Aufgabe einer vergeistigten Spezies sein konnte, welche Rolle ihr im Multiversum zukommen mochte. Tiberius hatte ihnen schon oft erklärt, dass es darum ging, die 'Ordnung' zu bewahren, doch Grand fragte sich hin und wieder, was darunter genau zu verstehen war. Musste das, was das *Coniunctional* unter Ordnung verstand, zwangsläufig mit ihrer Definition übereinstimmen? Was sah das Kollektivbewusstsein als das Endziel all seiner Bemühungen an? Oder gab es ein solches Endziel vielleicht überhaupt nicht? War selbst eine solch unvorstellbar mächtige Entität letztlich ebenso ein Getriebener kosmischer Ereignisse wie jede andere 'gewöhnliche' Spezies auch? Fragen über Fragen – und nun sollte sich ein Spalt öffnen, hinter dem sich

Erkenntnis verbarg.

»Es wundert mich, dass ihr euch diese Frage nicht schon längst selbst gestellt habt!«, fuhr Tiberius fort. »Warum gibt es nur das *Coniunctional* als Hüter des Multiversums? Müsste es in der unvorstellbar langen Geschichte der unzähligen Universen nicht noch andere Spezies gegeben haben, die den Aufstieg geschafft haben? Wo sind sie?« Tiberius legte eine Kunstpause ein, die Jalina für einen Einwand nutzte.

»Es gibt noch den *Devorator*!«

»Er ist … anders und ich bin nicht befugt, über ihn zu reden«, wich der Abgesandte des Kollektivbewusstseins Jalinas Einwand aus. »Bei der Vielzahl von Universen sollte man doch annehmen, dass es außer uns noch andere vergeistigte Entitäten gibt. Zugegeben, die allermeisten Universen sind absolut lebensfeindlich. Sie sind so fremdartig, dass es an Worten fehlt, sie auch nur annähernd zu beschreiben. Andere gehorchen zwar ihren eigenen eigentümlichen Naturgesetzen, aber auch dort kann sich kein Leben entwickeln. Manche sind vollkommen leer. Ein sich ausdehnendes Nichts, in dem sich kein einziges Quant befindet. Wieder andere sind auf ewig ausgefüllt mit kochendem Plasma, wie es in eurem Universum in den ersten Augenblicken seiner Existenz vorherrschte. Dann gibt es welche, die zu kurz existieren, als dass sich dort Leben entwickeln könnte, bis es zu einer erneuten Branenkollision kommt, die wiederum einen neuen Urknall hervorruft. Doch es bleiben Millionen, vielleicht Milliarden Universen, die Leben tragen können. Jedes Universum beherbergt in seiner Geschichte eine kaum vorstellbare Zahl intelligenter Spezies. Aber die meisten von ihnen gehen unter, bevor sie in ihrer Entwicklung weit genug fortschreiten können, um in die höhere Sphäre aufzusteigen. Sei es durch eigenes Verschulden, durch eine Katastrophe oder durch einen galaktischen Krieg. Für das Aussterben einer Spezies kann es viele Gründe geben. Doch trotz alledem: Einige, wenn auch nur sehr, sehr wenige, hätten es schaffen müssen, Hunderte Millionen von Jahren zu existieren – und damit lange genug, um den letzten Schritt zur Vergeistigung zu vollziehen. Nach unseren Berechnungen müsste es mindestens ein halbes Dutzend andere Entitäten geben, vielleicht sogar deutlich mehr, die über das Multiversum wachen. Doch wo sind sie?«

Wieder machte Tiberius eine Pause und sah Grand und Jalina an, die gebannt lauschten.

»Wir sind zu der Überzeugung gelangt, dass es sie gibt! Dass es sie zumindest gegeben hat, doch dass sie nun erneut verschwunden sind. Dieser Umstand wiederum zeigt uns, dass es eine weitere Ebene der Existenz geben muss, die noch 'über' dem Multiversum liegt und die mir bisher verborgen geblieben ist. Dorthin sind sie weitergezogen. Seit Äonen suchen wir nach einem Hinweis, wie es uns ebenfalls gelingen kann, diesen Weg zu beschreiten.

Wir lauschen nach Störungen der Harmonien der Strings, nach unerklärlichen Artefakten im Klang der kosmischen Melodie – nach einem Zeichen. Nun glauben wir, diesen Hinweis endlich gefunden zu haben!«

Grand wusste nicht, was er sagen sollte. Die schiere Tragweite dieser Eröffnung raubte ihm den Atem. Er fühlte sich winzig, unscheinbar und ohnmächtig angesichts des gewaltigen, kosmischen Spielfeldes, auf dem sie für das *Coniunctional* agieren sollten. Wie hatten er und Jalina je glauben können, sie wären in der Lage, auch nur den geringsten Einfluss auf die Geschicke des Multiversums zu nehmen – ungeachtet dessen, was Tiberius ihnen stets erzählt hatte. Sie waren völlig unwichtig. Weniger als ein Wassertropfen in einem riesigen Ozean. Wenn Tiberius vorgehabt haben sollte, ihnen die Wichtigkeit ihrer Einsätze zu verdeutlichen, so war er krachend gescheitert. Er hatte lediglich erreicht, dass Grand sich nun bedeutungsloser denn je fühlte. *Eine Ebene geistiger Existenz außerhalb des Multiversums*, dachte er. *Schon das Konzept des Multiversums ist für einen Menschen kaum fassbar, und nun das! Sind diese anderen Entitäten so etwas wie Götter?*

»Ich denke, ich weiß, wie ihr euch jetzt fühlt«, gestand Tiberius ein. »Doch wie ich eingangs bereits sagte: Jede Handlung auch auf eurer Existenzebene kann Konsequenzen für das gesamte Multiversum haben. Alles hängt mit allem zusammen! Das

Coniunctional braucht eure Hilfe, um auch dieses letzte Geheimnis enträtseln zu können. Wir haben eine Störung der Harmonien festgestellt, die anders ist als alles, was wir bisher entdeckt haben. Sie beschreibt das absolute Nichts. Ein Loch im Gewebe nicht nur von Raum und Zeit, sondern in der grundlegenden Struktur des Multiversums. Eine Abberation, die es so eigentlich nicht geben dürfte und die doch existiert. Etwas, das wir uns nicht erklären können. Vielleicht stellt dieses 'Loch', diese Störung, einen Übergang zu dieser uns unbekannten Ebene dar. Wir haben keine andere Erklärung dafür. Doch sie befindet sich in einem Universum, das dem euren ähnlich ist. Warum sie ausgerechnet auf der niederdimensionalen Ebene zu finden ist, können wir uns nicht erklären. Vielleicht ein übler Scherz der Natur, vielleicht auch von jemandem so gewollt, vielleicht einfach nur Zufall. Sie befindet sich jedoch an einem Ort, zu dem ich keinen Zugang habe. Und deshalb brauchen wir eure Hilfe. Ihr müsst in dieses Universum, an diesen Ort reisen und feststellen, worum es sich bei dem Phänomen handelt. Ob es das ist, wonach wir seit ewigen Zeiten vergebens gesucht haben. Ob es ein Tor in eine uns bisher nicht zugängliche Existenzebene ist.«

»Warum ist dies für das Schicksal des Multiversums von Bedeutung?«, wollte Jalina wissen. Auch sie war blass geworden und sichtlich erschüttert. »Es spielt nur für euch und eure weitere

Entwicklung eine Rolle.«

»Wenn es so wäre, wären wir nicht besorgt«, sagte Tiberius und sah die beiden durchdringend an. »Doch leider hat auch der *Devorator* davon erfahren. Wir sind sicher, dass er versuchen wird, seinerseits Agenten einzusetzen, um Zugriff auf diesen mysteriösen Ort zu erlangen. Sollte ihm dies vor euch gelingen, ist nicht auszudenken, welche Macht er dadurch gewinnen könnte und was er mit dieser Macht anzustellen in der Lage wäre. Es könnte sein, dass er dann über die Fähigkeit verfügt, das gesamte Multiversum nach seinem Willen zu gestalten und zu beherrschen. Es könnte für uns alle – für jegliches Leben – das Ende bedeuten!«

5.

»Weigerst du dich noch immer, mir zu Diensten zu sein?«

Rigoran war gleichzeitig überrascht und entsetzt. Was der *Devorator* ihm erzählt hatte, passte nicht zu dem Bild, das er von der vergeistigten Entität gewonnen hatte. Wenn es denn der Wahrheit entsprach. Er traute dem skrupellosen Geisteswesen nicht.

Seine wiedergewonnenen Erinnerungen ließen die Schrecken der vom *Devorator* initiierten Ra´hul-Invasion wieder aufleben. Ohne die technologische Hilfe des *Devorators* wäre es der Spezies aus einem anderen Universum nicht gelungen, ein Branenportal zu öffnen und über die Lokale Gruppe von Galaxien des heimischen Universums herzufallen. Es spielte dabei keine Rolle, dass die Invasoren glaubten, keine andere Wahl zu haben, wenn sie den eigenen Untergang verhindern wollten. Der *Devorator* hatte die unausweichlichen Folgen seines Eingreifens absehen können und sich nicht darum geschert. Die zerstörten Galaxien, die von den Suggestoren der Ra´hul entfachten Bruderkämpfe und die Milliarden von Toten allein in der Milchstraße waren das Resultat seines Handelns gewesen. Er hatte die Ra´hul dazu benutzt, seine eigene Agenda voranzutreiben, ungeachtet der Konsequenzen für die betroffenen Intelligenzwesen. Rigoran konnte zudem nicht vergessen, dass er selbst zum Opfer geworden war. Der *Devorator* hatte ihn getötet, als Substrat aus reiner Energie neu erschaffen und zu seinem willfährigen Agenten, zum *Auxiliat* gemacht, um den teuflischen Plan zu vollenden. Rigoran hatte mit dazu beigetragen, die Heimat der *Liga der Unsterblichen* zu vernichten, deren Mitglied er gewesen war. Dem *Devorator* war es nicht möglich, in den niederen Dimensionen zu agieren. Direkten Einfluss konnte er nur über Hilfskräfte nehmen, die dort zu Hause waren. Der *Auxiliat* hingegen unterlag im normalen Raum-Zeit-Gefüge keinen derartigen Beschränkungen. Er war zwar aus reiner multidimensionaler Energie erschaffen, doch er war *materiell*. Rigoran – oder das, was aus ihm geworden war, hatte den *Hort* betreten können –, um ihn endgültig zu zerstören. Dem *Devorator* war nicht zu trauen, so viel stand fest!

»Ich werde mich dir nicht unterwerfen«, sagte Rigoran schließlich.

»Du begehst einen Fehler, Rigoran«, antwortete die Stimme. Unmittelbar danach materialisierte ein Wesen, das den Gerberaner um mehrere Köpfe überragte. Rigoran erkannte es sofort wieder. Es war die gleiche furchteinflößende Gestalt, die der *Devorator* bei ihrer ersten Begegnung angenommen hatte. Sie war vollkommen schwarz. Ein tiefes, absolutes Schwarz, das jedes Photon zu verschlucken schien. Das Gesicht war eine völlig glatte Fläche ohne jedes sichtbare Sinnesorgan oder eine Mundöffnung. Die Haut, wenn es denn eine war, wirkte vollkommen glatt und Rigoran konnte keine äußeren Geschlechtsteile entdecken. Trotzdem wirkte der Körper unzweifelhaft männlich. Auch wenn die Gestalt humanoid erschien, mit zwei Armen und zwei Beinen, war nichts Natürliches an ihr. Sie erweckte einen vollkommen fremdartigen Eindruck und ihr Anblick ließ Rigoran unwillkürlich erschaudern.

»Du lässt mir keine Wahl, aber ich bin auf deine Mitarbeit angewiesen«, sagte der *Devorator*, und Rigoran meinte, fast so etwas wie Bedauern herauszuhören. »Meine Aufgabe ist zu wichtig und die Zeit drängt. Du wirst mir gehorchen!«

Mit den letzten Worten der pechschwarzen Gestalt fühlte Rigoran eisige Finger durch sein Gehirn kriechen. Er versuchte vergebens, sich gegen den mentalen Einfluss zu stemmen, doch sein schwacher Widerstand wurde von der machtvollen geistigen Präsenz des *Devorators* einfach hinweggeschwemmt. Rigoran konnte noch klar denken, war sich völlig bewusst, dass er erneut zum hörigen Sklaven geworden war, doch er konnte nicht mehr gegen den Befehl des *Devorators* handeln. Alles, was er von nun an tun würde, musste sich dem Ziel seines Herrn unterordnen. Rigoran fühlte sich wie ein Fremder in seinem eigenen Körper. Seine Gedanken waren nur so lange frei, wie sie nicht im Widerspruch zu seinem Auftrag standen, der ihm gleichzeitig auf mentaler Ebene übermittelt worden war. Er wusste, was der *Devorator* von ihm erwartete, und ihm graute davor.

»Erhebe dich«, richtete der Devorator das Wort an die Gestalt, die immer noch bewegungslos am Boden lag.

Vorsichtig tastend, beinahe taumelnd und mit vier Augen in die für ihn plötzlich aufflammende Helligkeit blinzelnd kam das Wesen auf die Beine. Tatsächlich war es annähernd humanoid, wie Rigoran nun erkennen konnte. Aber nur annähernd.

Das offenbar aus Energie entstandene Wesen überragte Rigoran um mehr als einen terranischen Meter. Sein Körper entsprach eher dem eines Insektoiden und der Leib war in der Mitte eingeschnürt. Am unteren, birnenförmigen Ende saßen zwei überaus kräftige Beine, deren Beschaffenheit darauf schließen ließ, dass es in der Lage sein musste, gewaltige Sprünge zu machen oder zumindest lange Strecken in hohem Tempo zurückzulegen. Am rundlichen Teil des Rumpfes, oberhalb der kaum zwei Handspannen umfassenden Taille, befanden sich zwei ebenso kräftige Arme. Sie endeten wie auch die Beine in dreizehigen Greiforganen mit langen, spitzen Krallen. Hände und Füße unterschieden sich nur in der Größe voneinander und beide schienen geeignet, auch filigrane Arbeiten durchzuführen. Effektiv verfügte der vom *Devorator* Silvar genannte Fremde somit über vier Gliedmaßen, die zum Laufen, Arbeiten oder Kämpfen gleichermaßen eingesetzt werden konnten. Der längliche Kopf endete in einem mit zwei Reihen messerscharfer Zähne bewehrten, lippenlosen, weit vorragenden Maul. Rigoran konnte sich vorstellen, dass auch dieses, ebenso wie die krallenbewehrten Hände und Füße, eine furchtbare Waffe im Nahkampf sein konnte. Vier Augen, je zwei davon rechts und links des schmalen Schädels übereinander angeordnet, blickten Rigoran an. Es war nun kein Blinzeln mehr festzustellen und der Blick wirkte kalt und abschätzend. Silvars gesamter Körper schimmerte in einem metallischen Grau und die Haut schien ledrig und grobporig zu sein. Es waren keinerlei Geruchs- oder Hörorgane zu sehen, auch wenn diese vorhanden sein mussten. Rigoran nahm an, dass Silvar – wie es bei einigen Spezies der Fall war - Gerüche über die Mundöffnung wahrnehmen konnte. Schallwellen konnte er vielleicht mithilfe von Sinnesorganen empfangen, die unter der Haut im Schädelknochen saßen. Insgesamt machte Silvar den Eindruck eines gefährlichen Kämpfers, dem Rigoran nicht im Zweikampf gegenübertreten mochte.

»Silvar, komm her!« Der Tonfall des *Devorators* ließ keinen Widerspruch zu. Mit zunehmend sicherer werdenden Schritten kam der Fremde näher und stellte sich neben Rigoran. »Dies ist Rigoran. Er wird von nun an dein Meister sein – solange er an der Erfüllung des Auftrags arbeitet. Sollte er davon abweichen, wirst du ihn töten.«

»Ja, Meister!«

Silvars Stimme klang erstaunlich sanft für ein solch furchterregendes Wesen. Instinktiv hatte Rigoran eine tiefe, kratzige Stimme erwartet, doch sie war melodisch und angenehm. Silvar sprach in einem Idiom, das unter den Völkern der Milchstraße weit verbreitet war. Rigoran fragte sich, woher Silvars Spezies wohl stammen mochte.

»Sein Volk entstammt einem Universum, das dem euren sehr ähnlich ist«, sagte der *Devorator*, als könne er Rigorans Gedanken lesen, was gut der Fall sein mochte, wie sich der Gerberaner eingestehen musste. Niemand wusste, über welche Fähigkeiten das multidimensionale Wesen verfügte. Rigoran konnte nicht ausschließen, dass sich darunter auch telepathische Gaben befanden.

»Er ist der letzte Überlebende seines Volkes«, fuhr der Devorator fort. »Die Bragach waren furchterregende, unerbittliche Kämpfer und herrschten über mehrere Galaxien. Ich habe seine materielle Essenz bewahrt und ihn nun neu erschaffen. Auch seinen Intellekt habe ich neu geformt und mit den für deinen Auftrag notwendigen Informationen gespeist.«

»Wie konnte eine solch mächtige Zivilisation aussterben?«, entfuhr es Rigoran verwundert.

»Ich habe sie vor nicht allzu langer Zeit ausgelöscht«, gab der *Devorator* unumwunden zu. »Sie haben sich meinen Befehlen widersetzt und dafür gibt es nur eine Strafe. Meine Aufgabe ist zu wichtig, als dass ich Ungehorsam vonseiten meiner

Diener dulden würde. Sie sind nicht unersetzlich, auch wenn der Verlust ihrer Dienste zur Unzeit kam. Er zwingt mich nun, auf minderwertigere Wesen wie dich zurückzugreifen.«

Die Kälte und Verachtung, die aus den Worten des *Devorators* sprachen, erschütterten Rigoran. Er zweifelte nicht daran, dass dem Energiewesen jedes Mittel recht sein würde, um sein Ziel zu erreichen. Die Vernichtung ganzer Zivilisationen oder gar Universen eingeschlossen. Für ihn bedeutete dies nicht mehr, als ein Insekt unter den Füßen zu zertreten. Rigoran fragte sich, wie es sein konnte, dass trotz dieser moralischen Verkommenheit ein Aufstieg in höhere Sphären möglich war. Im Multiversum schien Moral, so wie sie in der Milchstraße unter fast allen Völkern verstanden wurde, keine Rolle zu spielen.

»Silvar wird dir dienen, solange du nicht vom vorgegebenen Pfad abweichst«, erklärte der *Devorator* an Rigoran gewandt. »Er ist mir völlig ergeben und wird darauf achten, dass du meinen Auftrag erfüllst. Sollte es dir wider Erwarten doch gelingen, dich aus den geistigen Fesseln zu befreien, die ich dir auferlegt habe, wird er nicht zögern, dich zu töten. Im Gegensatz zu dir verfügt er über keinerlei freien Willen. Silvar ist mein Instrument, mehr nicht.«

Rigoran antwortete nicht, was den *Devorator* dazu bewog, eine weitere Warnung hinzuzufügen.

»Täusche dich nicht, Rigoran. Auch wenn ich dir

ein Mindestmaß an freiem Willen lassen muss, damit du deine Aufgabe mit der notwendigen geistigen Flexibilität erfüllen kannst, so bist du doch vollständig mein! Deine Freiheit bewegt sich in engen Grenzen. Versuchst du, diese zu überschreiten, bedeutet dies deinen sofortigen Tod! Hast du verstanden?«

Widerwillig bejahte der Gerberaner und ekelte sich dabei vor sich selbst. Doch ihm blieb keine andere Wahl. Jeder Gedanke an Widerstand wurde sofort aus seinem Gehirn gelöscht, als habe es ihn nie gegeben. Bereits der gedankliche Versuch, sich zu widersetzen, fühlte sich an wie die Fetzen eines Traumes direkt nach dem Erwachen, die nicht greifbar waren und innerhalb weniger Sekunden in Vergessenheit gerieten.

»Ich habe ein Schiff vorbereitet, das euch zu eurem Ziel bringen wird. Es handelt sich um einen ehemaligen Kampfkreuzer der Dorianer, der die Jahrmillionen unbeschadet im Leerraum zwischen den Galaxien eures Universums überstanden hat. Er wurde aus mir unbekannten Gründen von der Besatzung aufgegeben, ist aber technisch vollkommen intakt. Zudem verfügt er über einen Branendrive und kann somit zwischen den Universen des Multiversums reisen. Sämtliche Datenbanken sind weiterhin intakt, doch seine KI wurde gelöscht. Ich habe die Ego-Matrix des Schiffes deshalb mit einem kleinen Teil meiner geistigen Essenz erfüllt. Die neue KI verfügt zwar nicht über ein eigenständiges, selbstreflektierendes Bewusstsein und ist lediglich ein extrem leistungsfähiger Quantencomputer, aber dies wird genügen, um das Schiff zu steuern. In eurem Zieluniversum wird es kein Raumschiff geben, das es mit euch aufnehmen kann. Der Kampfkreuzer repräsentiert die höchste technologische Entwicklungsstufe des dorianischen Volkes. Es sollte niemand in der Lage sein, sich euch in den Weg zu stellen. Auch das winzige dorianische Schiff deiner ehemaligen Freunde nicht, die ebenfalls zu eurem Ziel unterwegs sein werden. Ich erwarte, dass du sie vernichtest, sobald du auf sie triffst!«

6.

Nach einigen Spielereien mit der Konfiguration der Zentrale der *Rhelina* hatten sich Michael, Jalina und auch die Bord-KI Hakera darauf geeinigt, in Zukunft eine weniger exzentrische Kulisse zu wählen. Die Einrichtung des Raumes bestand nun nur noch aus zwei bequemen Sesseln in der Mitte mit einer Konsole davor, über die notfalls manuell Befehle eingegeben und die Grundfunktionen des Schiffes gesteuert werden konnten. Üblicherweise erteilten die einzigen beiden Besatzungsmitglieder ihre Anordnungen verbal und Hakera führte sie aus. Rings um ihre Sitze und über ihren Köpfen erstreckte sich ein Hologramm, das den das Schiff umgebenden Raum zeigte. Am unteren Rand des Hologramms waren in Sichthöhe die Leistungsdaten des Schiffes sowie navigatorische und taktische Displays dargestellt. Nur der weiße Boden der Zentrale verhinderte, dass Grand das Gefühl hatte, sich tatsächlich im freien Weltraum zu befinden. Das Hologramm endete erst hinter ihrem Rücken, wo ein rechteckiges Schott den Übergang zu den angrenzenden Ruhequartieren bildete.

Die *Rhelina* hatte den Hort verlassen und war aus dem Bulk in den Normalraum zurückgefallen. Sie schwebten antriebslos mitten im Leerraum zwischen der Milchstraße und der Andromeda-Galaxie. Die beiden Feuerräder funkelten rechts und links von Grand in der Schwärze des Alls. Weit entfernt tauchten vereinzelt die winzigen Lichtflecke anderer Galaxien auf.

»Warum wolltest du hier haltmachen?«, fragte Jalina.

»Ist es nicht erstaunlich, dass dieses Licht bereits über eine Million Jahre alt ist?«, sagte Grand und hielt den Blick auf das leuchtende Rad der Milchstraße gerichtet, ohne auf die Frage seiner Lebensgefährtin einzugehen. »Es stammt aus einer Zeit, in der weder die Kolltaner noch die Terraner existierten.«

»Worauf willst du hinaus?«

»In jener Zeit ging es unter den damals raumfahrenden Völkern unserer Heimatgalaxis wahrscheinlich auch nicht immer ganz friedlich zu, aber wenigstens stand bei ihren Auseinandersetzungen nicht die Existenz jeglichen Lebens auf dem Spiel. Was ist seither geschehen, Jalina? Warum scheinen die Konflikte, in die wir verwickelt werden, immer bedrohlichere Ausmaße anzunehmen? Man sollte doch denken, je weiter die Spezies dieses Universums in ihrer Entwicklung voranschreiten, umso vernünftiger werden sie auch. Das Gegenteil scheint jedoch der Fall zu sein.«

»Was willst du damit sagen?«, fragte Jalina erneut.

»Ich hatte immer gehofft, Evolution und Fortschritt würden letztlich dazu führen, dass die unterschiedlichen Spezies lernen, friedlich miteinander zu leben. Die Moralvorstellungen der verschiedenen Völker unterscheiden sich nicht grundlegend voneinander. Mord und Raub werden so gut wie überall als falsch angesehen. So wie wir auf Terra über Jahrtausende schmerzhaft lernen mussten, miteinander in Frieden zu leben, wenn wir als Spezies überleben wollten, dachte ich, dies würde auch in galaktischem, ja, universellem Maßstab gelten. Vielleicht war ich naiv und ein hoffnungsloser Optimist. Aber es scheint, als würden sich die Konflikte nicht nur immer weiter verschärfen, sondern sich nun auch höhere Mächte einmischen, über deren Ziele und moralische Maßstäbe wir nichts wissen. Die uns so fremd sind und in ihrer Entwicklung so weit über uns stehen, dass ich mich frage, ob wir für sie überhaupt von Bedeutung sind. Ich hatte während der letzten fünftausend Jahre viel Zeit, darüber nachzudenken.«

»Du vertraust Tiberius nicht mehr?«, wunderte sich Jalina.

»Auf Terra gab es eine Spezies, die Orang-Utan genannt wurde. Sie war sogar genetisch eng mit uns Menschen verwandt, was uns aber nicht davon abgehalten hat, sie auszurotten. Oh, kein Zweifel, man hat sie gemocht und ihr Verschwinden bedauert. Aber sie standen unseren ökonomischen Plänen im Weg. Vielleicht ist Tiberius – oder das *Coniunctional* – uns tatsächlich wohlgesonnen. Aber was, wenn wir nur ihre Orang-Utans sind?«

»Du befürchtest, Tiberius könnte bereit sein, uns notfalls für die Pläne des *Coniunctional* zu opfern?«

»Genau das ist mein Problem, Jalina. Wir wissen

nichts über dessen Pläne. Nur das, was man uns sagt. Und wir wissen nicht, ob das *Coniunctional* über etwas verfügt, das unseren Vorstellungen von Moral auch nur nahekommt. Eigentlich wissen wir gar nichts über diese Entität oder ihre Pläne. Und wenn wir sie kennen würden, könnten wir sie vielleicht nicht einmal verstehen. So wenig, wie ein Orang-Utan uns Menschen und unsere Pläne hätte verstehen können.«

»Das *Coniunctional* hat uns vor den Ra´hul gerettet«, gab Jalina zu bedenken.

»Und wir haben Schutzgebiete für die Orang-Utans eingerichtet. Letztlich hat sie das aber nicht vor dem Aussterben bewahrt.«

Jalina beugte sich zu Grand hinüber und legte ihm besänftigend eine Hand auf den Arm.

»Warum bist du so deprimiert, Michael? Warum ausgerechnet heute?«

»Wir folgen blind den Wünschen – man könnte auch Anweisungen sagen – des *Coniunctional*. Aber was bewirken wir wirklich? Was haben wir bis jetzt erreicht? Und nun sagt uns Tiberius, es ginge um das Leben im gesamten Multiversum. Ja, sogar um das Multiversum selbst. Du hattest recht, Jalina, geht es nicht auch eine Nummer kleiner? Warum wird der Einsatz anscheinend immer höher? Warum wird alles immer schlimmer anstatt besser? Liegt es nur daran, dass wir nichts als winzige Viren im gewaltigen Körper des Multiversums sind und unsere Möglichkeiten schlichtweg überschätzen, oder verstehen wir vielleicht gar nicht, worum es in Wahrheit geht? Erfahren wir überhaupt die ganze Wahrheit? Ist es nur Zufall, dass immer mehr auf dem Spiel steht? Oder ist es Teil eines Planes, den wir nicht kennen? Den wir vielleicht gar nicht kennen *sollen*!«

»Verzeih, wenn ich mich einmische«, ertönte plötzlich die Stimme der Bord-KI. »Deine deprimierenden Ansichten in allen Ehren, aber haben wir nicht eine Aufgabe zu erfüllen? Oder willst du dich ausgerechnet jetzt von deinen Verpflichtungen lossagen? Die Gefahr durch den *Devorator* ist real, Michael, gleichgültig, ob du jede Facette des Gesamtbildes kennst.«

»Du hast recht, Hakera. Zumindest für den Moment«, sagte Grand und hieb entschlossen mit der flachen Hand auf die Lehne seines Sessels. »Aber sobald wir zurückkehren, werde ich mit Tiberius ein ernstes Wort reden. Ich will endlich wissen, was hier gespielt wird, was es mit dem Devorator auf sich hat, welche Ziele er verfolgt und was genau das *Coniunctional* eigentlich vorhat. Keine weiteren Ausflüchte mehr!«

»Dann schlage ich vor, wir machen uns auf den Weg.«

»Na schön, Hakera. Bring die *Rhelina* zurück in den Bulk und aktiviere den Branendrive. Wie lange wird der Flug dauern?«

»Entsprechend den mir von Tiberius übermittelten Daten sollten wir in weniger als einer terranischen Stunde das Zieluniversum erreicht haben. Die Anpassung an die dortigen Parameter sollte nicht mehr Zeit in Anspruch nehmen.«

»Dann los!«

»Bestätigt und Ausführung«, sagte Hakera.

Grand warf einen letzten Blick auf die beiden prächtigen Spiralgalaxien, dann verblasste das Hologramm und machte dem eintönigen Grau des Bulk Platz.

Die KI hatte schon vor längerer Zeit den Branendrive nach Tiberius' Angaben neu justiert, sodass es während des Fluges nicht wieder zu traumähnlichen, mentalen Einflüssen aus nahezu identischen Paralleluniversen kommen konnte. Es war nicht immer angenehm, Einblicke in mögliche alternative Leben zu erhalten.

»Eintritt in das Zieluniversum in einer Minute«, gab Hakera nach knapp einer Stunde bekannt.

Grand hatte die Zeit genutzt, um nochmals über ihre Situation nachzudenken. Er hatte es satt, sich bei jedem Auftrag als hilflose Figur auf einem kosmischen Spielfeld wiederzufinden. In einem Spiel, bei dem er weder die Regeln noch die Zielsetzung der Kontrahenten wirklich kannte. Er konnte nicht ahnen, dass zur gleichen Zeit an einem anderen Ort – in einer anderen Dimension – sich noch jemand ähnliche Gedanken machte.

»Was wissen wir bisher über dieses Universum?«, fragte er Hakera.

»Laut Tiberius ist es dem unsrigen sehr ähnlich.

Die hier geltenden Naturgesetze entsprechen weitgehend den uns bekannten. Die Lichtgeschwindigkeit ist nur unwesentlich höher und der hiesige Zeitablauf unterscheidet sich nicht merklich von unserem. Wir dürfen also erwarten, dass die evolutionäre Entwicklung, sowohl was die Entstehung von Sternensystemen angeht als auch im Hinblick auf biologisches Leben, in diesem Universum fast deckungsgleich verlaufen ist. Allerdings ist dieses Universum wesentlich älter. Tiberius gibt sein Alter mit mehr als 70 Milliarden Jahren an.«

»Also weniger Galaxien als bei uns, dafür aber größere mit älteren, metallreichen Sternen.«

»Das ist korrekt«, erwiderte die KI. »Viele Galaxien werden sich durch ihre wechselseitige Anziehung zusammengeschlossen haben. Auch wird der Abstand zwischen den Galaxien deutlich größer sein … Noch zehn Sekunden«, fügte sie hinzu.

Grand griff nach Jalinas Hand. Der Flug auf eine andere Bran, in ein fremdes Universum, war nach wie vor nichts Alltägliches und immer mit unbekannten Gefahren verbunden.

Dann veränderte sich die Darstellung des Hologramms. Das Grau wich einer allseitigen Schwärze, die nur gelegentlich von hellen Lichtflecken durchsetzt war. Sie waren im Leerraum zwischen den riesigen Galaxien angekommen, von denen einige mehrere Millionen Lichtjahre durchmessen mussten.

»Wir befinden uns an den vorgegebenen Koordinaten«, meldete Hakera. »Allerdings zeigen die passiven Scans in unserem direkten Umfeld von einigen Hunderttausend Lichtjahren kein Objekt, auf das Tiberius' Beschreibung zutreffen würde.«

»Benutze die aktiven Long-Range-Scanner«, befahl Grand.

Das Aussenden überlichtschneller Signale barg zwar das Risiko einer frühzeitigen Entdeckung durch hier lebende, technologisch hochstehende Zivilisationen, aber Grand sah keine andere Möglichkeit. Hakera tastete einen Umkreis von fast einer Million Lichtjahren auf ungewöhnliche Signaturen ab und wurde sofort fündig.

»In rund dreihundertsechzigtausend Lichtjahren Entfernung messe ich eine gewaltige Ansammlung von Raumschiffen unterschiedlicher Größe und Bauart an«, meldete Hakera.

»Wie gewaltig?«, wollte Jalina wissen.

»Es müssen mehre Hunderttausend Raumschiffe sein. Soweit ich feststellen kann, sind sie ringförmig angeordnet.«

»Ringförmig?« Grand war verwundert. Für eine solche Konfiguration konnte es nur eine Erklärung geben. »Was befindet sich im Innern des Rings?«

»Nichts, Michael!«

»Nichts? Das ergibt keinen Sinn. Warum sollten sich so viele Raumschiffe auf diese Art formieren, wenn sie nicht etwas umringen wollten? Vielleicht ist es nur zu klein, um es anmessen zu können.«

»Nein, Michael, ich kann auf diese Entfernung Objekte bis zu einer Größe von nur wenigen Dutzend Metern anmessen. Der Ring der Raumschiffe hat einen Durchmesser von mehr als einem Lichtjahr. Ein solch kleines Objekt in einer derart großen Entfernung zu umkreisen wäre unsinnig.«

»Es sei denn, von dem kleinen Objekt ginge trotz seiner geringen Größe eine umso größere Gefahr aus«, warf Jalina ein.

»Das ist unwahrscheinlich«, erwiderte Hakera. »Wenn es eine hochverdichtete Energiewaffe wäre, könnte ich trotz der geringen Größe ihre Emission anmessen. Nein, dort befindet sich nichts, was den riesigen Abstand, den die Raumschiffe halten, erklären würde.«

»Ich denke, dass es sich vielmehr um das 'Nichts' handeln dürfte, von dem Tiberius gesprochen hat«, sagte Grand. »Das würde erklären, warum du nichts messen kannst.«

»Diese Vermutung besitzt in der Tat eine hohe Wahrscheinlichkeit«, bestätigte die KI. »Es ist ebenso zu vermuten, dass das 'Nichts' größer sein muss als nur ein paar Meter oder Kilometer. Es könnte sich über einen Bereich von nahezu einem Lichtjahr erstrecken.«

»Was eine Erklärung für den Durchmesser des Raumschiffringes liefern würde«, sagte Jalina.

»Also befindet sich dort etwas, das weder Energie

emittiert noch eine messbare Masse besitzt, jedoch riesengroß sein muss«, fasste Grand zusammen. »Aber dann stellt sich eine Frage: Wenn wir es weder sehen noch anmessen können – wie können die vielen Raumschiffe dann überhaupt die Existenz dieses Objekts feststellen und es gezielt umkreisen?«

»Ich denke, um dies herauszufinden, müssen wir uns dem mysteriösen Objekt nähern«, sagte Hakera.

»Was ja schließlich auch unsere Aufgabe ist! Bring uns näher an das seltsame Ding heran, Hakera!«

7.

Rigoran stand wie erstarrt vor dem riesigen Raumschiff. Es erschien ihm unvorstellbar, diesen Giganten nur zu zweit fliegen zu können. Die KI musste ungeheuer leistungsfähig sein, selbst wenn sie nicht über ein Ich-Bewusstsein verfügte.

Das Schiff, das der *Devorator* als 'Kampfkreuzer' bezeichnet hatte, durchmaß am Äquator mindestens zwei Kilometer. Rigoran fragte sich, wie groß wohl ein ausgewachsenes Schlachtschiff der Dorianer gewesen sein musste. Wie viele Zivilisationen im bekannten Universum hatten auch die Dorianer eine Vorliebe für kugelförmige Raumschiffe gehabt. Technisch und physikalisch machte dies Sinn. Zum einen umfasste eine Kugel bei minimierter Oberfläche ein maximiertes Volumen, zum anderen waren Kugelraumschiffe eher in der Lage, auch in einer Atmosphäre zu manövrieren, als dies bei rechteckigen oder unregelmäßig geformten Schiffen der Fall gewesen wäre. Somit konnten selbst große Raumschiffe notfalls auf fast jedem Himmelskörper niedergehen.

Allerdings bot eine Kugelform weniger Möglichkeiten, den Strahl- oder Impulsantrieb unterzubringen. Eigentlich gab es nur zwei Alternativen: Man konnte den Antrieb rings um den Äquator anbringen, doch ganz gleich, ob er in Auslegern, Aufbauten oder in einem umlaufenden Wulst bestand, er durfte keinesfalls zu ausladend sein, um die Flugtauglichkeit innerhalb einer Atmosphäre nicht zu stark zu beeinträchtigen. Weiterhin gab es die Möglichkeit, ihn am unteren Pol zu befestigen, der in diesem Fall abgeflacht sein musste. Beides hatte Vor- und Nachteile. Die erste Variante erlaubte es, abzubremsen, ohne das Schiff drehen zu müssen, da man im Äquatorialbereich Abstrahlfelder sowohl nach vorn als auch nach hinten gerichtet unterbringen konnte. Es war jedoch zwingend notwendig, sämtliche Energieerzeuger und die eigentlichen Antriebseinheiten auf der mittleren Schiffsebene zu installieren, was äußerst unpraktisch war, da die Aggregate viel Platz benötigten und diese Anordnung somit das Schiff in zwei voneinander getrennte Halbschalen unterteilte. Hingegen konnten bei einem Polantrieb alle notwendigen Anlagen ausschließlich im unteren Drittel der Kugel platziert werden, was für den Rest des Schiffsinnenraumes optimale Gestaltungsmöglichkeiten bot. Die Dorianer hatten sich bei dem Schlachtkreuzer, wie auch bei der wesentlich kleineren, am Äquator nur sechzig Meter durchmessenden *Rhelina* für die zweite Variante entschieden.

Der Koloss ruhte auf einem energetischen Stützfeld und hatte aus der rund zwanzig Meter über dem Boden schwebenden Polebene einen Schleusenschnorchel nach unten ausgefahren. Das rötliche Landefeld war ansonsten vollkommen leer und erstrecke sich etliche Kilometer in alle

Richtungen, bis es von einem undurchsichtigen Energieschirm begrenzt wurde, der sich auch als Kuppel über Rigoran und Silvar wölbte. Der Gerberaner hatte keine Ahnung, ob sie sich auf einem Planeten oder auf einem künstlich geschaffenen Stützpunkt irgendwo im All befanden. Es konnte sich genauso gut auch um eine weitere Station der Dorianer im Bulk handeln, wie er es vom ehemaligen *Hort* kannte. Es war nicht auszuschließen, dass auch der *Devorator* über solch einen Rückzugsort für seine Hilfskräfte verfügte.

»Dies ist euer Schiff!«

Die schwarze Gestalt des *Devorators* stand plötzlich neben ihnen. Er musste aus dem Nichts materialisiert sein. Rigoran vermutete, dass sie sich nicht im Normalraum befanden, denn dort konnte der *Devorator* nicht existieren. *Also ist dies kein Planet oder eine Werftplattform*, dachte er.

»Dieser Ort befindet sich in einer Dimensionsblase«, sagte der *Devorator*. Wieder befürchtete Rigoran, die Entität könne seine Gedanken lesen. »Einem vierdimensionalen Miniaturuniversum, das ich im Bulk erschaffen habe. Es ist instabil und wird bald vergehen. Aber nur hier kann ich für kurze Zeit mit materiellen Objekten aus deinem Universum interagieren. Mit diesem Schiff!«

Sein schwarzer Arm wies auf das gigantische Raumschiff, das Rigoran aus der Nähe nicht mehr mit dem Blick erfassen konnte.

»Geht an Bord! Die KI kennt euer Ziel. Wenn ihr eure Aufgabe erfüllt habt, wird sie euch hierher zurückbringen. Stellt Erkundungen an und berichtet mir. Ich muss alles über das 'Loch' im Multiversum wissen. Dann werde ich entscheiden, was zu tun ist. Und denkt daran: Solltet ihr den Abgesandten des *Coniunctional* begegnen, müsst ihr sie vernichten!«

»Ja, Herr«, sagte Rigoran widerwillig, doch etwas schien ihm die Worte in den Mund zu legen. Fast hätte er sich gewünscht, ebenso wie Silvar unter völliger mentaler Kontrolle zu stehen, um die eigene Versklavung nicht erkennen zu müssen.

Der *Devorator* verschwand vor ihren Augen.

Ohne zu zögern, setzte sich Silvar in Bewegung. Rigoran blieb nichts anderes übrig, als ihm zu folgen.

Der Antigravlift im Schleusenschnorchel brachte sie direkt bis zur Kommandozentrale, die sich genau in der Mitte des Schiffes befand. Als Rigoran aus der Öffnung trat, traute er seinen Augen kaum. Die Zentrale war nichts weiter als ein kugelförmiger, völlig leerer Raum mit blanken, schneeweißen Wänden. Er besaß einen Durchmesser von vielleicht fünfzig Metern und die Öffnung des Antigravlifts war lediglich ein Loch an der tiefsten Stelle im Innern der weißen Kugel.

»Willkommen an Bord der *Zechtra Solgenar*«, sagte eine körperlose Stimme, die Rigoran keinem Geschlecht zuordnen konnte. »Das Schiff ist uneingeschränkt einsatzbereit.«

»Zechtra Solgenar? Was bedeutet das?«, fragte Rigoran.

»In deiner Sprache heißt es *Sonnenwind*«, erfolgte sofort die Antwort.

»Hast du auch einen Namen?«

»Nein, aber du kannst mir einen geben.«

»Ich werde dich einfach KI nennen«, bestimmte Rigoran. Es widerstrebte ihm, der vom *Devorator* erschaffenen künstlichen Intelligenz eine Persönlichkeit zuzugestehen. Außerdem besaß sie sowieso kein Ich-Bewusstsein und konnte somit kaum beleidigt sein.

»Zur Kenntnis genommen und gespeichert«, antwortete die KI. »Welche Konfiguration der Steuereinheit wünschst du?«

Rigoran wusste von Berichten seiner ehemaligen Freunde Michael und Jalina, dass dorianische Schiffe in der Lage waren, die Zentrale nach den Wünschen der Besatzung zu gestalten.

»Manueller und verbaler Befehlsinput. Eine Sitzgelegenheit für meinen … äh … Begleiter und mich. Optische Umgebungsdarstellung und Anzeige der wichtigsten Schiffsparameter. Ebenso optische Navigations- und Taktikdisplays. Kannst du damit etwas anfangen?«

»Selbstverständlich. Konfiguration erfolgt!«

Genau im Mittelpunkt der Kugel entstand wie von Geisterhand eine Plattform mit zwei ihren Körperformen angepassten Sitzgelegenheiten. Davor materialisierte die KI einen Steuerstand aus

Formenergie. An den Wänden bildeten sich Holodisplays, von denen das in Blickrichtung die halbe Wandung bedeckte und das Landefeld zeigte. Die anderen Hologramme rechts und links waren mit für Rigoran unverständlichen Diagrammen und Schriftzeichen übersät.

»Entspricht dies deinen Wünschen?«

»Es ist adäquat. Allerdings wünsche ich eine Änderung. Enthält deine Datenbank Informationen meiner Schriftsprache? Falls dem so ist, alle Displays entsprechend modifizieren.«

»Konfiguration wird angepasst.«

Sofort verschwanden die für Rigoran unverständlichen Zeichen und Symbole und wurden durch die Standardschrift ersetzt, die von den meisten Völkern der Milchstraße benutzt wurde. Rigoran konnte nun erkennen, welche Displays Angaben über Antrieb, Waffensystem, Energieversorgung, Schutzschilde und weitere Schiffssysteme machten.

Vor ihm bildete sich eine spiralförmige Rampe aus, die zu der im Mittelpunkt schwebenden Plattform mit dem Steuerstand führte.

Wieder schritt Silvar voran und Rigoran folgte ihm.

Sie nahmen in dem jeweils ihrer Körperform entsprechenden Sitz Platz. Die Rampe unter ihnen verschwand einfach.

»Gibt es auch Quartiere für uns?«

»Natürlich.«

Wieder bildete sich eine aus Formenergie gebildete Fläche aus, die jedoch diesmal als schmale Brücke von der Plattform zum hinteren Teil der Wandung führte, wo sich nun eine Schleusenöffnung abzeichnete.

»Zwei angemessene Quartiere wurden für euch vorbereitet. Dort findet ihr alles, was ihr für eure optimale körperliche Funktionsfähigkeit benötigt«, informierte sie die KI. »Wollt ihr zu diesem Zeitpunkt davon Gebrauch machen? Ich weise allerdings darauf hin, dass mein Erschaffer eurer Mission höchste Dringlichkeit zugewiesen hat!«

Es machte keinen Sinn, das Unvermeidliche länger hinauszuzögern.

»Nein«, sagte Rigoran und seufzte. »Ist die *Sonnenwind* startbereit?«

»Alle notwendigen Daten für den Einsatz stehen zur Verfügung und alle Schiffssysteme arbeiten im optimalen Bereich.«

»Dann los!«

»Startsequenz wird eingeleitet.«

Rigoran konnte auf dem Hauptholo sehen, wie der Energieschirm über dem Landefeld in sich zusammenfiel. Gleichzeitig verschwand auch das rötlich schimmernde Landefeld. Ein leichtes Vibrieren durchlief das Schiff und plötzlich zeigte das Hologramm die Sterne einer Balkengalaxie, die Rigoran nicht identifizieren konnte. Das künstlich erschaffene Miniaturuniversum, die Dimensionsblase, wie der *Devorator* es genannt hatte, war in sich zusammengebrochen und hatte die *Sonnenwind* in der Nähe dieser Galaxie im Normalraum erscheinen lassen.

»Hyperdrive wird aktiviert. Eintritt in den Bulk in wenigen Sekunden. Branendrive wird justiert. Interuniversaler Transfer beginnt in drei Minuten. Voraussichtliche Flugdauer zur Zielbran nach deiner Zeitrechnung etwa eine Stunde. Erbitte Bestätigung zur Durchführung!«

»Bestätigung erteilt«, sagte Rigoran.

Sekunden später war der Kampfkreuzer wieder aus dem Normalraum verschwunden.

8.

»Was zum Teufel …!«

Fassungslos starrte Grand auf das Bild, das die große Holodarstellung des umgebenden Raumes zeigte. Auch Jalina stieß einen Überraschungslaut aus und sah Grand mit weit aufgerissenen Augen an. Der Schock war ihr deutlich anzusehen.

»Das kann es nicht geben«, flüsterte sie. »Das ist unmöglich.«

»All meine Messungen bestätigen dies«, sagte Hakera. Ihre Stimme blieb dabei völlig emotionslos, aber die KI war im Gegensatz zu den beiden organischen Wesen in der Lage, ihren Emotiosektor jederzeit bewusst zu kontrollieren. »Das, was ihr seht, gibt es tatsächlich nicht. Zumindest behaupten das sämtliche Scanner und Sensoren.«

Nun war klar, warum die Hunderttausende von Raumschiffen einen Ring mit einem Durchmesser von mehr als einem Lichtjahr bildeten. Sie umkreisten ein Objekt, das nach Aussage aller Messinstrumente nicht existierte – und doch unzweifelhaft vor ihnen zu sehen war.

Eine in mattem Silber schimmernde Kugel, eine Sphäre von fast einem Lichtjahr Durchmesser, die mit keinem Energiesensor, keinem Massetaster, keinem Hyperscanner und keinem Strahlungsdetektor anzumessen war. Alle Instrumente behaupteten, dass dort nichts sei. Absolut nichts! Ein Loch im Gewebe des

Universums, festzustellen nur dadurch, dass es dort nichts gab. Keine Strings, keine Quanten und schon gar keine Partikel irgendwelcher Art. Selbst im Vakuum des Weltraums, das allgemein als 'leer' bezeichnet wurde, existierten immer noch ein paar Atome und Elementarteilchen pro Kubikmeter. Kein Ort im Universum war komplett frei von jeglicher Materie und Energie. Dies konnte es nach allen bekannten physikalischen Theorien nicht geben. Und doch! Hier war es so. In einem kugelförmigen Raumbereich von annähernd einem Lichtjahr im Durchmesser existierte absolut nichts.

Es dauerte einen Moment, bis Grand das Paradoxe an dieser Situation auffiel.

»Wenn von der Sphäre keinerlei Strahlung ausgeht – wieso können wir sie dann sehen?«

»Das ist in der Tat seltsam«, bestätigte die KI. »Die optischen Sensoren empfangen natürlich ebenso Photonen wie eure Augen, sonst könnten sie kein holografisches Abbild erzeugen, aber die Sphäre selbst sendet nachweislich keine Photonen aus. Ich kann derzeit nur eine Hypothese aufstellen: An der Grenzschicht zwischen dem Normalraum und der Sphäre muss ein Phänomen auftreten, das ich derzeit nicht erklären kann. In dieser Grenzschicht, die bereits zum Normalraum gehört, entstehen durch eine mir unbekannte Reaktion Photonen und erzeugen das Bild einer scheinbar silbernen Kugel. Der schwache Schimmer, den ihr seht, gehört jedoch nicht zur eigentlichen Sphäre, sondern markiert lediglich die Grenze, hinter der das 'Nichts' beginnt.«

»Was wir sehen, ist also nicht das unerklärliche Objekt selbst?«

»Nein, ihr seht nur die Reaktion des hiesigen Raum-Zeit-Gefüges darauf.«

»Wieso konntest du das nicht vorher anmessen?«

»Die Energiedichte der erzeugten Photonen ist sehr gering. Zu gering, als dass ich sie über Tausende von Lichtjahren hinweg hätte feststellen können. Dies ist keine hell leuchtende Sonne, Michael, sondern nur ein schwach silbrig schimmerndes Feld.«

Die *Rhelina* befand sich immer noch etliche Hundert Lichtjahre von der seltsamen Kugel entfernt. Wenn sie mehr darüber in Erfahrung bringen wollten, mussten sie ein höheres Risiko eingehen.

»Bring uns näher heran!«

»Dann wird man uns entdecken«, sagte die KI.

»Man wird hoffentlich nicht sofort auf uns schießen.«

»Gut, Michael, wie du wünschst.«

Die *Rhelina* ging erneut in den Bulk und fiel nach wenigen Sekunden unweit der Raumschiffe, die das mysteriöse Objekt umkreisten, zurück in den Normalraum. Sofort trafen Tasterstrahlen und aktive Scannerimpulse auf der Oberfläche des Schiffes auf. Sie wurden bemerkt, geprüft und anscheinend für harmlos befunden, denn keines der

Schiffe in der Nähe zeigte ein aggressives Verhalten. Nach wenigen Sekunden ebbten die Scans ab und niemand schien sich weiter für das kleine Schiff zu interessieren.

»Ich habe noch nie so viele unterschiedliche Schiffstypen an einem Ort versammelt gesehen«, sagte Jalina.

Ein Blick auf das Holodisplay bestätigte ihre Worte. Grand vermutete, dass hier Tausende, wenn nicht sogar Zehntausende von verschiedenen Völkern vertreten waren, wie die Vielzahl an unterschiedlichen Bauarten zeigte. Es gab die üblichen Kugelschiffe, davon mehr oder weniger stark abweichende Eiformen, quaderförmige Schiffe bis hin zu perfekten Kuben, drei-, vier- und fünfseitige Pyramidenschiffe, Handeln, Spindeln, Zylinder und alle denkbaren geometrischen Körper. Darüber hinaus sah er aber auch Schiffe, deren Gestaltung dem Albtraum eines verrückten Zeichners zu entstammen schien. Völlig unregelmäßige Formgebungen, die keiner Logik zu gehorchen schienen, mit Spitzen, Auswüchsen und Anflanschungen, bei denen nicht ersichtlich war, ob es sich um technische Aufbauten oder um Verzierungen handelte. Grand sah sogar ein Schiff, das nur aus einem Gespinst feiner Metallträger zu bestehen schien, und bei einem anderen glaubte er, organisches Material als Grundsubstanz des Schiffskörpers erkennen zu können. Das Erstaunlichste für ihn war jedoch, dass all diese

Schiffe verschiedener Spezies und Zivilisationen völlig friedlich nebeneinander im Raum trieben. Nirgendwo war ein Schutzschirm aufgespannt und alle Anzeigen deuteten darauf hin, dass kein einziges Schiff seine Waffensysteme aktiviert hatte.

Trotzdem glaubte Grand, ein Schema in der Anordnung der Schiffe ausmachen zu können. Der Ring um die silberne Sphäre war nicht gleichförmig. Es gab darin größere Lücken von bis zu mehreren Lichtwochen Länge, während an anderer Stelle die Schiffe teilweise nur ein paar Zehntausend Kilometer voneinander entfernt im Raum trieben. Der Ring bestand somit mehr oder weniger aus einer Ansammlung unterschiedlich großer Schiffsgruppierungen, die sich unregelmäßig rings um die Sphäre verteilt hatten. Es schien demzufolge durchaus so etwas wie Allianzen oder Gemeinschaften zu geben, die jedoch wechselseitig Distanz wahrten. Umso überraschter war Grand von der Friedfertigkeit dieses Ortes. Der Grund dafür wurde ihm bald klar.

»Michael, ich empfange eine an uns gerichtete Funkbotschaft auf allen üblichen Hyperfunkfrequenzen. Man hat sogar ein Datenpaket mit dem kompletten Wortschatz, den Regeln und der Syntax der verwendeten Sprache beigefügt, um eine Verständigung zu erleichtern und Missverständnisse zu vermeiden. Außerdem auch eine Auflistung der hier üblichen Maßeinheiten.«

»Übersetzen und abspielen«, sagte Grand.

Augenblicklich erschien die Gestalt eines Aliens im Hauptholo.

»Willkommen am *Sitz der Erleuchtung*, Fremdlinge!«

Der Anrufer entsprach keiner Spezies, die Grand je zuvor gesehen hatte. Es war auf den ersten Blick nicht einmal ersichtlich, ob es sich um ein biologisches Lebewesen handelte. Der Körper bestand fast vollständig aus technischen Gerätschaften, deren Zweck nicht zu erkennen war. Der Fremde besaß mehrere unterschiedlich lange Gliedmaßen, die teilweise in eindeutig künstlichen Manipulatoren endeten, aber auch zwei schlangengleiche, organische Arme ohne sichtbare Gelenke mit fünffingrigen Greifhänden, ähnlich einer menschlichen Hand. Der gesamte Körper war mit Apparaten und Metallplatten bedeckt, die sich bei jeder Bewegung gegeneinander verschoben und überlappten. Ob sich darunter Haut und Gewebe oder weitere technische Installationen befanden, war nicht zu erkennen. Das Wesen stand auf vier Beinen, von denen wiederum die beiden längeren Vorderbeine organisch und die kürzeren Hinterbeine technologisch zu sein schienen. Der kugelförmige Kopf hingegen wirkte eindeutig wie der eines biologischen Lebewesens, wenn auch die beiden Augen durch künstliche Linsen ersetzt worden waren. Die braune, faltige Haut, der lippen- und zahnlose Mund, in dem eine Zunge zu sehen war und über dem sich ein senkrechter Atemschlitz befand, der sich rhythmisch erweiterte und zusammenzog, aber vor allem der schwarze, kurz geschnittene Haarschopf ließen auf ein organisches Lebewesen schließen, das große Teile seines Körpers durch Apparate und Maschinen ersetzt hatte. Ob dies freiwillig geschehen war oder infolge einer Krankheit oder eines Unfalls, konnte Grand natürlich nicht sagen.

Das Wesen stand vor einer hellblauen Wand, auf der in roter Farbe endlose Reihen von Schriftzeichen aufgebracht worden waren. Ansonsten gab das Hologramm keinen Hinweis auf die Umgebung des Sprechers, aber es handelte sich sicher um einen Raum im Innern eines der vielen Raumschiffe.

»Wir freuen uns, dass auch ihr dem *Ruf der Erleuchtung* gefolgt seid. Ich kann euch mitteilen, dass die nächste Auswahlrunde in dreißig Dekazyklen beginnen wird. Ihr nehmt Position 10.738 ein und seid somit im Anschluss für die vierundachtzigste Runde vorgemerkt. Bis es so weit ist, werdet ihr euch dem Kodex unterordnen, da ihr ansonsten euer Anrecht auf eine Teilnahme am *Ruf der Erleuchtung* verliert und diesen heiligen Ort sofort verlassen müsst. Wir sind die *Wächter der Erleuchtung* und achten auf die Einhaltung des Kodex. Zuwiderhandlungen werden gegebenenfalls mit der Zerstörung eures Schiffes sanktioniert. Bitte übermittelt eure Daten auf dieser Frequenz an den *Rat der Erleuchtung*. Gebt eure Heimatgalaxie und ihre kosmische Position an, desweiteren den Namen eures Volkes, nennt euren Vertreter und seinen Paladin. Der Kodex wird euch im Anschluss an diese Nachricht übermittelt. Ich wünsche euch viel Glück auf dem Weg zur Erleuchtung!«

Das Hologramm erlosch. Grand und Jalina sahen sich verblüfft an.

»Ganz so friedlich scheint es hier doch nicht zuzugehen!«, stellt Jalina fest. »Sie drohen mit Vernichtung, wenn man diesen Kodex nicht einhält.«

»Diese Wächter müssen über enorme Machtmittel verfügen, wenn sich alle anderen Völker unterordnen«, stellte Grand fest. »Anscheinend sehen sie die silberne Sphäre als einen heiligen Ort an. Ich habe nur keine Ahnung, was es mit dieser Erleuchtung und den Auswahlrunden auf sich hat.«

»Da kann ich euch helfen«, schaltete sich Hakera ein. »Ich habe das angekündigte Datenpaket erhalten und analysiert. Möglichst kurz zusammengefasst geht es hier um Folgendes: Die Sphäre wird seit über einer Milliarde Jahren als heilige Stätte verehrt. Als Sitz der *Kreatoren*, der Götter, die das Universum erschaffen haben. Dieser Glaube hat sich inzwischen in fast allen Galaxien im Umkreis von Hunderten von Millionen Lichtjahren verbreitet.«

»Kein Wunder«, warf Jalina ein. »Diese ungewöhnliche Sphäre ist ja selbst aus großer Entfernung kaum zu übersehen und jede raumfahrende Zivilisation wird früher oder später dieses seltsame Objekt untersuchen wollen. Dadurch musste sich dieser Mythos ja ausbreiten.«

»Genau so ist diese Religion entstanden, Jalina. Der Kodex sagt unter anderem, dass demjenigen, der Zutritt zu der Sphäre erlangt, alle Geheimnisse des Kosmos offenbart werden – dass er *erleuchtet* wird. Allerdings hat sich über die lange Zeit ein Wächterorden etabliert, der den Zugang regelt. Natürlich verleiht diese Position erhebliche Macht und sie wurde von Beginn an von der am höchsten entwickelten Spezies eingenommen. Die Kachlax, wie sie sich nennen, sind allen anderen Völkern technologisch überlegen und deshalb stellt niemand dieses Vorrecht infrage. Der Kodex besagt auch, dass jegliche Kampfhandlungen rings um die Sphäre untersagt sind. Selbst Todfeinde müssen hier Frieden halten. Wer dagegen verstößt, wird vom *Pfad der Erleuchtung* ausgeschlossen und muss abreisen. Wer sich widersetzt, wird vernichtet. Die Wächter haben in der Vergangenheit bereits mehrmals deutlich gemacht, dass dies keine leere Drohung ist, deshalb hält sich jeder daran. Niemand hätte eine Chance gegen ihre Schiffe.«

»Das erinnert mich an das antike Olympia auf Terra, wo während der dortigen Spiele ebenfalls der Friede gewahrt werden musste«, sagte Grand.

»Und wie bei der Olympiade, die alle vier Jahre stattfand, gibt es auch hier in regelmäßigen Abständen eine Art Wettkampf. Er findet alle einhundert Dekazyklen statt. Ein Zyklus entspricht ungefähr zweiundsiebzig deiner Minuten, Michael. Ein Dekazyklus dauert somit etwa zwölf Stunden. In dreißig Dekazyklen, also rund fünfzehn Tagen, beginnt die nächste Auswahlrunde, zu der ein teilnehmendes Volk zwei Repräsentanten entsenden darf. Den Vertreter und seinen Paladin. An einer Auswahlrunde dürfen jeweils 128 Spezies teilnehmen und das siegreiche Team erhält Zugang zur Sphäre. Die Teilnahmeberechtigung orientiert sich an der Reihenfolge, in der die Schiffe an der Sphäre eintreffen. Ihr seid auf Position 10.738 eingestuft. Das bedeutet, ihr seid in 11,5 irdischen Jahren an der Reihe!«

9.

Rigoran hatte den Anblick der gigantischen silbernen Sphäre immer noch nicht restlos verdaut. Dies lag nicht nur an der schieren Größe, sondern vor allem an dem absoluten Nichts, das sich hinter der schimmernden Grenze verbarg. Es machte ihm Angst! Er tröstete sich mit dem Gedanken, dass er nur hier war, um zu beobachten und Informationen zu sammeln, und nicht vorhatte, sich an dem Ausscheidungswettstreit zum *Ruf der Erleuchtung* zu beteiligen. Insofern war die Mitteilung der seltsamen Wächter, dass er erst in mehreren Jahren dafür infrage kommen würde, für ihn ohne Bedeutung.

Die KI hatte ihm alle wesentlichen das Objekt betreffenden Daten mitgeteilt und auch den Inhalt der kurz darauf empfangenen Nachrichten und Datenpakte übersetzt. Außerdem hatte sie inzwischen Tausende Wächterschiffe ausfindig machen können, die zwischen den wartenden Schiffen patrouillierten und darauf achteten, dass niemand gegen den Kodex verstieß.

Rigoran wusste nicht, wie er noch mehr nützliche Informationen für den *Devorator* erlangen sollte, deshalb würde einer baldigen Rückkehr in sein eigenes Universum nichts im Weg stehen. Doch zuvor gab es noch eine andere Aufgabe zu erledigen, so sehr sie ihm auch widerstrebte. Seine mentale Konditionierung – und auch Silvar, der ihn lauernd zu beobachten schien – ließen eine sofortige Abreise nicht zu.

»KI, scanne nach Signaturen eines dorianischen Schiffes«, befahl er.

»Aktiv oder passiv?«

»Falls sie ihr Schiff in den Ruhemodus versetzt haben sollten, wie die meisten hier, könnten wir sie bei einem passiven Scan übersehen. Aktive Scanner einsetzen!«

»Wird ausgeführt«, bestätigte die seelenlose Stimme.

Ihm war bewusst, dass die *Rhelina* einen aktiven Scan sicherlich bemerken musste, doch dies kümmerte ihn nicht. Das wesentlich kleinere Schiff stellte keine Gefahr für die *Sonnenwind* dar.

»Energiesignatur eines dorianischen Schiffes in vier Lichtmonaten Entfernung entdeckt«, meldete die KI. »Sie stimmen überein mit den zu erwartenden Daten eines Schiffes der Größe der *Rhelina*. Da es sehr unwahrscheinlich ist, dass sich außer uns und den Agenten des *Coniunctional* noch weitere Schiffe aus unserem Universum hier aufhalten, beträgt die Wahrscheinlichkeit mehr als 99 %, dass es sich um die Gesuchten handelt.«

Rigoran blickte verstohlen zu dem neben ihm sitzenden Silvar. Der Bragach hatte seit ihrer Abreise noch keine zehn Worte gesprochen. Rigoran fühlte sich in seiner Nähe unwohl und fragte sich bei jeder Entscheidung, die er zu treffen hatte, ob sein schweigsamer Begleiter sie wohl kommentieren würde. Bisher war das nicht der Fall gewesen. Er vermutete, dass sich Silvar erst dann einschalten würde, wenn dieser das Gefühl hatte, Rigoran würde gegen den Auftrag verstoßen.

»Leite ein kurzes Bulkmanöver in die Nähe der *Rhelina* ein«, ordnete er an.

»Warnung! Der mir übermittelte Kodex schreibt ausdrücklich vor, dass Ortsveränderungen nur im Normalraum und ausschließlich unter Strahl- oder Impulsantrieb vorgenommen werden dürfen. Die Verwendung von überlichtschnellen Antrieben ist in unmittelbarer Umgebung des *Sitzes der Erleuchtung* untersagt, um Überraschungsangriffe auf andere Schiffe zu unterbinden. Ein Verstoß gegen diese Regel wird mit Ausschluss aus dem Kreis der Anwärter sanktioniert.«

»Im Normalraum würde es Monate dauern, eine solche Strecke zurückzulegen«, widersprach Rigoran.

»Dies spielt bei Wartezeiten von mehreren Jahren für die hier Anwesenden keine Rolle«, entgegnete die KI.

»Für uns schon! Ich habe nicht vor, mich an den Ausscheidungswettkämpfen zu beteiligen. Insofern ist ein drohender Ausschluss irrelevant. Leite das Bulkmanöver ein.«

»Warnung!«, erhob die KI erneut Einspruch. »Vorläufige Analysen der Technologie der Wächterschiffe haben eine hohe Wahrscheinlichkeit dafür ergeben, dass selbst die *Sonnenwind* gegen eine

Überzahl nicht bestehen könnte. Sollten wir bei einem Angriff auf die *Rhelina* von mehr als fünf Schiffen gleichzeitig angegriffen werden, liegt die Wahrscheinlichkeit für unsere Vernichtung bei fast einhundert Prozent.«

»Das spielt keine Rolle, solange es uns gelingt, die Agenten des Coniunctional zu töten«, knurrte Silvar. Rigoran war überrascht, dass sich der Bragach an der Diskussion beteiligte.

»Es ist als gesichert anzunehmen, dass die Wächterschiffe eingreifen werden, bevor wir das feindliche Schiff zerstören können«, sagte die KI. »Somit ist eine Vernichtung des Gegners nicht wahrscheinlich. Meine Berechnungen ergeben hierfür eine Probabilität von weniger als zwanzig Prozent.«

Wie es aussah, waren die Dorianer nicht die einzige Spezies gewesen, die im Laufe von Jahrmillionen eine überlegene Technologie entwickelt hatte, überlegte Rigoran.

»Dann bleibt uns nichts anderes übrig, als schleunigst von hier zu verschwinden«, sagte er. »Unser Auftrag lautet, Informationen zu sammeln und sie unserem Meister zu überbringen. Dieser Auftrag ist gefährdet, wenn wir uns in Kampfhandlungen verstricken lassen und vielleicht sogar getötet werden.«

»Nein!«

Rigoran fuhr herum. Silvar hatte sich aufgerichtet und funkelte ihn aus seinen vier Augen bösartig an.

»Dein Auftrag besteht auch darin, die Agenten des *Coniunctional* zu vernichten, falls sie sich hier befinden. Ich werde nicht zulassen, dass sie dem Feind unseres Meisters Informationen liefern oder gar selbst Zugang zur Sphäre erlangen.«

»Das ist Irrsinn!«, rief Rigoran aus. »Schau dich doch um! Das sind selbst für uns zu viele Gegner. Wir würden unterliegen!«

»Irrelevant! Der Auftrag muss ausgeführt werden. Wenn es uns gelingt, das feindliche Schiff zu zerstören, spielt unser Schicksal keine Rolle. Sollten wir vernichtet werden, kann unser Meister neue Kundschafter ausschicken. Wenn du dich weigerst, werde ich dich töten.«

Rigoran wurde klar, warum ihm der *Devorator* einen Großteil seines freien Willens gelassen hatte. Ein Mentalsklave besaß keine Flexibilität im Denken und folgte nur seiner geistigen Programmierung. In komplexen Situationen taktische und strategische Entscheidungen zu treffen war ihm nicht möglich. So wie es jetzt bei Silvar der Fall war. Er folgte stur seinem Auftrag, ohne dabei eine Veränderung der Gegebenheiten zu berücksichtigen. Rigoran musste den Bragach irgendwie von der Sinnlosigkeit eines Angriffs auf die *Rhelina* überzeugen.

»Silvar, ich will den Auftrag unseres Meisters ebenso erfüllen wie du, aber wenn wir getötet werden, bevor es uns gelingt, die *Rhelina* zu vernichten, finden die Agenten des *Coniunctional* vielleicht eine Möglichkeit, sich Zugang zur Sphäre zu verschaffen, bevor unser Meister seinerseits neue Abgesandte hierherschicken kann. Damit wäre unserem Meister nicht gedient!«

Rigoran konnte sehen, wie es in Silvar arbeitete. Sein gefesselter Verstand versuchte, einen Ausweg aus dem offensichtlichen Dilemma zu finden. Logik gegen geistige Konditionierung – Rigoran konnte nur hoffen, dass sich die Logik durchsetzen würde.

»Was schlägst du vor?«, fragte Silvar schließlich. »Wenn wir einfach abreisen, könnte es dem Feind in der Zwischenzeit ebenso gelingen, sich Zugang zur Sphäre zu verschaffen.«

Silvar hatte die Schwachstelle in Rigorans Argumentation gefunden. So oder so mussten sie verhindern, dass Grand und Jalina sich einen Vorsprung verschaffen und eventuell sogar zur Sphäre vorstoßen konnten. Der Versuch, sie zu vernichten, stellte angesichts der Überzahl an Wächtern ein aussichtsloses Unterfangen dar.

»Ich sehe nur eine Möglichkeit«, sagte Rigoran schließlich. »Es muss uns gelingen, zur Sphäre durchzudringen, bevor die Feinde unseres Meisters Erfolg haben können. Wir müssen uns irgendwie an die Spitze der Warteliste setzen und an dem Ausscheidungswettkampf in dreißig Dekazyklen teilnehmen!«

10.

»Wir werden gescannt!«, meldete Hakera.

»Das war zu erwarten, die Wächter …«, begann Jalina, doch die KI unterbrach sie sofort.

»Der Scan kommt von einem anderen dorianischen Schiff. Das ist eindeutig!«

»Was macht ein anderes …?«, wunderte sich Mike, doch im gleichen Moment erkannte er, was dies bedeuten musste. »Der *Devorator*! Er hat ebenfalls seine Leute hierhergeschickt. Wie Tiberius es befürchtet hatte.«

»Und er hat augenscheinlich ebenfalls Zugriff auf mindestens ein dorianisches Schiff«, sagte Jalina.

»Nicht auf irgendein Schiff«, sagte Hakera. »Es handelt sich um einen dorianischen Kampfkreuzer, wie ich anhand der Scanimpulse feststellen kann. Er kann uns mit Leichtigkeit vernichten.«

»Warum haben sie uns dann noch nicht angegriffen?«, fragte Jalina.

»Die Wächter!«, rief Mike aus. »Hier treiben sich Tausende ihrer Schiffe herum. Das dürften selbst für einen dorianischen Kampfkreuzer zu viele sein.«

»Das ist korrekt«, stimmte die KI zu. »Ich habe zwischenzeitlich die Wächterschiffe gescannt und analysiert, soweit es mir möglich war. Ihre Technologie steht fast auf derselben Stufe wie die der Dorianer in ihrer Blütezeit. Ein dorianischer Kampfkreuzer würde gegen mehr als fünf Wächterschiffe höchstwahrscheinlich unterliegen.«

»Folglich können sie es nicht wagen, uns anzugreifen«, stellte Grand fest. »Was also werden sie tun?«

»Sie werden die Lage analysieren und die einzig logische Entscheidung treffen«, antwortete Hakera.

»Für Logik bist du zuständig«, sagte Jalina. »Also leg los!«

»Sie müssen verhindern, dass wir Informationen erlangen, die dem *Coniunctional* einen Vorteil bei seiner Auseinandersetzung mit dem *Devorator* verschaffen könnten. Insofern gleichen sich unsere beiden Situationen. Wir wissen von Tiberius, dass die Sphäre beziehungsweise das, was sich hinter ihr verbirgt, von entscheidender Bedeutung für das Schicksal des Multiversums sein kann. Auch hier müssen wir davon ausgehen, dass die Besatzung des Kampfkreuzers ebenso instruiert worden ist. Für beide Seiten ist die Ausgangslage somit identisch. Sie können uns nicht angreifen, ohne die eigene Vernichtung durch die Wächter zu riskieren, was sie allerdings nicht von einem Versuch abhalten würde, wenn es eine Chance gäbe. Diese ist jedoch nur sehr gering. Sollten sie von den Wächtern vernichtet werden, bevor es uns erwischt, wäre ihr Auftrag gescheitert. Also wird es nicht zu einem Angriff kommen.«

»Diese Überlegungen hätte ich auch alleine anstellen können«, brummte Grand unzufrieden. »Ich will wissen, wie wir weiter vorgehen sollen.«

»Du bist zu ungeduldig, Michael.« Hakera klang

tatsächlich beleidigt. »Meine Überlegungen beruhen zudem auf mathematischen Berechnungen, während du überwiegend aus dem Bauch heraus entscheidest.«

»Schon gut, Hakera, mach einfach weiter«, griff Jalina schlichtend ein. Sie wusste, dass die KI manchmal etwas empfindlich reagierte, wenn man ihre Mitarbeit nicht zu schätzen schien.

»Dir zuliebe, Jalina.« Die KI klang zwar immer noch leicht eingeschnappt, fuhr jedoch fort. »Die Wahrscheinlichkeit, dass sie einfach abfliegen, liegt bei weniger als zehn Prozent. Noch unwahrscheinlicher ist es, dass sie einen Angriff wagen. Also bleibt ihnen nur eines: Sie müssen vor uns Zugriff auf die Sphäre bekommen, um deren Geheimnisse zu enträtseln. Mit den Informationen, die sie dadurch erlangen könnten, hätte der *Devorator* einen unschätzbaren Vorteil. Um das zu erreichen, gibt es nur einen Weg: Sie müssen in der Warteliste aufrücken und an den Ausscheidungen teilnehmen. Schließlich kann keiner von uns jahrelang darauf warten, endlich an die Reihe zu kommen.«

»Wie wollen sie das anstellen?«, fragte Grand.

»Dazu kann ich keine Aussage machen. Auf den ersten Blick sehe ich hierfür keine Möglichkeit. Die Reihenfolge der Teilnehmer richtet sich alleine nach dem Zeitpunkt ihrer Ankunft. Der Kodex ist in diesem Punkt sehr deutlich. Aber sie werden versuchen, einen Weg zu finden!«

»Das können wir nicht zulassen!«, rief Jalina aus.

»Selbst wenn die Chance, dass es ihnen gelingt, sehr gering ist, können wir dieses Risiko nicht eingehen und einfach abfliegen.«

»Das sehe ich genauso«, stimmte Grand seiner Freundin zu. »Aber ich habe keine Ahnung, wie wir ihnen zuvorkommen könnten.«

»Zuvorkommen?« Jalina sah Grand fragend an.

»Natürlich! Wir werden ebenfalls versuchen müssen, in der Rangliste aufzurücken. Auch wenn wir ursprünglich nicht vorhatten, dem *Ruf der Erleuchtung* zu folgen, so haben wir jetzt keine andere Wahl mehr. Wir müssen zur Sphäre gelangen, bevor dies unserem Gegner gelingt!«

»Ein Wettkampf vor dem eigentlichen Wettkampf«, stellte Hakera nüchtern fest.

»Und dazu einer, dessen Regeln keiner kennt«, sagte Grand.

»Wenn es überhaupt welche gibt.« Jalina war von der Idee offensichtlich nicht begeistert.

»Ich werde den Kodex noch einmal studieren und sehen, ob ich etwas finde, was eine Ausnahme rechtfertigen könnte«, sagte Hakera. »Vielleicht gab es in der langen Geschichte dieses Ortes schon einmal eine ähnliche Situation.«

»Du suchst nach einem Präzedenzfall?«, fragte Jalina.

»Ja, das könnte uns weiterhelfen.«

»Vielleicht ist einer der Anwärter auf den vorderen Rängen bereit, uns seinen Platz zu überlassen. Für den richtigen Preis«, schlug Grand vor.

»Auch das wäre einen Versuch wert«, stimmte die KI zu.

Jalina stand auf und trat einen Schritt nach vorn.

»Kannst du das andere dorianische Schiff auf den Holoschirm legen?«

»Die Entfernung ist für eine hohe Auflösung zwar zu groß, aber ich kann es versuchen.«

Das Hologramm veränderte sich und zeigte ein einsam im All schwebendes Kugelschiff mit einem abgeflachten Pol, in dem noch die Triebwerksfelder glühten. Ohne einen Maßstab oder ein vergleichbares Objekt in der Nähe konnte man über die Größe keine Angaben machen. Das Abbild war unscharf und zitterte leicht.

»Es durchmisst am Äquator mehr als zwei irdische Kilometer«, erklärte Hakera.

Jalina stand vor dem unscharfen Hologramm des Kampfkreuzers und starrte es an.

»Wer wohl an Bord ist?« Sie hatte eine konkrete Befürchtung.

»Du denkst an Rigoran?«, fragte Grand.

»Ja! Unser ehemaliger Freund dient jetzt dem *Devorator*. Es fällt mir immer noch schwer, zu glauben, dass er zu unserem Feind geworden ist.«

»Nicht freiwillig, so viel steht fest.« Michaels Gesichtsausdruck verhärtete sich. »Aber das wird mich nicht daran hindern, einem Unsterblichen zu beweisen, dass er durchaus sterblich sein kann!«

Teil 2

11.

Die Laschmeen hatten es in ihrer Evolutionsgeschichte nicht leicht gehabt. Mehrmals vom Aussterben bedroht, war ihnen das Überleben als Spezies nur denkbar knapp gelungen. Die Umweltbedingungen auf ihrem Heimatplaneten waren ungünstig, da er durch die Gezeitenkräfte dreier Monde tektonisch stark aktiv war und unablässig von Vulkanausbrüchen, Tsunamis und anderen Naturkatastrophen heimgesucht wurde, zudem hatten sie, wenigstens zu Beginn ihrer Entwicklung, nicht an der Spitze der Nahrungskette gestanden, sondern einige Sprossen tiefer auf der Leiter, die über Leben oder Tod zu entscheiden vermochte. Exobiologen oder Evolutionsforscher hätten vor ein paar Millionen Jahren nicht darauf gesetzt, dass sich ausgerechnet die Laschmeen zur führenden Spezies ihres Planeten aufschwingen würden.

Doch die Evolution beschreitet manchmal seltsame Wege. Eine genetische Mutation bewirkte mehrere Dinge gleichzeitig, die einem der Schlüpflinge einen Vorteil verschafften. Er war nicht nur größer und stärker und hatte ein höheres Aggressionspotential als seine Artgenossen, vor allem entwickelten sich bei ihm außergewöhnlich lange und scharfe Krallen. Zum ersten Mal gab es einen Laschmeen, der sich nun auch gegen bisher stärkere Raubtiere erfolgreich zur Wehr setzen konnte. Die Weibchen bewunderten ihn und er lebte lange genug, um viele Nachkommen zu zeugen. Die Mutation war genetisch dominant und vererbte sich weiter. Nach ein paar Zehntausend Jahren existierten fast keine Räuber mehr, die einem Laschmeen hätten gefährlich werden können. Bis auf die Brülltiger. Diese waren die gefährlichsten Raubtiere auf dem gesamten Planeten und standen in der Nahrungskette ganz oben. Auch die nunmehr wehrhaftere Population der Laschmeen besaß gegen einen Brülltiger keine Möglichkeit der Verteidigung – und Brülltiger gab es so gut wie überall, außerdem zählten die Laschmeen zu ihren bevorzugten Speisen. Wieder war es zweifelhaft, ob die Laschmeen als Spezies dauerhaft überleben würden.

Dann entwickelten sie Intelligenz. Die hierfür notwendigen Mutationen kamen gerade rechtzeitig. Ein gewaltiger Vulkanausbruch verdunkelte eines Tages auf Jahrhunderte den Himmel und die Temperaturen fielen. Fast die gesamte Tier- und Pflanzenwelt des Planeten starb aus – darunter auch die Brülltiger. Die Laschmeen standen ebenfalls am Rand des Untergangs, doch dank der Entdeckung des Feuers und der Entwicklung erster primitiver Werkzeuge gelang es ihnen, den spärlichen Überresten der einstmals reichen Flora und Fauna genügend Ressourcen abzutrotzen, um als Gruppe von mehreren Tausend Individuen lange genug zu überleben, bis sich die Natur allmählich erholte. Nachdem sie dieses Nadelöhr passiert hatten, stand ihrem weiteren Aufschwung zur herrschenden Spezies über den Planeten nichts mehr entgegen.

In ihrer Geschichte hatten sie vor allem eines gelernt: Die Natur war hart und grausam und die Welt war voller Feinde. Nur der Stärkere überlebte. Leben war Kampf und der Kampf war Lebensinhalt. Um zu überleben, nahm man sich, was immer man brauchte. Konkurrenz durfte es nicht geben und sie musste vernichtet werden. All dies sollte sie als Spezies dauerhaft prägen.

Nachdem es für die Laschmeen keine natürlichen Feinde mehr gab, richteten sie ihre Aggression gegen sich selbst. Dies war nicht ungewöhnlich. Viele Spezies durchliefen eine Phase, in der sie sich gegenseitig bekämpften. Manche gingen dabei unter, andere überstanden diesen kritischen Punkt in ihrer Entwicklung. Wieder hatten die Laschmeen Glück. Nur ihre außergewöhnlich hohe Geburtenrate verhinderte das Aussterben, als unzählige Kriege die Bevölkerung wieder und wieder drastisch reduzierten.

Der nächste Glücksfall bestand darin, dass sie eine nukleare Technologie erst zu einem Zeitpunkt entwickelten, als sich bereits ein Stamm als Sieger des Kampfes um die Vorherrschaft über Laschma durchgesetzt hatte. Wäre dies früher geschehen, wäre der Planet mit Sicherheit in einem nuklearen Holocaust untergegangen und die Laschmeen mit ihm.

Dann begannen sie, den Weltraum zu erobern.

Was für die Laschmeen eine unwahrscheinliche, jedoch nicht unmögliche Abfolge von Glücksfällen gewesen war, entpuppte sich für die anderen Spezies ihrer Heimatgalaxie als Katastrophe. Die Laschmeen kannten nichts anderes als immerwährenden Kampf ums Überleben und trugen diese Erfahrung ins All. Alles Fremdartige galt als prinzipiell feindlich und musste besiegt werden, bevor es zu einer ernsthaften Gefahr werden konnte. Die Paranoia der Laschmeen führte dazu, dass jede Zivilisation, auf die sie stießen, erbarmungslos angegriffen wurde. Es gab nur zwei Möglichkeiten, wenn man den Laschmeen begegnete: Unterwerfung oder Vernichtung.

Der letzte und entscheidende Glücksfall für die Laschmeen bestand darin, dass es keine höher entwickelte Spezies in ihrer relativ kleinen Heimatgalaxie gab, die sie hätte in die Schranken weisen können. Innerhalb weniger Hunderttausend Jahre gehörte ihnen die gesamte Galaxis. Endlich standen die Laschmeen auf der höchsten Stufe der Nahrungskette und sie würden alles dafür tun, diese Position zu verteidigen.

Dann entdeckten ihre Astrophysiker in einigen Hundert Millionen Lichtjahren Entfernung die geheimnisvolle Sphäre. Man entsandte einige Forschungsschiffe auf die lange, viele Jahre dauernde Reise und war überrascht, am Zielort Vertreter Tausender Zivilisationen aus Hunderten von Galaxien anzutreffen. Die Laschmeen waren keine gläubige Spezies und hatten kein Interesse an dem religiösen Aspekt der Sphäre oder gar an dem *Ruf der Erleuchtung*. Es ging ihnen um Wissen, denn Wissen bedeutete Macht. Wenn dort etwas verborgen lag, das Einfluss auf ihre Zukunft haben konnte, mussten sie darüber Bescheid wissen oder, besser noch, die Kontrolle darüber erlangen. Also verlangten sie ungehinderten Zugang. Doch sie mussten eine neue Erfahrung machen: Es gab nicht nur viele andere Galaxien – dort existierten auch Zivilisationen, die genauso alt und mächtig waren und die sich nicht einfach unterwerfen würden! Zwar waren die Laschmeen fast allen anderen Völkern technologisch überlegen, doch nicht den Kachlax, den *Wächtern der Erleuchtung*. Zumindest nicht mit der kleinen Expeditionsflotte. Die Laschmeen verließen die Sphäre im Streit, man könnte auch sagen, sie wurden mit Schimpf und Schande davongejagt.

Doch sie hatten in ihrer langen Geschichte noch etwas gelernt: *Selbst der stärkste Gegner kann bezwungen werden*. Auch über die Brülltiger hatte man letztlich triumphiert. Man brauchte nur eine Flotte, die groß genug war, und man würde die Kontrolle über die Sphäre erlangen. Außerdem würde man ausreichend Zeit brauchen, um sich auf die notwendige Konfrontation vorzubereiten. Diese Zeit war nun verstrichen und die Laschmeen waren wieder zur Sphäre unterwegs. Diesmal nicht mit einem kleinen Expeditionskorps, sondern mit einer Kriegsflotte aus mehreren Zehntausend Kampfschiffen.

12.

Während der letzten beiden Tage hatte sich die *Rhelina* mithilfe der Normaltriebwerke einem Cluster von Raumschiffen genähert, der nur ein paar Milliarden Kilometer entfernt im Raum trieb. In den Stunden nach der Entdeckung des dorianischen Kampfkreuzers hatte Hakera den Funkverkehr rings um die Sphäre gescannt und analysiert. Es war schnell deutlich geworden, dass es sogenannte Wächterstationen gab, die gleichmäßig rings um den Äquator der Sphäre verteilt lagen und um die sich die Schiffe der anderen Völker gerne gruppierten. Natürlich bevorzugte man die Nachbarschaft von Völkern, mit denen man sich nicht gerade im Krieg befand, und so kam es zu der ungleichmäßigen Verteilung der vielen Schiffe. Manche der Anwesenden blieben auch völlig unter sich und vermieden bis zu ihrer Teilnahme am *Ruf der Erleuchtung* jeglichen Kontakt zu anderen Spezies. Andere wiederum waren wesentlich geselliger und tauschten sich gerne aus. Hierfür waren die Wächterstationen ein beliebter Treffpunkt, die zudem die Möglichkeit boten, sich mit allerlei Nahrungsmitteln, Energieträgern oder sonstigen Rohstoffen zu versorgen. Gegen einen horrenden Preis, natürlich. Darüber hinaus boten sie Unterhaltungsmöglichkeiten aller Art für jegliche Spezies. Die Wartezeit bis zum *Ruf der Erleuchtung* konnte andernfalls sehr lang und langweilig werden.

Die Kachlax waren klug genug, vielseitige Ablenkungsmöglichkeiten zu bieten, um aufkommenden Spannungen vorzubeugen.

»Ich zähle insgesamt 13.403 Raumschiffe rings um die Station. Eine Analyse der Konfigurationen und Energiesignaturen deutet darauf hin, dass die Raumschiffe in diesem Cluster von über einhundert verschiedenen Zivilisationen stammen«, meldete Hakera.

Grand überflog die Auflistung, die Hakera gleichzeitig ins Hologramm eingespielt hatte. Einige Völker waren mit mehreren Hundert oder gar über tausend Schiffen angereist, andere Zivilisationen hatten nur ein oder zwei Schiffe geschickt. Auch was den Stand der technologischen Entwicklung anging, unterschieden sie sich gewaltig voneinander. Grand fragte sich, wie manche Schiffe die lange Reise hierher überhaupt hatten bewältigen können. Die Energieemissionen eines Schiffes, das aus fünf zu einer Reihe zusammengefügten Kugeln bestand und, von Mikrometeoriten zerschrammt, einsam am Rand des Clusters trieb, deuteten auf ein altertümliches Sprungtriebwerk mit antiquierten Fusionsreaktoren hin. Es musste jahrelang unterwegs gewesen sein, vielleicht sogar über einige Generationen, wenn die Besatzung nicht außerordentlich langlebig war.

»Bring uns so dicht wie möglich an die Wächterstation«, sagte Jalina. »Mit dem Shuttle bräuchten wir Stunden bis dorthin.«

Sie hatten beschlossen, die Wächterstation aufzusuchen, um mit anderen Wartenden ins Gespräch zu kommen. Vielleicht gab es ja eine Chance, sich in der Warteschlange nach vorne zu arbeiten, wenn man einen ausreichenden Gegenwert anzubieten hatte. Besonders die rückständigen Völker würden sich nach der dorianischen Technologie sämtliche Finger lecken. *Beziehungsweise sämtliche Krallen, Klauen, Tentakel oder was sie sonst so haben*, dachte Grand amüsiert. Natürlich machte dies nur Sinn, wenn eine der hier wartenden Spezies für die nächste, spätestens übernächste Runde zugelassen war.

Der Kampfkreuzer mit den Agenten des *Devorators* an Bord trieb weiterhin einsam auf seiner Position und machte keine Anstalten, etwas zu unternehmen. Grand fragte sich, was man dort plante, um zur Sphäre vorzustoßen. *Dass* Pläne existierten, stand für ihn außer Frage.

»Wir werden von der Station angefunkt. Man weist uns eine Parkposition in der Lücke zwischen dem Verband der drei zylindrischen und der sechs unregelmäßig geformten Schiffe zu.«

Parallel zu der Meldung markierte Hakera die Stelle auf dem Navigationsholo. Grand konnte auch auf dem Hauptdisplay sehen, wo die Wächter das Schiff haben wollten.

»Nicht so dicht an der Station, wie wir es gerne gehabt hätten, aber es geht auch so«, sagte er.

Hakera manövrierte die *Rhelina* zur angewiesenen

Position und brachte sie zum relativen Stillstand.

»Die Entfernung zur Wächterstation beträgt etwas über eine Lichtminute«, bestätigte die KI. »Shuttleflugzeit ungefähr eine halbe Stunde bei Vollschub.«

»Geht ja gerade noch«, knurrte Jalina, der ihre schlechte Laune anzumerken war.

»Was ist mit dir los?«, wollte Grand wissen. Er war besorgt, denn er hatte seine Freundin noch nie so missmutig erlebt.

»Mir geht Rigoran nicht aus dem Kopf«, sagte sie nach einer Weile. »Ich will einfach nicht glauben, dass es für ihn keine Rettung mehr gibt.«

Mike konnte Jalina verstehen. Sie hatte in der *Liga der Unsterblichen* mehr als tausend Jahre mit dem Gerberaner zusammengearbeitet und einige gemeinsame Einsätze mit ihm erlebt. Grand hingegen war erst kurz vor dem Ende der ursprünglichen Liga hinzugestoßen und kannte Rigoran nicht besonders gut. Er hatte ihn bei einer Versammlung im alten *Hort* kennengelernt, doch außer dem kurzen Zusammentreffen während der 'Mission Triangulum', als Rigoran die schlechte Nachricht vom Untergang der Liga überbracht hatte, waren sie sich nie begegnet.

»Erstens wissen wir nicht, ob er sich überhaupt an Bord des Kampfkreuzers befindet, und zweitens ist er nicht mehr derjenige, den du gekannt hast. Nicht, nachdem der *Devorator* ihn in den Fingern gehabt hat. Rigoran ist tot! Derjenige, der jetzt vielleicht so aussieht und seinen Namen benutzt, ist nicht Rigoran, sondern ein feindlicher Agent, der nicht zögern wird, uns auszulöschen. Es ist besser, du findest dich mit dem Gedanken ab.«

Jalina blitzte ihn wütend an. »Ich gebe ihn nicht so leicht auf! Denk, was du willst, Mike, aber falls er hier sein sollte und falls wir ihm begegnen, werde ich nichts unversucht lassen, um ihn zu retten.«

Grand wusste, dass es sinnlos war, Jalina zu widersprechen. Sie war ein Sturkopf und nicht so leicht von einer einmal gefassten Meinung abzubringen. Er nahm sich vor, besonders wachsam zu sein, sollte es tatsächlich zu einer Begegnung mit Rigoran kommen. Er würde nicht zulassen, dass Jalina bei dem Versuch, den ehemaligen Freund aus den Fängen des *Devorators* zu befreien, selbst zu Schaden kam. Eher würde er ihm einen Blasterschuss durch seinen Vogelschädel jagen, als zuzusehen, wie Jalina in Gefahr geriet. Aber es war besser, ihr nichts von seinen Überlegungen zu sagen.

»Wir gehen über diese Brücke, wenn wir sie erreichen«, sagte er stattdessen. »Zunächst sollten wir einen Schritt nach dem anderen machen. Bist du bereit?«

Jalina nickte nur. Ihre Stimmung war nicht die beste, aber sie gab sich sichtlich Mühe, es nicht an ihm auszulassen.

»Hakera, mach das Shuttle bereit. Minimale Konfiguration. Wir wollen bei unseren Gastgebern keine Habgier wecken.«

Wie der größte Teil der *Rhelina* konnte auch das Shuttle mittels Formenergie in jede denkbare Konfiguration versetzt und an die Wünsche der Besatzung angepasst werden. In diesem Fall erschien es Grand allerdings angebracht, den anderen Spezies zwar einen Blick auf eine hochstehende Technologie zu gewähren, die tatsächlichen Möglichkeiten der dorianischen Technik jedoch nicht vollständig offenzulegen. Je weniger man auffiel, umso eher entging man allzu neugierigen Fragen.

Jalina nahm an den Kontrollen Platz. Grand beschränkte sich auf die Rolle des Co-Piloten. Hakera hatte die Kanzel mit Varioenergiefenstern und einem normalen Steuerpult ausgerüstet. Die Anzeigen und Displays waren einfache Monitore und 3D-Anzeigen, jedoch keine Hologramme. Auch auf die Möglichkeit der Gestensteuerung hatten sie verzichtet und stattdessen auf Touchpads, Sensorfelder und sogar auf altertümliche Schieberegler und einen joystick-ähnlichen Steuerknüppel zurückgegriffen. Alles wirkte modern und zuverlässig, aber nicht besonders aufsehenerregend. *Eine schlichte und effiziente Eleganz, die auf eine hochstehende, aber nicht außergewöhnliche Zivilisation hinweist*, überlegte Grand. *Wer mit uns ins Geschäft kommen will, den erwartet allerdings die eine oder andere Überraschung.*

Hakera schleuste das Shuttle aus und Jalina gab

Vollschub. Grand war gespannt, was sie auf der Wächterstation erwarten würde.

13.

Dutzende kleiner Maschinen, manche mit bloßem Auge kaum zu erkennen, andere nicht größer als eine menschliche Hand, huschten über den verstümmelten Körper. Einige waren damit beschäftigt, Schläuche von metallisch glänzenden Ports abzukoppeln, die überall auf der Haut - wo es noch welche gab - sichtbar waren und durch die bis eben noch verschiedene Nährflüssigkeiten und Stimulanzien geflossen waren. Andere begannen, mechanische und kybernetische Erweiterungen an die dafür vorgesehenen Stellen anzuschließen.

Der Körper selbst ruhte in einer Wanne, die mit einem gelblich fluoreszierenden Gel gefüllt war und von der wiederum Schläuche und Kabel ausgingen, die dann im Boden verschwanden.

Die Augenlinsen waren geschlossen und der Körper bewegte sich nicht. Nur die Anzeigen verschiedener Instrumente an einer Wand des ansonsten leeren Raumes gaben Hinweise darauf, dass das Wesen am Leben war. Gezackte Kurven und pulsierende Lichter in unterschiedlichen Farben gaben die Vitalfunktionen wieder.

Dann ertönte ein leises Summen, ein Antigravfeld baute sich auf und hob den Körper aus dem Bad. Andere Roboter eilten herbei, diesmal mit größeren mechanischen Teilen, die sie am Körper anbrachten. Schließlich beendeten die kleinen Maschinen ihre makabere Arbeit, ließen sich zu

Boden fallen und verließen den Raum durch winzige Öffnungen in der Wand unterhalb der an Aktivität zunehmenden Anzeigen.

Auch die größeren Roboter führten ihre Arbeit zu Ende. Zuletzt brachten sie zusätzlich zu den beiden organischen Beinen zwei künstliche Gliedmaßen an, bevor sie sich in eine Nische zurückzogen und deaktivierten. Das Antigravfeld richtete den Körper auf, senkte ihn auf den Boden ab und ein leichtes Fesselfeld verhinderte, das er umfallen konnte, bevor das Wesen erwachte.

Dann öffneten sich die Augenlinsen.

»Fesselfeld aus!«

Die Stimme des Kachlax klang vom ersten Moment an scharf und befehlsgewohnt und kein bisschen unsicher, wie man angesichts des gerade erst beendeten Erweckungsrituals hätte erwarten können.

Ein Teil der Wand löste sich auf. In der Öffnung stand ein zweiter Kachlax, ebenfalls eine Mischung aus biologischen und künstlichen Komponenten.

»Wächter eins, Ehrerbietung!«

»Sprich!«

»Vorzeitige Erweckung aus Ruhezyklus notwendig. Begründung: hohe Wahrscheinlichkeit für anstehende Entehrung.«

»Kausalität?«

»Ursache: hyperdimensionale Fernortung. Bekannte Impulse. Multiple Echos. Bezug: Laschmeen. Befürchtung: feindliche Überlegenheit.«

Entsprechende Daten wurden in die Neuroimplantate von Wächter eins eingespeist. »Wirkung: bevorstehender Angriff. Probabilität nahe Gewissheit.« Wieder wurden die aufgefangenen Daten des Fernscans in das neuronale, kybernetische Netzwerk von Wächter eins überspielt. »Deutung: Laschmeen abgelehnt vor vielen Dekazyklen nach aggressivem Verhalten. Probabilität hoch für feindliche Reaktion.«

Wächter eins dachte für einige Millisekunden angestrengt nach und überprüfte die Berechnungen.

»Deutung akzeptiert. Volle Alarmbereitschaft. Flotte am interpolierten Eintauchpunkt gruppieren. Frage: temporaler Faktor?«

»Antwort: weniger als ein halber Dekazyklus bis zum Eintreffen.«

»Information an Kontaktwächter. Essenz: Stationen räumen und sichern. Anwärterschiffe warnen.«

»Anordnung wird übertragen und ausgeführt.«

»Wächterbasis durch zusätzliche Schiffe abriegeln.«

»Anordnung wird übertragen und ausgeführt.«

»Wächterrat einberufen.«

»Anordnung wird übertragen und ausgeführt.«

»Entlassen.«

Der Überbringer der schlechten Nachrichten drehte sich um und verließ den Raum. Wächter eins schickte einen Kontaktimpuls an die bereits informierten Wächter zwei bis sechs. Um ihn herum entstanden augenblicklich fünf Hologramme. Obwohl jeder Wächter unterschiedliche Erweiterungen am und im Körper trug, entstammten sie unzweifelhaft der gleichen Spezies. Der kugelförmige Kopf, die braune, faltige Haut, der lippen- und zahnlose Mund und der bei allen vorhandene schwarze, kurz geschnittene Haarschopf ließen keinen Zweifel daran aufkommen.

In der Zwischenzeit würden die Kontaktwächter, Angehörige des Wächtervolkes der Kachlax, die die umständliche Sprache beherrschten, in der die Anwärtervölker miteinander kommunizierten, ihrer Aufgabe nachkommen und die Stationen räumen lassen. Sie waren eine verwundbare Stelle im Verteidigungssystem rings um die *Sphäre der Erleuchtung* und man durfte nicht zulassen, dass Anwärter ums Leben kamen. Doch es gab noch einen wesentlich wichtigeren Ort, der essentiell für die Funktion der Kachlax als Wächtervolk war: die Wächterbasis, wo sich der *Rat der Erleuchtung* aufhielt, von wo aus der gesamte Bereich rings um die Sphäre der Erleuchtung überwacht wurde – und von wo aus der Zugang zur Sphäre möglich war. Ihn galt es zuvorderst zu sichern.

Es war die Aufgabe der Wächter, nicht nur die Sphäre zu schützen und den Zugang dorthin zu regeln, sondern auch dafür zu sorgen, dass niemand im Angesicht der Kreatoren zu Schaden kam. Die Kachlax wussten, dass mit großer Macht auch große

Verantwortung einhergeht. Solange man ihre Regeln befolgte, waren sie großmütig und friedlich. Sobald man jedoch gegen diese Regeln verstieß, würden sie unbarmherzig zuschlagen. Wächter eins war sich sicher, dass die Laschmeen dies in Kürze zu spüren bekommen würden.

»Wächterrat versammelt«, sagte Wächter eins. »Zusammenschluss.«

Die sechs Wächter stimmten ihre neuronalen Netzwerke aufeinander ab und verbanden ihre Denkprozesse.

14.

Die Andockformalitäten waren denkbar einfach gewesen. Eine mechanische Stimme, höchstwahrscheinlich die zentrale KI der Wächterstation, hatte die Insassen des Shuttles aufgefordert, ihre biologischen Spezifikationen und die gewünschten Umweltbedingungen zu nennen.

»Kohlenstoffbasierte Lebensform, Sauerstoffatmer, Sauerstoff-Stickstoff-Verhältnis etwa 20 zu 80, Gravitation eines durchschnittlichen Gesteinsplaneten mit flüssigem Wasser der Dichte 5 bis 6 g/cm^3 und einer Sonne der gelben Spektralklasse.«

Grand hoffte, das Translatorprogramm würde diese Angaben korrekt übersetzen und in die hier genutzten Maßeinheiten umrechnen. Er verspürte keine Lust, plötzlich unter mehrfacher Erdschwerkraft in einer schwefligen Kohlendioxid-Atmosphäre zu landen, wo ihn eine silikatbasierte Lebensform womöglich als das bestellte Frühstück betrachtete. Doch die Software funktionierte hervorragend, wie sich schnell herausstellen sollte.

»Folgt dem Leitstrahl. Ihr findet die passenden Umweltbedingungen in Blatt zehn.«

Was die Stimme als 'Blatt zehn' bezeichnet hatte, war einer der zwölf Abschnitte, die wie weit ausladende Blütenblätter rings um den zentralen 'Stiel' der Station angeordnet waren. Tatsächlich ähnelte die Wächterstation einer gigantischen

Blume, die voll erblüht war. Jedes der ovalen 'Blütenblätter' hatte eine Länge von annähernd zehn Kilometern und maß an der breitesten Stelle immer noch fast sechs Kilometer, wobei es nahezu zwei Kilometer dick war. Der 'Stiel', ein ebenfalls etwa zehn Kilometer langer und fünf Kilometer dicker Zylinderkörper, enthielt die für den Betrieb notwendigen Aggregate und Steuereinheiten sowie am unteren Ende ein klobiges Antriebsmodul, um die Station im Raum bewegen zu können. Der vielleicht einen Kilometer über die 'Blüte' hinausragende Teil des Zylinders war übersät von Antennenarrays und Scannermodulen, was ihm erst recht das Aussehen eines Blütenstempels gab, und Grand glaubte, unter den Aufbauten einige Geschütztürme zu erkennen.

Man wies dem Shuttle eine Landebucht zu, die zum Weltraum hin mit einem bläulichen Energieschirm abgesichert war, der das Entweichen der Atmosphäre verhindern sollte, jedoch von an- oder abfliegenden Schiffen ohne Probleme durchdrungen werden konnte. Jalina parkte das Shuttle zwischen einem weißen, eiförmigen Beiboot und etwas, das wie ein fliegender Sarg mit einem spitzen Bug aussah. Die schwarze Farbe unterstützte diesen Eindruck.

Nachdem der Antigrav surrend ausgelaufen war, öffnete sie die hintere Schleuse und fuhr eine kurze Rampe aus. Grand hatte sich zuvor sicherheitshalber mit einem misstrauischen Blick auf die Anzeigen davon überzeugt, dass sie hier ohne Raumanzug überleben konnten. Jalina bemerkte es und konnte sich ein Grinsen nicht verkneifen.

»Angsthase«, flüsterte sie ihm zu und bewies wieder einmal ihre Vorliebe für alte terranische Ausdrücke.

»Lieber ein lebender Feigling als ein toter Held«, konterte Grand, ebenfalls grinsend. Jalinas schlechte Laune schien sich gebessert zu haben, was er erfreut zur Kenntnis nahm.

Es gab keine weiteren Kontrollen am Übergang vom Hangar zu jenem Teil, in dem jede Spezies fast alles vorfand, was sie für ihren Aufenthalt an der Sphäre benötigte – der immerhin Jahre dauern konnte. Ein Hologramm zeigte den Aufbau der verschiedenen Ebenen und Sektoren und wies darauf hin, was es dort zu finden gab. Die Wächter schienen über alle Völker, die hier anzutreffen waren, sowie über die jeweiligen Bedürfnisse, Vorlieben und Laster genauestens Bescheid zu wissen. Das galt natürlich nicht für Terraner und Kolltaner, die in einem anderen Universum zu Hause waren. Trotzdem blieben Michael und Jalina staunend am Eingang stehen.

Vor ihnen erstreckte sich eine Landschaft, der nicht anzusehen war, dass sie sich innerhalb einer Raumstation befand. Dies war nicht allzu ungewöhnlich, waren doch innerhalb großer Habitate in ihren Heimatsystemen ebenfalls Landschaften zu finden, wie sie auch auf einem

Planeten anzutreffen waren. Doch hier war man noch einen Schritt weitergegangen.

Der blaue Himmel schien kilometerweit entfernt zu sein, mit weißen Wolkenbändern, die, von einem leichten Wind getrieben, langsam in der Ferne verschwanden. Einer Ferne, die die tatsächliche Ausdehnung des 'Blattes' bei Weitem überstieg. Der Ball der hoch stehenden, gelben Sonne sah nicht anders aus, als Sol von der Erde aus gewirkt hätte.

Am Horizont zeichnete sich ein Gebirge in der flirrenden Luft ab, dessen schneebedeckte Gipfel im Sonnenlicht weiß leuchteten. Grand schätze die Entfernung bis zu den aus dem Tal ansteigenden Hängen des Gebirgszuges auf mindestens fünfzig Kilometer, wesentlich weiter, als es bei der Größe der Wächterstation der Fall hätte sein dürfen. Von ihrem Standort aus, einem Gebäude auf der Spitze eines kleinen Hügels, sahen sie vor sich eine Stadt, wie man sie moderner auf keinem von Humanoiden besiedelten Planeten der Milchstraße hätte vorfinden können. Sie war nicht besonders groß, aber ihre Wolkenkratzer schraubten sich in schwindelerregende Höhen. Dazwischen surrten Gleiter auf verschiedenen Flugebenen emsig umher. Von ihrem Ankunftsort führte eine A-Gravbahn, die sich aus einem Streifen aus Betonplast durch eine parkähnliche Landschaft wand, ins Zentrum der Stadt. Die Flora entsprach zwar nicht exakt derjenigen auf der Erde, doch die Ähnlichkeit war verblüffend. Sie passierten bunte Blumenrabatten und glitten durch schattige Alleen. Der Rasen und die Blätter der Bäume waren grün, die Blumen bunt und die Luft roch aromatisch, wie ein Wald direkt nach einem Regenschauer.

Die perfekte Synthese aus tatsächlich vorhandener Landschaft und holografischer Täuschung zeugte von einem extrem hochstehenden technologischen Niveau. Grand konnte nicht sagen, wo das eine aufhörte und das andere begann.«

»Beeindruckend«, sagte Jalina.

»Allerdings«, stimmte Grand zu. »Man gibt sich wirklich Mühe, die lange Wartezeit so erträglich wie möglich zu machen.«

»Wenn man mich mit verbundenen Augen hierhergebracht hätte, könnte ich nicht feststellen, dass ich mich in einer Raumstation befinde.«

»Selbst die Gravitation entspricht ziemlich genau unserer Norm«, stellte Grand nach einem Blick auf den Smartscreen an seinem Handgelenk fest.

»Überrascht es dich nicht, wie ähnlich die Entwicklung in verschiedenen Universen verläuft?«

»Nicht wirklich«, sagte Grand. »Tiberius hat uns ja gesagt, dass in diesem Universum nahezu identische Naturgesetze gelten. Wieso sollte die Evolution dann hier andere Wege beschreiten?«

Unmittelbar vor ihnen hielt eine der kleinen Kabinen und die Pneumotür öffnete sich automatisch. Jalina blickte Grand fragend an.

Er zuckte die Achseln. »Wozu sind wir sonst

hier?«

Sie stiegen ein und das Gefährt setzte sich fast lautlos in Bewegung. Außer ihnen befand sich niemand in der Viererkabine.

Sie legten die kurze Strecke bis zum Stadtrand schweigend zurück. Als sie die ersten Gebäude passierten, sahen sie zum ersten Mal Angehörige anderer Völker, die hier auf die Teilnahme am *Ruf der Erleuchtung* warteten. Sowohl humanoide Formen als auch offensichtlich insektoide oder reptiloide Wesen bevölkerten die Gehsteige und Schwebeflächen. Sogar den Vertreter eines avianen Volkes bekamen sie zu Gesicht. Keines der Wesen glich exakt einer Spezies, die sie aus der Milchstraße kannten, aber die äußerlichen Unterschiede waren teilweise recht gering. Grand sah sogar ein Individuum, das beinahe als Terraner oder Kolltaner hätte durchgehen können, wenn die Hautfarbe nicht ein blasses Violett gewesen wäre.

»Wohin möchtet ihr?«

Die Passiv-Translatoren in ihrem Gehörgang, von Grand scherzhaft 'Babelfish' genannt, was Jalina mit einem irritierten Blick quittiert hatte, waren mit der hier üblichen Verkehrssprache programmiert worden; somit bereitete es ihnen keine Schwierigkeiten, die Frage zu verstehen. Der nur fingernagelgroße Aktiv-Translator, den sie unter das Kinn geklebt trugen und der Grand an eine hässliche Warze erinnerte, ermöglichte die simultane Übersetzung in umgekehrter Richtung.

»Setze uns im Vergnügungsviertel ab, falls es hier so etwas gibt«, befahl Grand der primitiven Kabinen-KI.

»Natürlich. Ich darf darauf hinweisen, dass die hier angebotenen Waren und Dienstleistungen kostenpflichtig sind. Ich könnte euch an einer Wechselstube absetzen.«

Sie hatten vor dem Flug hierher Erkundigungen darüber eingeholt, wie die Bezahlung auf einer Wächterstation ablief. Auch diese Information war in den Datenpaketen enthalten gewesen, die man ihnen nach ihrer Ankunft geschickt hatte. Es gab verschiedene Möglichkeiten, die rings um die Sphäre üblichen 'Coins' zu erwerben, einige davon durchaus unappetitlich, wie Grand fand, und sie hatten sich für einen Tauschhandel entschieden. Coins gegen Technologie!

Sie verließen die A-Gravkabine am Rand des Vergnügungssektors. Vor ihnen lag ein kleiner Platz, der von hohen Gebäuden umgeben war. Vom Zentrum aus führten schlauchförmige Antigravfelder, die ihre Ausrichtung ständig änderten, auf verschiedene Ebenen. Die unterschiedlich bunt gefärbten energetischen Röhren zuckten in einem nicht durchschaubaren Muster hin und her und setzten ihre Benutzer einen nach dem anderen am gewünschten Zielpunkt ab. Farbige Hologramme schwebten über und zwischen den Passanten und priesen die Vorzüge aller möglichen Waren und Dienstleistungen an, die es in diesem Viertel zu finden gab. Um Missverständnisse zu vermeiden, war die Werbung aussagekräftig bebildert. Überlagert wurde das Ganze durch eine fast schmerzhaft laute Kakofonie, die sich aus den Stimmen aufgeregt redender Aliens, aus dröhnender, fremdartiger und größtenteils misstönender Musik, lärmenden Werbebotschaften und den undefinierbaren Geräuschen irgendwelcher Maschinen zusammensetzte. Insgesamt machte alles auf Grand den Eindruck eines völlig aus den Fugen geratenen Jahrmarkts.

Was sie an Werbehologrammen zu sehen bekamen, unterschied sich nicht wesentlich von dem, was einschlägige Etablissements auf vielen Planeten ihrer Heimat anboten. Allerdings waren auch Angebote darunter, die bei jeder zivilisierten Spezies der Milchstraße illegal gewesen wären. *Sex and Drugs and Rock ´n´ Roll sind wohl interuniversell*, dachte Grand amüsiert. Moral schien hier ein sehr dehnbarer Begriff zu sein.

»Dort drüben!«, rief Jalina über das akustische Chaos hinweg.

Genau gegenüber leuchtete ein knallgrünes Hologramm, das einen Coinchip darstellte. Die Darstellung drehte sich unentwegt um die eigene Achse und flackerte dabei aufgeregt. Darunter befand sich der Zugang zu einem der Gebäude.

Sie überquerten den Platz, wobei sie darauf achten mussten, nicht ständig mit geschäftigen Aliens zusammenzustoßen oder von sanft tastenden

Traktorfeldern in Richtung eines der Werbehologramme gedrängt zu werden, die ihnen teilweise hartnäckig folgten.

Aufatmend betraten sie die Wechselstube durch ein schimmerndes Energiefeld, das den Lärm draußen hielt. Im Innern herrschte wohltuende Ruhe.

Mitten in dem quadratischen Raum befand sich lediglich ein ebenfalls quadratischer Tisch, hinter dem ein Krakenwesen auf etwas saß, das wie ein Sitzkissen aussah. Die ockerfarbenen Wände waren völlig blank. Hinter dem Kraken sah Grand einen verschlossenen Durchgang.

»Ich bin Emolidoraketrandoguron. Ihr könnt mich Emo nennen. Was habt ihr anzubieten?«

'Emo' besaß einen fassförmigen Körper, der am unteren Ende vier schlangenartige Gliedmaßen aufwies, die wahrscheinlich der Fortbewegung dienten. Derzeit hingen sie schlaff von dem Kissen herab und erinnerten an tote Schlangen. Weiter oben befanden sich vier Schlangenarme, die jeweils in vier Tentakelfingern endeten und mit mehreren Stapeln Coins auf dem schwebenden Tisch spielten. Emo erinnerte Grand an einen Pokerspieler, der ständig seine Chips durch die Finger gleiten ließ. Die Coins machten dasselbe klackernde Geräusch, das ihm schon jetzt auf die Nerven ging. Emos kugelrunder Kopf trug, wie der eines irdischen Oktopus, einen Papageienschnabel. Aus seinen beiden großen Augen starrte er sie kalt an. Sein

Körper war von einer Art kurzem Kaftan bedeckt und die schuppige Haut war dort, wo man sie sehen konnte, von einem fahlen Gelb.

Hakera hatte versucht, herauszufinden, welche Technologien derzeit besonders hoch im Kurs standen. Abgehörte Funkgespräche ließen darauf schließen, dass besonders Hightech-Materiekonversion gefragt war.

»Wir haben einen Bauplan für einen Elementarwandler«, sagte Jalina.

»Nicht wirklich interessant. Das kann so gut wie jeder hier.« Emo klang gelangweilt. »Dafür gibt es höchstens einhundert Coins.

Für einhundert Coins konnte man hier gerade einmal gut essen gehen, wie Grand wusste. Wenn sie in einer der vielen anrüchigen Kneipen Kontakte knüpfen wollten, benötigten sie sehr viel mehr Geld. Er wusste allerdings auch, dass selbst Datensätze für die klobigen Konverter, wie sie auf der Station gehandelt wurden, mindestens das Zehnfache einbrachten. Der gute Emo versuchte, die offensichtlichen Neuankömmlinge zu bescheißen!

»Unsinn!«, schaltete Grand sich ein. »Erstens ist diese Technologie sehr viel mehr wert und zweitens ist das, was wir anzubieten haben, etwas ganz Besonderes.«

»Das behauptet jeder.« Emo seufzte auf fast menschliche Art. »Na schön! Zeigt mal, was ihr habt, dann reden wir über den Preis.«

Jalina streckte die Hand aus und projizierte von ihrem Smartscreen das Hologramm einer kompliziert aussehenden Apparatur auf die Tischplatte.

»Dieses Gerät kann nicht-metallische Elemente mit minimalem Energieaufwand durch Quantenwandlung und Stringmanipulation in alle Metalle umwandeln, die in der Natur vorkommen.

»Tatsächlich?« Emo war jetzt sichtlich interessiert.

»Ja«, bestätigte Jalina. »Solange es sich nicht um reinen Wasserstoff handelt. Es muss sich mindestens ein Neutron im Atomkern befinden.«

»Interessant, aber auch nicht so außergewöhnlich. Zugegeben, die meisten Wandler benötigen Elemente höherer Ordnungszahl als Ausgangmaterial, aber davon gibt es genügend. Also gut, fünfhundert Coins.«

»Jetzt sage ich dir, warum unsere Technologie mindestens *fünftausend* Coins wert ist!« Jalina grinste unverschämt. »Der Wandler ist nicht größer als dein verdammter Tisch!«

Sie wusste genau, dass vergleichbare Materiewandler den gesamten Raum gefüllt hätten. Bei geringerer Leistung!

»Oh, das ist … äh … bemerkenswert.«

»Also, Emo, wie viel gibst du uns für den Datensatz?«

»Ähm, wenn eure Angaben korrekt sind, und davon gehe ich natürlich aus«, setzte er schnell hinzu, als er sah, wie sich Grands Gesicht zu verdüstern begann, »dann wäre ich bereit … was haltet ihr von zweitausend?«

Jalina schaltete das Hologramm aus. »Es gibt hier sicher noch andere Wechselstuben. Komm, lass uns gehen«, sagte sie an Grand gewandt.

»Wartet, wartet!« Das Krakenwesen sprang erstaunlich behände auf seine vier Lauftentakel. »Ich könnte sicher noch etwas …«

»Etwas mehr!«, unterbrach Jalina ihn.

»… etwas mehr nach oben gehen«, beendete Emo seinen Satz. »Ihr müsst verstehen, ich muss auch leben und Profit machen. Aber mehr als dreitausend … viertausend«, korrigierte er sich, als Jalina Anstalten machte, zum Ausgang zu gehen. »Mehr ist nicht drin.«

»Na gut, wir sind ja keine Halsabschneider«, stimmte Jalina zu. Grand fragte sich, wie der Translator diesen terranischen Begriff wohl übersetzte.

»Viertausend also«, wiederholte Emo. »Abgemacht! Überspielt euren Datensatz auf diesen …«

Im selben Moment erklang ein durch Mark und Bein gehender, schriller Ton und eine laute Stimme durchdrang sogar das Abschirmfeld.

»Die Station ist sofort zu räumen! Sämtliche Aktivitäten in dieser Sektion werden umgehend eingestellt.«

Die Ansage wurde ständig wiederholt, dazwischen ertönte immer wieder das nervenzerfetzende Sirenengeheul.

»Irgendwas ist passiert. Wir sollten schleunigst zurück zur *Rhelina*«, sagte Grand. Der dorianische Kampfkreuzer ging ihm nicht aus dem Kopf und Grand befürchtete, dass er der Grund für den Alarm sein könnte.

Jalina schien ähnliche Befürchtungen zu hegen. Sie nickte nur und stürmte Richtung Ausgang.

»Wartet, Freunde, es bleibt doch sicher noch Zeit…«, rief der aufgeregt mit seinen Tentakeln fuchtelnde Emo hinter ihnen her, doch das konnten die beiden schon nicht mehr hören.

15.

Das heisere Geschrei erfüllte sämtliche Frequenzen. Soeben hatte Grundach Alsgorm, der Flottensupreme, eine feurige Ansprache an alle Schiffe der Laschmeen übertragen lassen und die Besatzungen stimmten jetzt in den traditionellen Schlachtruf ein.

Kampf war der Lebensinhalt aller Laschmeen. Man lebte *für* ihn und sehnte sich nach einem ehrenvollen Tod *in* ihm. Die vor vielen Jahren erlittene Schmach war niemals vergessen worden. Verjagt zu werden, als unwürdig angesehen zu werden, gedemütigt zu werden – diese Erfahrung lastete wie eine schwärende Wunde auf der Seele des gesamten Volkes. Es konnte nur eine Antwort geben: Rache und die totale Vernichtung des Feindes.

Man hatte die Aufzeichnungen der damaligen Erkundungsflotte genauestens studiert. Im Umkreis der geheimnisvollen Sphäre gab es nur einige Zehntausend Schiffe derjenigen, die sich als 'Wächter' aufgespielt hatten. Nun kehrten die Laschmeen mit fast einhunderttausend Schiffen zurück. Auch wenn die selbsternannten Wächter technologisch auf einem bemerkenswerten Niveau agierten, so sollten die Überzahl, die eigenen militärischen Fähigkeiten und vor allem der unvergleichliche Kampfeswille der Laschmeen den Ausschlag geben. Die Schiffe all derer, die brav wie gezähmte Trelarböcke darauf warteten, dass man ihnen Zugang zur Sphäre gewähren würde, stellten keine Gefahr dar. Wer sich den Wächtern untergeordnet hatte, würde erst recht nicht wagen, gegen die Kriegsflotte der Laschmeen aufzubegehren. Vor allem dann nicht, wenn jeder würde sehen können, wie die Laschmeen mit den Wächterschiffen kurzen Prozess machten.

Grundach Alsgorm war ein Prachtexemplar seiner Gattung. Mehr als zweieinhalb Meter groß, mit zwei Beinen wie Baumstämme und einem langen, muskulösen Schwanz, der mit einem Schlag jeden Widersacher bewusstlos zu Boden schicken konnte. Ein Terraner hätte ihn leicht für die kleinere Ausgabe eines Tyrannosaurus Rex halten können, abgesehen von den beiden kräftigen Armen, deren Muskeln vermuten ließen, sie könnten einen Gegner in Stücke reißen, und deren Krallenhände schreckliche Wunden verursachen konnten. Selbst der gefürchtete und insgesamt viel größere Raubsaurier, der einst die Erde beherrscht hatte, hatte nicht solch kräftige Vorderläufe besessen. Auch der lang gezogene Kopf, von dem die stumpfe Schnauze fast zwei Drittel ausmachte, wies eindeutig auf die Abstammung von Reptilien hin. Allerdings waren die kleinen Zähnchen im Kampf nicht von Nutzen. Eine immense Körperkraft und krallenbewehrte Hände und Füße waren die Waffen, die die Natur den Laschmeen mitgegeben hatte. Und einen Kampfgeist, der seinesgleichen suchte.

»Sie werden mit Begeisterung für dich sterben, Supreme«, sagte der Erste Superior, Alsgorms rechte Hand bei diesem Feldzug, nachdem das Gebrüll verklungen war.

»Sie werden den Laschmeen Ehre machen«, bestätigte Alsgorm. »Es ist die gewaltigste Flotte, die unser Volk jemals aufgeboten hat. Unser Kreuzzug wird in die Geschichte eingehen.«

In den mehr als dreihunderttausend Umläufen, die seit dem ersten Schritt der Laschmeen ins All vergangen waren, hatten sie sich nicht nur die eigene Galaxie untertan gemacht, mittlerweile streckten sie ihre Fühler auch bereits nach der Nachbargalaxie aus. Aufgrund der riesigen Entfernungen zwischen den Galaxien innerhalb dieses Universums war das kein leichtes Unterfangen. Selbst das Licht benötigte mehr als fünfundzwanzig Millionen Umläufe, um die Distanz zur nächstgelegenen Galaxie zu überbrücken. Inzwischen war die Technologie der Laschmeen weit genug entwickelt, um auch diesen Schritt zu wagen. Doch man hatte die Eroberungspläne zurückgestellt, um die uralte Schmach endlich zu tilgen.

Flottensupreme Alsgorm war sich darüber im Klaren, dass sie jahrelang von der Heimat getrennt sein würden. Allein der Flug über die unermessliche Entfernung von fast dreihundert Millionen Lichtjahren hatte fast zehn Umläufe beansprucht, doch dieses Opfer musste gebracht werden. Seit fast zehntausend Umläufen hatten die Laschmeen nicht nur auf den Tag der Rache gewartet, sondern darauf hingearbeitet. Jetzt waren sie noch stärker, noch mächtiger als damals und die lange Zeit der Vorbereitung sollte sich nun auszahlen. Sie würden die Wächter vernichten, sich in den Besitz der Sphäre bringen, ihre Geheimnisse enträtseln und durch das zusätzlich gewonnene Wissen zur beherrschenden Spezies dieses Universums aufsteigen. Wie es ihre Bestimmung war!

»Unser Volk wird durch dich einem neuen Höhepunkt und einer glorreichen Zukunft entgegenstreben«, sagte der Erste Superior und verneigte sich ehrerbietig.

»Ich leiste meinen Beitrag, wie es meine Pflicht ist«, antwortete Alsgorm mit einer Bescheidenheit, die er in Wahrheit nicht verspürte. Im Gegenteil – er sah sich als der größte Held an, den die Laschmeen in ihrer an Helden nicht gerade armen Geschichte je hervorgebracht hatten. Nach seiner triumphalen Rückkehr würde man ihn mit einem Mausoleum auf der Heimatwelt ehren, das noch zu seinen Lebzeiten erbaut werden würde. Dem prächtigsten, das je errichtet worden war. Und sicherlich würde man ihn in den Hohen Rat berufen, ihm vielleicht sogar den Vorsitz antragen, falls der derzeitige *Laschmeenor*, der Höchste der Laschmeen, versterben oder entmachtet werden sollte. Flottensupreme Grundach Alsgorm litt nicht unter mangelndem Selbstbewusstsein.

»Es sind nur noch wenige Mikroumläufe, bis wir das Ziel erreichen. Erteile allen Primären den Befehl, auf die Angriffsvektoren einzuschwenken«, ordnete er an.

Jeder von einem *Primär* geführte Verband seiner Flotte hatte ein klar definiertes Angriffsziel. Es galt, mit einem Teil der Flotte die Wächterstationen auszuschalten, während die überwiegende Zahl der Kriegsschiffe die Wächterschiffe eliminieren würden. Alsgorms Verband, bestehend aus fünfzehntausend der kampfstärksten Einheiten, würde sich dem strategisch wichtigsten Ziel widmen, das mit Sicherheit am erbittertsten verteidigt werden würde: der Wächterbasis, die hoch über dem Ring, den die vielen Raumschiffe der Anwärter gebildet hatten, über einem der Pole der Sphäre fest verankert war. Dort, direkt unter der Wächterbasis, befand sich der Zugang, den jeder anstrebte. Nur auf diesem Weg war es möglich, in die Sphäre einzudringen und ihre Geheimnisse zu enträtseln. Alsgorm nahm sich vor, der Erste zu sein, der durch diese Pforte in das sagenumwobene Gebiet jenseits von Raum und Zeit vordringen würde. Nichts würde ihn aufhalten.

16.

Fasziniert beobachtete Rigoran, wie plötzlich Hunderte von Raumschiffen von den Wächterstationen wegstoben. Er war sicher, dass in diesem Moment auf der von ihnen abgewandten Seite der Sphäre genau dasselbe geschah. Noch während er überlegte, was das wohl zu bedeuten hatte, meldete sich das Schiffs-Gehirn.

»Eingehende Nachricht!«

Ohne auf eine Anordnung zu warten, legte es den Anruf auf das große Display.

»Dies ist eine dringende Mitteilung der Wächter!«

Der Kachlax war ein anderer als derjenige, der sie an der Sphäre begrüßt hatte. Obwohl er offensichtlich der gleichen Spezies angehörte, trug er völlig andere Erweiterungen und Supplemente am Körper. Rigoran fragte sich, ob die Modifikationen sich an persönlichen Vorlieben orientierten oder vielleicht mit dem Aufgabenbereich des jeweiligen Kachlax zusammenhingen. *Oder mit dem Rang*, überlegte er.

»Es nähert sich eine höchstwahrscheinlich feindselige Flotte. Mit ihrem Eintreffen ist in Kürze zu rechnen. Die Wächterstationen werden derzeit vorsichtshalber geräumt, da sie ein Angriffsziel darstellen könnten. Die Wächterflotte ist auf jede aggressive Handlung vorbereitet – es besteht somit kein Grund zur Besorgnis! Wir weisen darauf hin, dass auch weiterhin jegliche Waffenaktivierung untersagt bleibt. Unsere Schiffe sind in der Lage, jede Bedrohung abzuwehren. Sollte eines der Anwärterschiffe diese Situation ausnutzen und den Versuch unternehmen, einen Konkurrenten anzugreifen, erfolgen die bekannten Gegenmaßnahmen. Die Aktivierung von Schutzschirmen ist hingegen bis auf Weiteres gestattet. Wer will, kann das Umfeld der *Sphäre der Erleuchtung* vorübergehend verlassen. Der Rang in der Warteliste geht dadurch in diesem Fall nicht verloren. Ende der Mitteilung.«

Die Nachricht wurde in einer Endlosschleife wiederholt.

Ein Angriff! Die Annalen der *Sphäre der Erleuchtung*, auf die jedermann hier freien Zugriff hatte, wussten von einem derartigen Zwischenfall in der langen Geschichte dieses Ortes nichts zu berichten. Konnte es Zufall sein, dass ausgerechnet jetzt ein solcher Angriff bevorstand? Oder hatte am Ende das *Coniunctional* seine Hand im Spiel? Galt der Angriff vielleicht sogar ihnen und nicht der Sphäre oder den Wächtern? Rigoran überlegte, was das alles zu bedeuten hatte und wie er am besten darauf reagieren sollte.

»Was sagen deine Langstreckenscanner?«

»Ich habe unverzüglich den Bulk gescannt und kann tatsächlich die Präsenz einer großen Flotte ausmachen, die sich auf einem Anflugkurs befindet«, sagte das Schiff. Natürlich war die überlegene Technologie der Dorianer ebenso in der Lage, diese Flotte ausfindig zu machen, wie die

Scanner der Krachlax. »Es handelt sich um etwa einhunderttausend anfliegende Objekte. Die Signaturen sind mir unbekannt und entsprechen keinem der hier anwesenden Schiffe.«

Nein, überlegte Rigoran, *selbst das Coniunctional kann nicht innerhalb weniger Tage eine derart große Flotte zusammenstellen.* Zudem musste sie bei den riesigen Entfernungen zwischen den Galaxien dieses Universums bereits seit sehr langer Zeit unterwegs sein, um nun hier einzutreffen. Hinter dieser Aktion steckte sicherlich nicht der Gegenspieler seines Meisters. Rigoran durfte also davon ausgehen, dass der Angriff nicht ihm, sondern entweder einem der hier wartenden Völker oder den Wächtern galt. Angesichts der Größe der Flotte war ein Angriff auf die Wächter am wahrscheinlichsten. Jemand wollte die Kachlax ausschalten und die Kontrolle über die Sphäre erlangen. Das war die einzig logische Schlussfolgerung.

Wie konnte er diese Situation für sich nutzen?

»Die Angreifer nehmen Kursänderungen vor und spalten die Flotte in mehrere Verbände auf. Bei der augenblicklichen Geschwindigkeit werden sie in drei Minuten hier eintreffen. Meine Berechnungen ergeben, dass sie sich auf verschiedene Ziele gleichzeitig stürzen werden, darunter die Wächterstationen und die große Station über dem Pol. Erbitte Anweisungen.«

Rigoran konnte auf dem Holo beobachten, wie die meisten der hier wartenden Raumschiffe ihre

Abschirmfelder und Schutzschilde hochfuhren. Zwei oder drei Schiffe ergriffen vorsichtshalber die Flucht, beschleunigten und verschwanden im übergeordneten Kontinuum. Sicherlich waren sie technologisch so weit unterlegen, dass sie nicht über geeignete Schutzmechanismen verfügten und daher befürchten mussten, ein leichtes, wenn auch zufälliges Opfer der zu erwartenden Kampfhandlungen zu werden.

»Wir sollten das entstehende Chaos nutzen, um die Agenten des *Coniunctional* anzugreifen und zu vernichten«, sagte Silvar, der bisher wie üblich schweigend neben Rigoran gesessen hatte. »Die Wächterschiffe werden damit beschäftigt sein, die Angreifer abzuwehren, und keine Zeit haben, sich um unseren Regelverstoß zu kümmern.«

Silvar hatte recht. Sie würden nicht lange brauchen, um das kleine Schiff zu zerstören. Wenn die Wächterschiffe abgelenkt waren, sollte ein Angriff auf die *Rhelina* ein Leichtes sein. Sofern sich überhaupt eines finden würde, das während einer Schlacht Zeit fand, sich um die verbotene Waffennutzung zu kümmern. Bis sich tatsächlich ein Wächterschiff einmischen konnte, wären sie schon längst über alle Berge. *Soll sich der Devorator dann Gedanken machen, ob wir genügend Informationen mitbringen*, dachte Rigoran. *Jedenfalls können wir danach keinesfalls noch länger hierbleiben.*

»Na schön«, stimmte er zu. »Sobald die Kampfhandlungen voll entbrannt und die

Wächterschiffe an ihren Feinden gebunden sind, greifen wir an.«

Dann schlugen die Masse- und Strukturtaster bis in den roten Bereich aus. Die angreifende Flotte fiel in den Normalraum zurück.

Es war sofort zu sehen, wo ihre Ziele lagen. Etliche Verbände von jeweils einigen Tausend Schiffen strebten augenblicklich den Wächterstationen zu und nahmen sie unter Beschuss. Der Großteil der Angreifer versuchte, die Wächterschiffe zu stellen und sie an der Sicherung der Station zu hindern. Das Taktikholo zeigte, dass die Wächter etwa eins zu drei in der Unterzahl waren und es trotz ihrer fortgeschrittenen Technologie nicht leicht sein würde, den Angriff abzuwehren.

Dann war eindeutig auszumachen, dass ein großer Verband von ungefähr fünfzehntausend Schiffen auf die Station über dem Pol der Sphäre zueilte. Dort befand sich die verbotene Wächterbasis, zu der außer den Kachlax niemand Zutritt hatte. Mit einer Ausnahme – denjenigen, die den Wettkampf auf dem *Pfad der Erleuchtung* siegreich beendet und sich somit das Recht erworben hatten, durch die *Pforte der Erleuchtung* zu treten und in die Sphäre vorzudringen.

Sofort ließen etliche Wächterschiffe von den übrigen zersplitterten Angreifern ab und eilten ebenfalls zur Wächterbasis. Die Schiffe der Kachlax gerieten dadurch in den vielen Einzelgefechten in eine noch schwierigere taktische Position.

Das Gefecht entbrannte nun mit voller Härte. Energiestrahlen durchzuckten lautlos das All, Torpedos und Abwehrraketen zogen feurige Bahnen durch die Schwärze, Schutzschilde flackerten in allen Farben unter dem Beschuss feindlicher Schiffe und die ersten feurigen Blumen explodierender Schiffe erblühten rings um die Sphäre.

»Angriff!«, befahl Rigoran. Die *Sonnenwind* beschleunigte und ging in den Bulk, um in wenigen Sekunden neben der *Rhelina* aufzutauchen und sie zu vernichten.

17.

»Kann es sich um einen vom *Devorator* initiierten Angriff handeln?« Seit sie die Warnung der Wächter erhalten hatten, war Grand dieser Gedanke nicht aus dem Kopf gegangen.

»Das ist höchst unwahrscheinlich«, sagte Hakera und führte die Gründe an. Grand konnte nicht wissen, dass in einigen Lichtmonaten Entfernung und etwa zur gleichen Zeit eine andere Schiffs-Intelligenz eine ähnliche Frage mit fast den gleichen Argumenten ebenfalls verneinte. »Allerdings gibt es eine hohe Wahrscheinlichkeit dafür, dass die Agenten des *Devorators* versuchen werden, die Gelegenheit für einen Angriff auf uns zu nutzen. Die Wächter werden genug damit zu tun haben, die fremden Angreifer abzuwehren, und nicht in der Lage sein, uns beizustehen«, beendete die KI ihre Ausführungen.

»Hakera hat recht«, warf Jalina ein. »Der unvorhergesehene Angriff einer riesigen Flotte verändert die Pattsituation, die bisher durch die Anwesenheit der Wächter zwischen unseren Schiffen geherrscht hat. Wer immer den Befehl dazu erteilt, weiß, dass er uns überlegen ist und relativ risikolos zuschlagen kann.«

»Welche Möglichkeiten bleiben uns?«, fragte Grand die KI.

»Wir könnten dem Angriff ausweichen und ins heimatliche Universum zurückkehren. Dann würden wir jedoch Rigoran, wenn wir davon ausgehen, dass er sich an Bord des Kampfkreuzers befindet, das Feld überlassen – mit nicht absehbaren und sicherlich gefährlichen Konsequenzen. Wir könnten uns dem Kampf stellen, was jedoch mit hoher Wahrscheinlichkeit mit unserer Vernichtung enden würde. Oder wir könnten die Wächter über unsere Befürchtungen informieren und um Schutz bitten.«

»Sie werden angesichts der drohenden Gefahr kaum geneigt sein, Schiffe zu unserer Verteidigung abzustellen, und uns stattdessen eher empfehlen, die Sphäre vorsichtshalber zu verlassen«, sagte Jalina.

Grand hatte plötzlich eine verrückte Idee. »Wie lange noch bis zur Ankunft der Flotte?«

»Sie wird in etwas mehr als einer Minute hier erscheinen, Michael. Die Angreifer teilen sich soeben in verschiedene Kampfverbände auf, wenn meine Scans korrekt sind«, antwortete Hakera.

»Kannst du etwas zu den wahrscheinlichen Zielen sagen?«

»Wie es momentan aussieht, werden sie sich die Wächterstationen vornehmen und gleichzeitig versuchen, möglichst viele Wächterschiffe in Einzelgefechte zu verwickeln, um sie auf diese Weise von den Verteidigungslinien fernzuhalten. Der größte Verband wird nach meinen Kursberechnungen die Polstation angreifen.«

»Der Kampfkreuzer wird warten, bis die Kämpfe ausgebrochen sind«, vermutete Grand. »Dann sind die Wächter anderweitig beschäftigt und er kann ungehindert zuschlagen.«

»Das ist logisch und wahrscheinlich«, bestätigte Hakera.

»Fahr die Schutzschirme hoch and halte dich bereit, auf mein Kommando hin in den Bulk zu gehen«, sagte Grand und ein kleines Lächeln stahl sich auf sein Gesicht. »Wir werden etwas tun, womit weder die Abgesandten des *Devorators* noch die Kachlax rechnen.«

»Darf ich fragen, was du planst?«, fragte die KI leicht pikiert. »Wenn ich deine Befehle schon freiwillig ausführe, wüsste ich wenigstens gerne, worauf ich mich einlasse. Auch wenn ich nur eine *Künstliche Intelligenz* bin, so besitze ich trotzdem einen Selbsterhaltungstrieb!«

Grand musste unwillkürlich lachen. »Keine Angst, liebste Hakera, ich habe nicht vor, uns alle in den Tod zu führen, auch wenn mein Plan nicht ganz ohne Risiko ist. Die von dir genannten drei Möglichkeiten sind allesamt unbefriedigend. Also müssen wir etwas unternehmen, mit dem niemand rechnet. Etwas, das uns nicht nur vor einem Angriff durch den Kampfkreuzer schützt, sondern uns auch gleichzeitig unserem Ziel näher bringt – in der Rangliste der hier Wartenden aufzusteigen. Wir werden an der Seite der Wächter in die Kämpfe eingreifen!«

Für einen Moment herrschte überraschte Stille in der Kommandozentrale der *Rhelina*, die, noch bevor

Jalina oder Hakera etwas sagen konnten, von einem aufheulenden Alarm unterbrochen wurde. Die Angreifer fielen in den Normalraum zurück und strebten ihren jeweiligen Zielen entgegen. Das große Hologramm zeigte, dass sich die Wächterschiffe ihnen in den Weg stellten.

Hakera schaltete den Alarm ab. »Du willst, dass wir uns an den Kämpfen beteiligen?«

»Wir greifen überall dort ein, wo wir gebraucht werden – wo ein Wächterschiff oder eine Station überrannt zu werden drohen. Die *Rhelina* ist in etwa so kampfkräftig wie ein Wächterschiff und kann einen Unterschied ausmachen, wenn es irgendwo eng wird. Wir werden wie ein Springteufel plötzlich hier oder dort auftauchen, die Kachlax unterstützen und wieder verschwinden.«

»Du rechnest auf ihre Dankbarkeit«, stellte Jalina fest, grinste Grand an und nickte zustimmend mit dem Kopf.

»Zum einen das, zum anderen kann es der Kampfkreuzer des *Devorators* nicht wagen, seinerseits *uns* anzugreifen, da er sich damit offensichtlich auf die Seite des unbekannten Gegners stellen würde. Seine Besatzung würde jede Chance auf einen Zugang zur Sphäre verspielen.«

»Das könnte funktionieren«, sagte Hakera. »Falls wir es überleben!«

»Da verlasse ich mich ganz auf dich, Hakera!«

Auf dem Taktikdisplay war zu sehen, wie es zu ersten Feindkontakten kam. Die Kampfhandlungen waren zu weit entfernt und fanden an zu vielen Stellen gleichzeitig statt, als dass man Einzelheiten mit bloßem Auge hätte erkennen können. Nur die Auswirkungen der Gefechte waren auf dem Hauptholo zu sehen, in dem die überlichtschnellen Tastersignale und Scannerresultate in eine optische Darstellung übertragen wurden. Hätte Grand nicht gewusst, was die aufblühenden Feuerblumen, die farbigen Überladungsblitze der Schutzschilde und die Lichtbahnen der Plasmastrahlen und Abfangraketen zu bedeuten hatten, der Anblick wäre von beinahe poetischer Schönheit gewesen.

»Der Kampfkreuzer beschleunigt«, meldete Hakera.

»Sobald er in den Bulk geht, bringst du uns von hier weg. Ich würde zu gerne Rigorans Gesicht sehen, wenn er in den Normalraum zurückkehrt und wir plötzlich verschwunden sind.«

18.

Flottensupreme Grundach Alsgorm war beunruhigt. Natürlich war ihm dies nicht anzumerken, denn es hätte eine verheerende Wirkung auf die Moral der anderen Offiziere auf der Brücke seines Flaggschiffes gehabt, aber in einer Raumschlacht gab es viele Unwägbarkeiten, die nicht vorhersehbar oder gar planbar waren. Es gehörte zur Verantwortung, die sein Rang mit sich brachte, beunruhigt zu sein und nicht leichtsinnig zu werden. Um die Besatzungen seiner Schiffe machte er sich keine Sorgen. Sie hatten die Zeit in der Stasis problemlos überstanden und barsten förmlich vor Angriffslust, doch es war nicht bekannt, ob sich in den langen Jahren seit der schmählichen Zurückweisung an der Sphäre etwas verändert hatte. Die Kachlax übten das Wächteramt nun schon viele Jahrhunderttausende aus, in denen sie sich technologisch kaum weiterentwickelt hatten. Dies hatte die Explorationsflotte damals noch aus den allgemein zugänglichen historischen Datenbanken der Wächter in Erfahrung bringen können, bevor man sie verjagt hatte. Die Zivilisation der Kachlax schien am Endpunkt ihrer Entwicklung angekommen und der damit meist unvermeidlich einhergehenden Stagnation anheimgefallen zu sein – eine Schwäche, die Grundach Alsgorm gnadenlos auszunutzen gedachte – und sie waren zudem möglicherweise sorglos und nachlässig geworden.

Aber das waren lediglich Vermutungen. Alsgorm hielt es für ratsam, auf der Hut zu sein und vom ungünstigsten Fall auszugehen. Es war angebracht, vor der Auseinandersetzung mit einem Feind, über den man keine aktuellen Informationen besaß, beunruhigt zu sein.

»Rücksturz der Flotte erfolgt – jetzt!«

Die Meldung des Ersten Superiors war eigentlich überflüssig. Alle relevanten Daten waren von den vielen Displays rund um Alsgorms Befehlsstand abzulesen und der Hauptschirm zeigte wieder die Schwärze des Normalraums anstelle des eintönigen Grau des Bulk. Doch es gehört zu den traditionellen Aufgaben der rechten Hand des Oberbefehlshabers, wichtige Phasen eines Angriffs laut auszurufen. Die Laschmeen legten großen Wert auf Tradition.

»Bestätigt«, sagte Alsgorm. »Alle Verbände Kurs auf die zugewiesenen Prioritätsziele und Angriff. Waffenfreigabe erteilt.«

Auch diese Befehle waren nicht wirklich notwendig. Die Primären der Verbände und die Sekundos, die die einzelnen Schiffe befehligten, wussten genau, was sie zu tun hatten. Die Schlachtplanung war in mehreren Simulationen wieder und wieder durchgespielt worden, zudem hatte man die Schiffsgehirne entsprechend programmiert. Ab dem Moment des Rücksturzes in den Normalraum lief der Angriff fast automatisch ab.

Alsgorm wusste aber auch, dass selbst die beste

und sorgfältigste Planung die ersten Minuten einer Raumschlacht meist nicht überstand. In den seltensten Fällen reagierte der Gegner exakt so, wie man es vermutet hatte, und die kleinen Abweichungen vom Plan addierten sich schnell zu einer insgesamt chaotischen Situation, in der es galt, den Überblick zu behalten und schneller als der Feind auf das sich ständig verändernde Gefechtsfeld zu reagieren. Es gab für den Flottensupreme genügend Gründe, beunruhigt zu sein, auch wenn er es nicht zeigen durfte.

Alsgorm warf einen schnellen Blick auf das Taktikdisplay. Er konnte beobachten, dass in diesem Moment die ersten Gefechte zwischen den Schiffen der Wächter und seinen Einheiten entbrannten. Seine größeren Verbände stürzten sich auf die Wächterstationen, von denen gerade die letzten Besucher flüchteten. Sie wurden erbarmungslos abgeschossen. Die Kampfraumer der Kachlax schienen unschlüssig, ob sie sich den in Vierer- und Fünfergruppen operierenden Kleinverbänden, die sich auf alle in der Nähe befindlichen Wächterschiffe stürzten, ihrerseits entgegenwerfen sollten oder ob sie stattdessen die Wächterstationen vor den Angriffswellen der größeren Laschmeen-Verbände beschützen sollten.

Natürlich war all dies nur ein Ablenkungsmanöver. Das wahre Ziel Alsgorms war die Wächterbasis. Dort lag der Schlüssel zur *Sphäre der Erleuchtung* und nur dort würde sich die Schlacht entscheiden. Dem Flottensupreme war klar, dass es nicht lange dauern konnte, bis die Kachlax das eigentliche Angriffsziel erkennen würden. Doch solange sie damit beschäftigt waren, sich gegen die erbitterten Angriffe seiner wie wütende Insekten durch den Ring der Raumschiffe stürmenden Einheiten zu wehren und die Stationen vor der Vernichtung zu bewahren, lag die Wächterbasis nur unzureichend geschützt vor seinem zahlenmäßig weit überlegenen Verband. Wenn die Wächter ihre eigenen Schiffe hierherbeorderten, würde es hoffentlich zu spät sein. Zumindest war dies der Plan.

Sein Verband ging für ein ultrakurzes Manöver in den Bulk und tauchte unweit der Wächterbasis wieder auf.

»Staffeln eins bis fünf ausschwärmen«, befahl Alsgorm.

Seine Erster Superior bestätigte den Befehl und gab ihn weiter.

Wie es der Plan vorsah, trennte sich sein Verband in kleinere Gruppierungen aus je dreitausend Schiffen auf. Sie entfernten sich voneinander, flogen eine so enge Kurve, wie es die hohe Geschwindigkeit gerade noch zuließ, und stürmten aus verschiedenen Richtungen auf die Wächterbasis zu. Eine fünffache Flankenzange, die die hier stationierten Verteidigungskräfte noch weiter zersplittern musste. Das Taktikdisplay zeigte nur knapp dreitausend Wächterschiffe, die nahe genug waren, um die Basis gegen die erste Angriffswelle zu verteidigen. Die Laschmeen waren fünf zu eins überlegen. Etwa zweitausend weitere Wächterschiffe befanden sich im Anflug, was die Überzahl jedoch nicht entscheidend beeinflussen würde. Alle anderen Einheiten der Kachlax waren in Einzelgefechten oder zum Schutz der Wächterstationen zu weit entfernt gebunden, als dass sie noch rechtzeitig hätten eingreifen können.

Raumschlachten waren keine langwierigen Unternehmungen. Entweder man errang innerhalb kürzester Zeit den Sieg oder man zog sich geschlagen zurück. Oder man wurde bis auf das letzte Schiff vernichtet. Im All gab es keine Schützengräben, in denen man sich verschanzen, keine Deckung, aus der heraus man operieren konnte. Keine befestigten Stellungen, von denen aus man den Feind in aller Ruhe unter Beschuss nehmen konnte. Es gab nur maximale Geschwindigkeit und die brutale Entfaltung gewaltiger Energien auf engstem Raum und innerhalb kürzester Zeit, die entweder den Feind vernichteten oder zur eigenen Vernichtung führen mussten. Es gab nur den schnellen Sieg oder die totale Niederlage. Flucht war bei diesem Feldzug jedoch keine Option. Nicht für die Laschmeen.

»Konzentriertes Feuer auf die Schildgeneratoren und Waffensysteme der Basis«, ordnete Alsgorm an.

Die Wächterbasis hatte die Form eines Doppelkegels, dessen Spitzen sich berührten und dessen Grundflächen nach außen wiesen. Der untere Kegel zeigte zum Pol der Sphäre, der obere erstreckte sich ins All. Während auf der oberen Kegelgrundfläche diverse Aufbauten, darunter die Waffensysteme und Aggregate zum Aufbau der Schutzschilde angebracht waren, erstreckte sich von der unteren Kegelgrundfläche eine leicht bläulich schimmernde Energieröhre bis hinab zur Sphäre. An der Stelle, wo sie auf die silbrig schimmernde Grenzschicht traf, befand sich ein kreisrunder, tiefschwarzer Fleck – das Tor ins Innere. Alsgorm hatte seine Schiffe angewiesen, keinesfalls den unteren Kegel unter Beschuss zu nehmen. Er konnte es nicht riskieren, den einzigen Zugang zu all dem Wissen, das sich in der Sphäre verbergen musste, möglicherweise unwiderruflich zu zerstören.

Der obere Kegel war das eigentliche Ziel. Zunächst mussten die Schutzschilde überwunden werden, bevor man den Zutritt zur Basis erzwingen konnte. Die über einhundert die Flotte begleitenden Truppentransporter beherbergten insgesamt mehr als 30.000 Raumlandetruppen, die gleich nach Erlöschen des Abwehrfeuers dort abgesetzt werden würden. Die restlichen Schiffe seines Verbandes hatten die Aufgabe, jeden Widerstand zu brechen und im Anschluss ein unüberwindliches Bollwerk rings um die Basis zu errichten, das eventuell noch kampffähige Wächterschiffe fernhalten sollte. Nach und nach würden alle noch einsatzbereiten Schiffe seiner Flotte hinzustoßen und dieses Bollwerk immer weiter verstärken. Was auch immer die Kachlax zu diesem Zeitpunkt noch aufzubieten haben würden, es würde nicht ausreichen, um die Einnahme der Basis noch zu verhindern oder sie gar zurückzuerobern.

So lautete der Plan, den die Militärstrategen ausgetüftelt hatten! Alsgorm war trotz seiner Besorgnis sicher, dass sie auch diesmal, wie bei den vielen Eroberungsfeldzügen in der Geschichte der Laschmeen, den Weg zum Sieg gefunden hatten.

19.

»Der Kreuzer geht in den Bulk!«, gab Hakera bekannt.

»Bring uns hier weg«, antwortete Grand sofort.

»Wohin?«

»Dorthin, wo sich die meisten Gegner tummeln und wo wir den größten Eindruck bei den Kachlax schinden können.«

Das kleine dorianische Schiff schoss aus dem Stand mit maximaler Beschleunigung davon. Der Hyperdrive jaulte gequält auf, als die KI die *Rhelina* mit eigentlich viel zu geringer Geschwindigkeit in den Bulk riss. Die für dieses Gewaltmanöver nötigen Energien überlasteten die vorgegebenen Toleranzen der Aggregate um ein Mehrfaches. Mehrere Alarmsignale leuchteten grell in den Hologrammen auf und gleichzeitig ertönte ein nervenzerfetzender Heulton. Grand runzelte besorgt die Stirn.

»Keine Sorge, Michael, meine Erbauer waren eher übervorsichtig. Ich kenne mich sehr genau und weiß, was ich meinem Schiffskörper zumuten kann. Wie schon gesagt, ich besitze einen Selbsterhaltungstrieb. Ich schlage als Ziel die große Station über dem Pol der Sphäre vor.«

»Warum?«

»Die Basisstation der Wächter ist das logische Ziel der Aggressoren. Außerdem nimmt ihr größter Verband Kurs darauf.«

»Sie wird auch am besten geschützt sein«, wandte Grand ein.

»Natürlich! Aber die Angreifer gehen geschickt vor. Sie verwickeln einen Großteil der Schutzflotte in Einzelgefechte und durch die Angriffe auf die kleineren Wächterstationen binden sie einen weiteren Teil der Kachlax-Flotte. Es dürfte für die Wächter sehr schwierig werden, ihre Basis unter diesen Umständen gegen eine solche Übermacht erfolgreich und dauerhaft zu verteidigen.«

»Dann los!«

Es bereitete Grand durchaus ein mulmiges Gefühl, die im Vergleich zu den Schiffen der Angreifer winzige *Rhelina* ausgerechnet dorthin zu beordern, wo sich die meisten Gegner befanden, aber er wusste, was er der KI und dem Schiff zutrauen konnte. Die *Rhelina* war wesentlich wendiger als die riesigen Schlachtschiffe, mit denen sie es zu tun haben würden, und stellte ein schwer zu treffendes Ziel dar. Zudem hatten sie sich darauf verständigt, eine Taktik der 'Nadelstiche' anzuwenden. Sie würden auftauchen, zuschlagen und sofort wieder verschwinden. Auf diese Weise würden sie dem Gegner gar keine Zeit lassen, sie ins Fadenkreuz zu nehmen und auf sie zu feuern.

Außerdem durfte man die Kampfkraft der *Rhelina* trotz ihrer geringen Größe nicht unterschätzen, wie bereits die Ra´hul hatten feststellen müssen. Besonders gegen ihre schlagkräftigste Waffe, den TachyGrav-Warper, gab es so gut wie keine

Abwehrmöglichkeit.

Allerdings hatte die Waffe einen gewaltigen Nachteil. Sie war nie für den Einsatz in einem derart kleinen Schiff gedacht gewesen und nachträglich eingebaut worden. Die Energieerzeuger der Rhelina konnten die für den TachyGrav-Warper benötigte Energiemenge allein nicht aufbringen, somit musste diese zusätzlich von den Notenergiespeichern bereitgestellt werden, die nach nur einem Schuss völlig leer waren. In einer Gefechtssituation, bei hochgefahrenen Schutzschirmen und dem Einsatz anderer Energiefresser dauerte es mehrere Minuten, bis die Speicher wieder gefüllt waren und ein weiterer Schuss abgegeben werden konnte. Mehrere Minuten waren in einer Raumschlacht jedoch eine Ewigkeit und in der Zwischenzeit war die *Rhelina* äußerst verwundbar, da auch zur zeitweiligen Verstärkung der Schutzschirme keine Notenergie mehr zur Verfügung stand.

»Wir wollen gleich Eindruck schinden«, sagte Grand. »Leite den Rücksturz in den Normalraum mitten in dem Verband ein und setze sofort den TachyGrav-Warper gegen das größte Schiff in Reichweite ein. Und dann nichts wie weg!«

»Bestätigt«, antwortete Hakera knapp.

Dann fiel die *Rhelina* zurück ins All. Sie befanden sich inmitten Tausender feindlicher Schiffe, normalerweise eine sichere Methode, Selbstmord zu begehen. Rings um sie blitzten die Plasmapulse und die Strahlen der Protonenwerfer auf, als die erste

Angriffswelle gegen die Wächter begann. Torpedos rasten mit enormer Beschleunigung auf die Basisstation zu. Doch ihre Gegner waren wohl zu sehr auf den Angriff fokussiert und alle Zielerfassungssysteme derart ausgelastet, dass sie gar nicht in der Lage gewesen wären, schnell auf das kleine Schiff zu reagieren. Vielleicht sahen sie die *Rhelina* angesichts ihrer geringen Größe auch nicht als Bedrohung an.

Die Schiffe der Angreifer, die sich Laschmeen nannten, wie Grand inzwischen aus aufgefangenen Funksprüchen erfahren hatte, waren mehrere Hundert Meter groß, teilweise wiesen sie sogar eine Länge von mehr als zwei Kilometern auf. Trotzdem wirkten sie angesichts der gewaltigen Wächterbasis wie Fliegen, die einen Elefanten attackieren wollten. Die Station war fast sechzig Kilometer lang und die Grundfläche ihrer Kegelhälften durchmaß stattliche dreißig Kilometer.

Die Schiffe der Laschmeen waren quaderförmig, wobei Länge, Breite und Höhe ungeachtet der jeweiligen Schiffsgröße immer im Verhältnis 4:2:1 standen. Die Seitenflächen der Quader waren mit Antennenarrays, Waffenkuppeln, Schirmgeneratoren und anderen Aufbauten bedeckt, deren Funktion sich Grand nicht auf Anhieb erschloss. Am vorderen Ende befand sich eine stumpfe Pyramide, in der sich wahrscheinlich die Kommandoeinrichtungen befanden. Das hintere Ende des Quaders war mit den Austrittsöffnungen und Feldgeneratoren von Strahl- und Impulstriebwerken bedeckt. Grand nahm all dies mit einem schnellen Blick auf.

»Ziel erfasst!«

Gleichzeitig mit Hakeras Meldung legte sich ein virtueller roter Ring um die Markierung des entsprechenden Schiffes im Taktikholo.

»Feuer!«

Direkt 'unter' ihnen, nur knapp eine Lichtsekunde entfernt, befanden sich einige der größten Schiffe der Flotte. Die *Rhelina* war in einem Anflugvektor von oben auf die Gegner zugestoßen und Grand durchfuhr unwillkürlich das Bild eines angreifenden Habichts, der auf seine Beute herabstieß. Ein kleiner Habicht, der jetzt seine umso schärferen Krallen zeigte.

Hakera hatte das rechte Schiff einer Dreiergruppierung anvisiert, das der *Rhelina* am nächsten lag. Ein tiefer, summender Ton erfüllte das Schiff und Grand kam es so vor, als würden die Hologramme rings um ihn für einen Moment leicht unscharf. Enorme Energiemengen wurden aus den Notspeichern abgezogen und die Energieerzeuger arbeiteten im Überlastbereich. Der Raum rings um das getroffene Schiff schien sich zu verbiegen und zu verzerren, fast so, als betrachtete man es durch einen Wasserschleier hindurch, dann schien es zu schrumpfen und wurde in den Bulk geschleudert.

Gegen den TachyGrav-Warper war ein Schutzschirm nahezu wirkungslos, da die Waffe nicht den

Gegner selbst, sondern den ihn umgebenden Raumbereich zum Ziel hatte. Selbst der stärkste Schutzschirm konnte den höherdimensionalen Einflüssen nur für eine oder zwei Sekunden widerstehen. Dann griffen die Energien aus dem Bulk nach dem Schiff und verschluckten es regelrecht. Die Zeit war viel zu knapp, um sich zu wehren oder gar einen Fluchtversuch zu unternehmen.

»Hakera! Weg hier!«, rief Grand.

Noch bevor sich die anderen Schiffe auf den so plötzlich aufgetauchten Gegner stürzen konnten, verschwand die *Rhelina* für ein kurzes Absetzmanöver wieder im Bulk.

20.

Mit flammenden Schutzschirmen und schussbereiten Waffensystemen rematerialisierte die *Sonnenwind* an der Position, wo sich noch Sekunden zuvor die *Rhelina* aufgehalten hatte.

»Was …?« Rigoran starrte fassungslos auf den Hauptschirm.

»Die Agenten des *Coniunctional* haben sich abgesetzt.«

»Das sehe ich selbst«, schnappte Rigoran wütend als Antwort auf die Feststellung des Schiffs-Gehirns. »Scanne sofort den Bereich um die Sphäre. Ich will wissen, ob sie noch in der Gegend sind.«

»Scan läuft.«

»Du hast zu lange gezögert.« Die Drohung in der Stimme Silvars war unüberhörbar. »Unser Meister hat mir einen klaren Auftrag erteilt. Ich werde kein weiteres Versagen dulden.«

Die KI enthob Rigoran einer Antwort.

»Die *Rhelina* ist soeben in der Nähe der Wächterbasis aufgetaucht und hat ein Schiff der Laschmeen zerstört. Unmittelbar danach ist sie erneut verschwunden.«

Wieder war Rigoran schockiert. Wieso mischten sich Grand und Jalina in die tobende Schlacht ein? Dann wurde ihm mit einem Mal klar, was dahintersteckte.

»Sie wollen sich der Dankbarkeit der Kachlax versichern!«, rief er aus. »Sie hoffen, dadurch in der

Warteliste schneller aufzurücken.«

Es konnte keine andere logische Erklärung geben.

»Was gedenkst du zu tun?« Silvar blickte Rigoran finster an, und der Gerberaner fragte sich, ob sein Leben in diesem Moment von der richtigen Antwort abhing.

»Wir können nicht zulassen, dass ihr Plan aufgeht. Wenn die Kachlax siegreich aus dieser Auseinandersetzung hervorgehen, haben Grand und Jalina einen unschätzbaren Vorteil.«

»Umso mehr ein Grund, ihnen sofort nachzusetzen und ihr Schiff zu zerstören.« Silvar machte keinen Hehl daraus, wo seine Prioritäten lagen. Und er erwartete, dass Rigoran entsprechend handeln würde.

»Die Dinge gestalten sich inzwischen komplizierter«, widersprach Rigoran. »Wenn wir die *Rhelina* jetzt angreifen und zu vernichten versuchen, stellen wir uns in den Augen der Wächter auf die Seite der Laschmeen. Sie würden uns ihrerseits sofort unter Beschuss nehmen. All ihre Schiffe würden uns jagen. Selbst wenn es uns gelingen sollte, die *Rhelina* zu zerstören und zu entkommen, bliebe uns der Zugang zur Sphäre für alle Zeiten verwehrt. Im schlechtesten Fall gelingt es uns nicht, unseren Gegner rechtzeitig auszuschalten, und er kann dann ungehindert das Geheimnis der Sphäre ergründen. Beides kann nicht im Sinn unseres Meisters sein.«

»Was schlägst du stattdessen vor?«, fragte Silvar.

Zumindest ist er bereit, sich meine Argumente anzuhören, und bringt mich nicht sofort um, dachte Rigoran.

»Wir müssen die gleiche Taktik verfolgen«, sagte er nach kurzer Überlegung. »Wir können nicht zulassen, dass Grand und Jalina uns einen Schritt voraus sind. Die *Sonnenwind* ist wesentlich kampfkräftiger als die *Rhelina*. Es sollte ein Leichtes sein, den Kachlax unsere Verbundenheit zu beweisen und der *Rhelina* den Rang abzulaufen. Es muss uns gelingen, uns der Dankbarkeit der Wächter in einem Maß zu versichern, das uns zu ihren Favoriten macht. Um Grand und Jalina können wir uns später noch kümmern. Sie werden uns sicher nicht das Feld überlassen und einfach verschwinden. Jetzt kommt es aber zunächst darauf an, ihnen keinen Vorteil einzuräumen.«

»Dies ist angesichts der veränderten Umstände eine logische Schlussfolgerung«, sagte das Schiffs-Gehirn, noch bevor Silvar antworten konnte.

Wieder sah der letzte lebende Bragach Rigoran einige Sekunden schweigend an. »Das ist deine letzte Chance«, sagte er schließlich. »Ich akzeptiere die Logik deines Vorschlags. Einstweilen! Sei dir jedoch dessen gewiss: Entweder erfüllst du den Auftrag unseres Meisters – und zwar *vollständig!* – oder ich werde das Kommando übernehmen.«

Rigoran war klar, dass damit nicht nur eine Degradierung gemeint war, sondern das Ende seiner Existenz.

In ihm tobten widerstreitende Gefühle. Einerseits

hasste er sich dafür, dass er unter der mentalen Versklavung des *Devorators* stand, die ihn zwang, alles zu unternehmen, um Grand und Jalina zu töten, andererseits drängte alles in ihm danach, seinen Auftrag zu erfüllen. Er konnte nicht mehr tun, als das Unvermeidliche so lange wie möglich hinauszuzögern. Allerdings konnte dies angesichts Silvars Überwachung nur funktionieren, wenn er logische Begründungen dafür fand – die immer schwerer zu finden waren. Diese Ambivalenz drohte ihn innerlich aufzufressen.

»Bringe uns zur Wächterbasis und greife die Laschmeen an«, befahl er dem Schiff.

21.

Die Rhelina fiel diesmal im Rücken der angreifenden Flotte aus dem Bulk. Auch wenn der TachyGrav-Warper noch für einige Minuten nicht erneut einsatzbereit sein würde, so besaßen doch ihre anderen Waffensysteme ein ebenfalls beachtliches Vernichtungspotenzial. Doch den großen Schiffen wollten Grand und Jalina so lange aus dem Weg gehen, bis die Energiespeicher wieder aufgeladen waren.

Direkt vor ihnen befand sich eine Gruppe kleinerer Schiffe der Laschmeen, die sich bisher aus den Kampfhandlungen herausgehalten hatten.

»Es sieht aus, als würden sie auf etwas warten«, sagte Grand.

»Sie wollen ihre großen Pötte wohl erst den Weg freischießen lassen«, vermutete Jalina. »Es könnten Truppentransporter sein. Auf den Seiten befinden sich etliche Schleusentore. Aus ihnen könnten mehrere Landefähren gleichzeitig starten.«

»Wir werden angepeilt und erfasst«, meldete Hakera. Im gleichen Moment wurde die *Rhelina* heftig durchgeschüttelt.

»Gepulste Lasertreffer. Schirme stabil bei neunzig Prozent.«

»Feuer erwidern. Nach Möglichkeit nur kampfunfähig schießen«, befahl Grand. »Ich will nicht Tausende von Raumlandetruppen auf dem Gewissen haben, wenn wir die Transporter einfach manövrierunfähig schießen und aus dem Spiel nehmen können.«

Sofort feuerte Hakera eine Salve aus dem Baryonenwerfer ab. Die hochenergetischen, fast auf Lichtgeschwindigkeit beschleunigten schweren Teilchen brachten die Schutzschilde des nächstgelegenen Truppentransporters sofort zum Flackern. Gelbliche, grell leuchtende Überladungsblitze zuckten von der Trefferstelle nahe am Heck des Schiffes weit ins All. Hakera jagte ein paar Antimaterie-Torpedos hinterher. Die Sprengköpfe gaben dem Schutzschild den Rest. Die Schildgeneratoren im Heckbereich explodierten. Eine weitere Salve aus den Laserkanonen bohrte sich in das Schiff. Flammenzungen schossen aus mehreren Hüllenbrüchen und der Truppentransporter taumelte manövrierunfähig um die Querachse.

Inzwischen waren andere Schiffe auf den überraschend in ihrem Rücken aufgetauchten Angreifer aufmerksam geworden. Darunter eines der großen Kampfschiffe, denen Grand gern aus dem Weg gegangen wäre. Mit unglaublicher Beschleunigung schoss der Riese auf die *Rhelina* zu, während die kleineren Schiffe mit einer Salve nach der anderen auf die Schutzschirme des dorianischen Schiffes einhämmerten. Die gesamte Schiffshülle begann zu vibrieren.

»Schirme bei siebzig Prozent«, kam die Meldung der KI.

»Bring die Transporter zwischen uns und den großen Kahn«, sagte Grand.

Hakera zwang das Schiff mit einem Gewaltmanöver in eine enge Kurve. Automatische Fesselfelder bauten sich um Grand und Jalina auf und zogen sie in ihre Sitze. Jalina stöhnte unter den durchbrechenden G-Kräften auf und Grand hatte das Gefühl, die Hand eines Riesen würde ihm die Brust zusammenpressen. Ihm wurde schwarz vor Augen, und er bemühte sich, nicht das Bewusstsein zu verlieren. Es mussten mindestens sieben oder acht G durchgekommen sein, als die Neutrograv-Kompensatoren die Beschleunigungskräfte nicht mehr rechtzeitig hatten ausgleichen können.

Auch der Beschuss war durch den plötzlichen Kurswechsel abgerissen und das Vibrieren des Schiffes hatte aufgehört. Ein rascher Blick zur Seite zeigte Grand, dass Jalina die Augen geschlossen hatte. Entweder war sie für einen Moment bewusstlos geworden oder sie sammelte gerade neue Kräfte. Egal, ihm blieb keine Zeit, jetzt darüber nachzudenken. Jalina war zäh und würde sich erholen.

»Nimm dir den nächsten Transporter vor und dann weg hier!«, wollte Grand rufen, doch seine Stimme klang nach der hohen Belastung nur wie ein heiseres Krächzen. Hakera verstand ihn jedoch auch so.

Wieder spürte er, wie ihn die Fesselfelder enger in seinen Sitz drückten. Neben sich vernahm er einen gemurmelten kolltanischen Fluch. Gut, Jalina war wach! Dann presste ihn erneut die Hand des Riesen tief in die Polster.

Diesmal war die Belastung deutlich geringer. *Höchstens zwei oder drei G*, dachte Grand.

Er konnte das leichte Zucken des Schiffes spüren, als Hakera wieder eine Mischung aus energetischen und kinetischen Geschossen abfeuerte. Auf dem Hauptholo explodierte der Heckbereich eines zweiten Truppentransporters der Laschmeen.

Das große Kampfschiff hatte in der Zwischenzeit die Gruppe der Transporter umflogen und setzte zum Angriff an. Grand wusste, dass die Schilde der *Rhelina* nicht stark genug waren, um dem Angriff eines Schiffes dieser Größe lange zu widerstehen.

Hakera beschleunigte von dem Angreifer weg. Ein Treffer schüttelte die *Rhelina* durch. Die Entfernung war glücklicherweise noch groß genug, um Schäden zu vermeiden.

»Schilde bei dreißig Prozent! Entfernung bleibt konstant.«

Wenn die *Rhelina* aufgrund ihrer Größe auch nicht so effektiv kämpfen konnte wie ein wesentlich größeres Schiff, so war sie jedoch genau aus diesem Grund deutlich schneller. *Eine geringere Masse bringt auch Vorteile mit sich*, dachte Grand lächelnd.

»Michael!« Die Stimme der KI klang fast schockiert. »Der dorianische Kampfkreuzer ist soeben unweit der Wächterbasis aufgetaucht und hat zwei Schiffe der Laschmeen abgeschossen.«

Jalina lachte laut auf. »Sie kopieren unsere Taktik!«

»Wenn dem so ist, dann sollten wir uns das zunutze machen«, sagte Grand. »Hakera, bring uns neben den Kreuzer. Ab jetzt kämpfen wir Seite an Seite. Rigoran, wenn er tatsächlich an Bord sein sollte, kann es nicht wagen, uns anzugreifen. Das würde bei den Wächtern kein gutes Bild abgeben und seinen Zielen zuwiderlaufen. Aber wir werden die Stärke seines Kreuzers für uns ausnutzen. Wenn er bei den Kachlax Punkte sammeln will, bleibt ihm nichts anderes übrig, als uns im Kampf gegen die Laschmeen zu unterstützen. Es sieht so aus, als würden wir für die gleiche Sache kämpfen – zumindest für den Moment!«

22.

Flottensupreme Grundach Alsgorm lehnte sich in seinem Sitz zurück und entspannte sich etwas. Die Schlacht nahm den geplanten Verlauf. Zwar waren die eigenen Verluste etwas höher, als man es im Vorfeld einkalkuliert hatte, doch seine anfängliche Besorgnis schwand. Soldaten waren dazu da, für die größere Sache geopfert zu werden. Sie wussten dies und zogen den Heldentod auf dem Schlachtfeld einem unehrenhaften Dahinsiechen im eigenen Bett vor. Jeder Laschmeen war bereit, sich für sein Volk zu opfern. Mit dieser Einstellung hatten sie es zur herrschenden Spezies zuerst über ihren Planeten und dann über ihre Galaxie gebracht.

Dann fiel direkt vor Alsgorms Flaggschiff ein winziges Raumschiff aus dem Bulk und eröffnete augenblicklich das Feuer.

Ein einziger Schuss aus einer unbekannten Waffe genügte, das Schiff direkt neben dem des Flottensupremes einfach aus dem All zu fegen. Seine Schutzschirme flackerten kurz auf, das ganze Schiff schien sich zu verbiegen und zu verzerren, es schien zu *schrumpfen* – und dann war es spurlos verschwunden. Nur Sekunden danach verschwand auch das kleine, kugelförmige Schiff.

Alsgorm saß fassungslos vor den Konsolen seines Kommandostandes.

»Was ist da gerade geschehen?«, schrie er aufgebracht. »Woher kam dieses Schiff und wie konnte es einen meiner Zerstörer so mühelos vernichten?«

Ein eiskalter Schauer durchfuhr ihn bei dem Gedanken, dass es genauso gut auch sein Schiff und damit *ihn* hätte treffen können.

»Wer war das?«, rief er. In der Kommandozentrale war hektische Aktivität ausgebrochen und aufgeregte Funksprüche eilten zwischen den Schiffen des Verbandes hin und her. »Ich verlange Antworten – sofort!«

»Supreme, dieser Schiffstyp gehört nicht zur Wächterflotte«, entgegnete der Superior eilig.

»Das ist mir bekannt«, sagte Alsgorm. Er konnte seine Verärgerung kaum zügeln. »Ich will nichts hören, was ich bereits weiß, ich brauche Informationen über den unbekannten Angreifer.«

»Wir … äh … wissen nicht, woher er gekommen ist«, gab der Superior kleinlaut zu.

»Das Schiff muss sich bereits hier befunden haben«, mutmaßte Alsgorm. »Vermutlich handelt es sich um eines der wartenden Schiffe rings um die Sphäre. Ich will wissen, wer es befehligt und ob es noch mehr davon gibt!«

Dem Flottensupreme graute bei der Vorstellung, sich einer Armada dieser unheimlichen Raumschiffe gegenüber zu sehen. Wenn bereits ein einziges, noch dazu im Vergleich zu seinen Zerstörern winziges Schiff über eine derart mächtige Waffe verfügte, was vermochten dann erst wesentlich größere Einheiten zu bewirken? Er konnte nur hoffen, dass dieses Schiff hier allein auf den *Ruf der Erleuchtung* wartete. Seine Hoffnung wurde nur wenige Augenblicke später zunichtegemacht.

»Supreme, ein weiteres Schiff dieses Typs fällt soeben aus dem Bulk«, rief ein aufgeregter Ortungsoffizier quer durch die Zentrale.

Alsgorm fuhr herum. Auf dem großen Hauptdisplay war zu sehen, wie ein kugelförmiges, an einem Pol abgeplattetes Schiff sich einer anderen Gruppe seines Verbandes näherte, die soeben auf einen Angriffsvektor zur Wächterbasis einschwenkte. Das Erschreckende waren nicht die Geschwindigkeit und Manövrierfähigkeit, die es dabei an den Tag legte, sondern seine Größe. Es durchmaß ein Vielfaches des kleinen Schiffes, das seine Gruppe angegriffen hatte. Alsgorm beschlich ein Gefühl, das er bisher nicht zu kennen geglaubt hatte. Angst! Wenn schon der Winzling einen seiner Zerstörer so einfach hatte ausschalten können, was vermochte das wesentlich größere Schiff auszurichten? Er erhielt die Antwort auf seine Frage in den nächsten Sekunden.

Zwei der größten Schiffe dieser Angriffsformation verschwanden ebenso spurlos wie zuvor der Zerstörer an Alsgorms Seite. Noch bevor der Flottensupreme den Schock verdauen konnte, kam der nächste Schlag.

»Supreme, das kleine Schiff ist wieder aufgetaucht! Es greift unsere wartenden Truppentransporter an!«

Auf einem anderen Display war zu sehen, wie zwei der Transporter unkontrolliert durch das All taumelten. Diesmal hatte der Unbekannte andere Waffensysteme eingesetzt, die nicht minder wirksam zu sein schienen. Einer Verfolgung entging er durch geschickte Kurswechsel, bis er schließlich wieder im Bulk verschwand. Die wenigen Treffer, die Alsgorms eigene Einheiten hatten anbringen können, waren offensichtlich wirkungslos geblieben.

Die Schlacht verlief nicht nur nicht wie geplant, sie lief Gefahr, zum Desaster zu werden.

23.

Ein leichtes Zittern durchlief die Wächterbasis. Die Mitglieder des Wächterrats tauschten besorgte neuronale Datenpakete aus.

#Die Verteidigungsphalanx wird durchlässig.#

#Bestätigt. Die Übermacht der Angreifer bereitet Probleme.#

#Probabilität einer Niederlage?#

#Derzeit nicht genau darstellbar. Jedoch zunehmend. Bereits über Null-Punkt-Fünf.#

Wieder erzitterte die mächtige Station, als Hypertorpedos und Protonenwerfer in die Schutzschirme einschlugen. Immer öfter gelang es den Laschmeen, die Reihen der Wächterschiffe zu durchstoßen und einen Treffer zu erzielen. Es war abzusehen, dass es nicht mehr lange dauern würde, bis genügend gegnerische Schiffe den Abwehrriegel überwinden und die Schutzschirme der Basis ernsthaft überlasten würden. Danach war es nur noch eine Frage der Zeit, bis die Wächterbasis fiel.

#Frage: Alternativen bei drohender Niederlage. Erbitte Berechnung.#

#Eins: Wächterstationen opfern und Schutzflotten hierherbeordern. Zwei: Wächterbasis aufgeben und Flucht. Berechnung läuft.#

Während der wenigen Sekunden, die die zusammengeschalteten Gehirne der sechs Kachlax im Verbund mit den KIs der Wächterbasis dafür benötigten, alle Variablen zu berechnen, erhöhte sich die Anzahl der Treffer, die in die Schirme der Station einschlugen. Das Hologramm von Wächter vier begann zu flackern.

Die Dringlichkeitsansage einer der Basis-KIs überlagerte die gekoppelten Gedankenprozesse der sechs Mitglieder des Wächterrats.

Energie wird aus weniger wichtigen Systemen abgezogen und in die Schirme geleitet.

Die Besorgnis wuchs.

#Berechnung beendet. Eins: kritischer Zeitfaktor. Flottenumgruppierung mit hoher Wahrscheinlichkeit nicht rechtzeitig wirksam. Isolierte Wächterbasis zudem auf Dauer ohne den Verbund aller Wächterstationen nicht zu halten.

Zwei: Aufgabe der Wächterbasis gleichbedeutend mit komplettem Verlust unserer Funktion. Konsequenz undenkbar!#

#Frage: Hilfe durch Schiffe der Anwärter erbitten?#

#Antwort: Anwärterschiffe meist nur schwach bewaffnet. Technologisches Niveau in der Regel unzureichend. Zeitfaktor höchst unzureichend. Gefahr von Kämpfen untereinander bei Waffenfreigabe hoch. Erfolgsaussichten insgesamt äußerst unzureichend.#

Noch bevor die sechs Kachlax diese Information ihrerseits verarbeiten konnten, durchdrang eine erneute Dringlichkeitsmitteilung einer KI ihre neuronale Matrix.

Unbekanntes Schiff greift mit widerrechtlichem Waffeneinsatz zu unseren Gunsten ein.

Gleichzeitig wurde eine virtuelle optische Sequenz der *Rhelina* und ihres erfolgreichen Angriffs auf das viel größere Laschmeen-Schiff in das Gedankennetz eingespeist. Falls es in dem Gedankenverbund des Wächterrates so etwas wie ein Gefühl der Überraschung geben konnte, so kam dies jetzt zum Ausdruck.

#*Regelverstoß!*#

#*Wie kann ein solch kleines Schiff …?*#

#*Unerlaubter Waffeneinsatz!*#

#*Sanktion? Ausschluss?*#

#*Negativ! Verbündeter!*#

#*Gefährlicher Präzedenzfall!*#

#*Notlage. Verstoß gerechtfertigt. Dankbarkeit.*#

#*Extrem hochstehende Technologie.*#

#*Hilfe nicht ausreichend. Nur ein Schiff.*#

Kaum hatte sich dieser Gedanke im neuronalen Netz verflüchtigt, meldete sich erneut eine KI.

Ein zweites Schiff greift ein. Es hat zwei Schiffe der Angreifer vernichtet. Die energetische Signatur ähnelt der des kleineren Schiffes. Es besteht eine hohe Wahrscheinlichkeit für eine gleiche Herkunft.

Diesmal herrschte sofort Einigkeit innerhalb des Wächterrates. Die Kachlax verfügten zwar über die höher entwickelte Technologie, die Laschmeen waren jedoch in der Überzahl und im Moment drohte sich die Waagschale zu ihren Gunsten zu neigen. Ein einziger zusätzlicher Faktor konnte in dieser Situation über Sieg oder Niederlage entscheiden. Das kleinere der beiden Schiffe hätte wahrscheinlich nicht genug bewirken können, um die Laschmeen zurückzuschlagen, doch zusammen mit dem größeren Schiff hatten die Kachlax plötzlich wieder eine echte Chance im Kampf um die *Sphäre der Erleuchtung*.

#Unbedingt Kontaktaufnahme.#

#Hilfe erbitten.#

#Kontaktversuch gestartet.#

24.

Die *Rhelina* fiel mitten im Kampfgetümmel zurück in den Normalraum, nur wenige zehntausend Kilometer vom Schiff des *Devorators* entfernt. Der zwei Kilometer durchmessende dorianische Kampfkreuzer befand sich im Gefecht mit vier ebenso großen Schiffen der Laschmeen, die ihren Angriff auf die Wächterbasis hatten abbrechen müssen, um sich gegen den überraschend aufgetauchten Feind zur Wehr zu setzen. Unterstützt wurde der Kugelraumer von zwei rasch herbeigeeilten Wächterschiffen der Kachlax.

Energiestrahlen rasten mit Lichtgeschwindigkeit durch das All, Torpedos explodierten im Abwehrfeuer und die Schutzschirme der am Kampf beteiligten Einheiten schillerten unter der Wucht der auftreffenden Energien wie überdimensionale Seifenblasen.

»Gib mir einen Kanal zu unserem neuen Freund«, sagte Grand zu Hakera.

»Kanal geöffnet!«

»Hallo, Rigoran, alter Kumpel. Ich nehme an, du bist an Bord dieses von den Dorianern geklauten Schiffes. Ich schlage eine zeitweilige Allianz vor. Interesse?«

Noch bevor eine Antwort einging, erschütterte der erste Treffer die *Rhelina.*

»Schutzschilde halten bei über neunzig Prozent«, sagte die KI. »Die Laschmeen konzentrieren sich auf den größeren Gegner und schenken uns wenig Beachtung.«

»Gut zu wissen«, knurrte Grand.

Dann erschien die Gestalt des Gerberaners auf dem Holoschirm. Neben ihm saß ein gefährlich aussehender Alien, der offensichtlich insektoider Abstammung war. Falls Grand den Ausdruck in den fremdartigen Augen richtig zu deuten vermochte, strahlten sie abgrundtiefen Hass aus.

»Grand! Die Ereignisse zwingen mich dazu, an eurer Seite zu kämpfen. Dies ändert jedoch nichts an unserer Feindschaft.«

»Ich liebe dich auch, Buddy!« Grand grinste das Vogelwesen beinahe unverschämt an. »Wer ist denn dein unfreundlich blickender Begleiter?«

»Sein Name ist Silvar, und er brennt darauf, euch aus dem All zu blasen.«

»Das wird warten müssen«, antwortete Grand mit einem Blick auf das Taktikdisplay. »Wir sollten uns zunächst um die beiden Schiffe kümmern, die gerade zu einem Zangenangriff auf euch ansetzen.«

»Die *Sonnenwind* wird leicht mit zwei Angreifern fertig«, schaltete sich Silvar in das Gespräch ein. Er klang herablassend und feindselig. Grand lief ein Schauer über den Rücken. Der unverhohlene Hass, der unschwer heraushören war, passte nicht zu der überraschend zarten, fast melodisch klingenden Stimme. Diese Diskrepanz ließ Silvar umso bedrohlicher erscheinen.

»Wir nehmen euch gerne etwas Arbeit ab«, sagte

Grand und bemühte sich, ebenso herablassend zu klingen. »Grand aus!« Er beendete die Übertragung. Es gab nichts mehr zu sagen – zumindest für den Augenblick. »Hakera?«

»Energiespeicher gefüllt. TachyGrav-Warper einsatzbereit.«

»Dann los! Linke Flanke.«

Die KI zwang die *Rhelina* in eine enge Kurve. Wieder brachen einige G-Kräfte durch und Jalina fluchte erneut.

Die beiden Wächterschiffe waren zur selben Zeit in einen erbitterten Kampf gegen die beiden anderen Laschmeen-Einheiten verwickelt. Beinahe im gleichen Moment explodierte je ein Schiff jeder Seite. Die verbliebenen beiden Schiffe vollführten bei dem Versuch, in eine günstige Schussposition zu kommen, einen tödlichen Tanz umeinander.

»Ziel angepeilt!«, meldete Hakera.

»Feuer!«

Als die KI den TachyGrav-Warper abfeuerte, schoss auch die *Sonnenwind* – ein viel zu schöner Name für solch ein gefährliches Schiff, wie Grand fand – auf das zweite Kampfschiff der Laschmeen. Der Effekt war beeindruckend. Ein Schleier legte sich um die beiden Feindschiffe, dann verzerrte sich das Raum-Zeit-Gefüge und es öffnete sich ein Durchbruch zum Bulk. Die unkontrolliert freigesetzten String- und Quantenenergien rissen die Gegner mit Gewalt in den höherdimensionalen Raum. Die Schiffe schienen zu schrumpfen, bevor sie für immer verschwanden.

»Treffer – versenkt«, kommentierte Jalina, was ihr von Grand einen fragenden Blick mit hochgezogenen Augenbrauen eintrug.

»Ja, ich mag terranische Slangausdrücke, wie du weißt«, gab sie grinsend zurück. »Sie sind so … prägnant.«

»Mehrere Feindschiffe brechen ihren Anflug auf die Wächterbasis ab und kommen auf uns zu«, unterbrach Hakera das Geplänkel.

»Gib mir Rigoran«, sagte Grand.

»Kanal steht.«

»Riggy, wir kümmern uns um die Truppentransporter und hindern die Laschmeen daran, die Basis mit Raumlandetruppen zu stürmen. Kümmert ihr euch gemeinsam mit den Kachlax um die Dickschiffe der Laschmeen und versucht, die Basis zu schützen. Sobald unser TachyGrav-Warper wieder aufgeladen ist, stoßen wir zu euch.«

»Verstanden«, lautete die knappe Antwort. Grand kappte die Verbindung. Es gab jetzt nichts mehr zu sagen.

»Hakera, bring uns …«

Die KI unterbrach ihn, bevor er den Satz beenden konnte.

»Die Kachlax funken uns an – uns und die *Sonnenwind*.«

»Her damit! Ich bin gespannt, was sie zu sagen haben.«

»Die anfliegenden Feindschiffe werden uns in

weniger als dreißig Sekunden erreicht haben«, warnte Hakera.

»Dann hoffe ich, dass die Nachricht der Wächter kurz ist.«

Auf dem Holoschirm erschien das vertraute Abbild eines der mit einer Vielzahl von kybernetischen Gerätschaften aufgerüsteten Wächter.

»Ich bin Wächter eins! Regelverstoß durch Waffeneinsatz nachträglich legitimiert. Hilfe akzeptiert und willkommen. Koordinierung jedoch erforderlich.«

Das ist knapp genug, dachte Grand, *aber jetzt ist keine Zeit für taktische Absprachen.*

»Wir stehen hier etwas unter Druck, mein Bester«, sagte er. »Wir müssen uns absetzen. Vorschlag: Das große Schiff unterstützt den Abwehrkampf an der Basis und wir nehmen uns die Nachschublinien vor.«

Die Antwort erfolgte sofort.

»Zustimmung!«

»Michael, wir sollten schleunigst von hier …«

Diesmal war es Grand, der die KI unterbrach.

»Weg hier!«

Das Letzte, was Grand auf dem Holoschirm sehen konnte, bevor sich die *Rhelina* in Sicherheit brachte, war die *Sonnenwind*, die ebenfalls beschleunigte und im Bulk verschwand.

25.

Grundach Alsgorm konnte nur fassungslos verfolgen, was sich vor ihm auf den Displays abspielte. Der sorgsam ausgearbeitete Plan war innerhalb kürzester Zeit nur noch Makulatur. Vor seinen Augen zerfiel die mächtige Flotte der Laschmeen in einzelne verzweifelt ums Überleben kämpfende Schiffe. Von einem geordneten Angriff auf die Wächterbasis konnte keine Rede mehr sein. Im Gegenteil. Die Kachlax konnten es sogar wagen, etliche ihrer Einheiten von dort abzuziehen, um sich an der Jagd auf seine Schiffe zu beteiligen. Und das alles nur wegen zwei unbekannten Kugelraumschiffen – von denen eines auch noch ein Zwerg im Vergleich zu seinen Zerstörern war.

Kalte Wut übermannte den Flottensupreme.

»Zwei Schiffe!«, schrie Alsgorm durch die Zentrale. »Wie kann es sein, dass zwei verdammte Schiffe unseren Angriff zum Erliegen bringen.«

»Supreme«, versuchte der Erste Superior zu beschwichtigen, »die Kachlax waren uns technologisch überlegen – das wussten wir – aber wir konnten diesen Umstand durch unsere Überzahl ausgleichen. Somit hatten wir einen leichten Vorteil, der zum Sieg hätte ausreichen sollen. Die beiden überraschend aufgetauchten Schiffe haben das Kräfteverhältnis zwar nur leicht verschoben, aber es genügt, um uns …«

»Ich bin kein Idiot, das weiß ich alles selbst!«,

schrie Alsgorm. »Ich will wissen, warum es keinem meiner Primären oder Sekundos gelingt, die beiden zu vernichten. Es sind schließlich nur zwei Schiffe, verdammt!«

»Supreme, sie befinden sich auf einem technologischen Niveau, wie wir es nicht für möglich gehalten haben. Das große Kampfschiff hat bereits dem gleichzeitigen Beschuss durch zehn unserer Zerstörer standgehalten und verfügt über eine Waffe, gegen die es keinen Schutz zu geben scheint. Es greift immer dann ein, wenn ein Verband der Wächterbasis zu nahe kommt. Jeder Schuss vernichtet unweigerlich eines unserer Schiffe und der Angriff bricht zusammen.« Der Erste Superior bemühte sich, seinem Vorgesetzten die Lage in aller Eindringlichkeit zu schildern. Der Flottensupreme schien den Überblick verloren zu haben. »Das kleinere Schiff ist nicht nur extrem wendig, es verfügt über die gleiche Bewaffnung, auch wenn es sie seltener einsetzt. Es beschränkt sich meist darauf, unsere Truppentransporter und Versorgungseinheiten manövrierunfähig zu schießen. Andere unserer Schiffe müssen in der Folge eine Vielzahl von Rettungseinsätzen leisten, was das Chaos in den rückwärtigen Linien nur verstärkt. Zudem entziehen sich die Unbekannten einfach unseren Angriffen. Sie tauchen irgendwo auf, feuern und verschwinden wieder. Die Kachlax nutzen das entstandene Durcheinander, um ihrerseits mit überlegener Waffentechnologie zuzuschlagen. Es ist unter diesen Bedingungen nicht länger möglich, geordnete Formationen aufrechtzuerhalten und einen planvollen Angriff auf die Basis durchzuführen.«

»Wir sind immer noch deutlich in der Überzahl!«, beharrte Alsgorm.

»Das ist angesichts des Zerfalls unserer Gruppierungen und Verbände leider irrelevant, Supreme. Hinzu kommt unsere technologische Unterlegenheit. Ein Ur-Laschmeen mit einem Plasmastrahler hätte Hunderte Brülltiger gleichzeitig bekämpfen können, solange sie ihn nicht koordiniert angreifen. Und genau das können wir jetzt nicht mehr tun.«

»Ich werde mich nicht ohne Weiteres geschlagen geben.« Grundach Alsgorm fasste einen Entschluss und sprang von seinem Kommandositz auf. Sein Schwanz peitschte erregt hin und her. »An alle Einheiten: Rettungsmissionen sofort einstellen. Angriffe auf die anderen Wächterstationen sofort beenden. Alle Schiffe – ich wiederhole – alle Schiffe sollen ohne Rücksicht auf Verluste zur Polbasis durchbrechen. Einzeln, als Gruppe oder Verband. Das ist mir egal. Es ist mir auch völlig gleichgültig, wie viele wir dabei verlieren. Wenn genügend durchkommen, muss die Wächterbasis fallen. Wenn die Unbekannten auftauchen, erwarte ich, dass jeder Sekundo seine Besatzung kämpfen lässt, bis sein Schiff oder aber das des Gegners vernichtet ist. Wir sind die Laschmeen. Wir geben uns nicht geschlagen! Es gibt keinen Rückzug!«

Lauter Jubel brandete durch die Zentrale. Alsgorm ließ sich zufrieden zurück in seinen Sitz sinken. Sie waren die Laschmeen – und die Laschmeen gaben im Kampf niemals auf. Die Schlacht um die *Sphäre der Erleuchtung* würde jetzt erst richtig beginnen.

26.

Wie in jeder Schlacht – zu Lande, zu Wasser, in der Atmosphäre eines Planeten oder im Weltall – schienen sich auch im Kampf um die Wächterbasis die Minuten zu Stunden zu dehnen. Die rasche Abfolge der Ereignisse, die Notwendigkeit, blitzschnell Entscheidungen zu treffen, die sich laufend verändernde Gefechtslage und vor allem die ständige Gefahr, einen Fehler zu begehen, wirkten sich auf das subjektive Zeitempfinden aus.

Die *Rhelina* fiel gefährlich nahe an einer zweiten Gruppe von Truppentransportern der Laschmeen aus dem Bulk.

»Kollisionsgefahr!«, warnte Hakera und leitete zugleich ein abruptes Ausweichmanöver ein. »Zielerfassung verloren.«

Noch während die *Rhelina* Haken schlug – und Jalina unter den einwirkenden G-Kräften erneut aufstöhnte – traf Abwehrfeuer auf die Schutzschirme des Schiffes auf. Die Kugelzelle dröhnte und vibrierte so stark, dass Grands Zähne aufeinanderschlugen.

»Wir befinden uns im Feuerbereich eines der Laschmeen-Zerstörers«, erfolgte postwendend die Meldung der KI. »Schirme bei nur noch fünfzig Prozent.«

»TachyGrav-Warper?« Selbst die kurze Frage konnte Grand unter der starken Belastung der Andruckkräfte nur mühsam herauspressen.

»Noch zehn Sekunden.«

Wieder schlug Hakera einen engen Haken. Der Zerstörer verlor das Schiff für einen Moment aus seiner Zielerfassung. Das Vibrieren ließ nach und die Schirme stabilisierten sich wieder.

»Feuerbereitschaft!«

»Freie Zielauswahl«, bestätigte Grand.

»Bestätigt. Prioritätsziel feindlicher Zerstörer.«

Er konnte hören, wie sich die fürchterliche Waffe entlud.

»Feindlicher Zerstörer vernichtet!«

Auf dem Holodisplay war zu sehen, wie die nun schutzlosen Truppentransporter panikartig auseinanderstoben.

»Zweiter Zerstörer im Anflug.«

»Nimm dir einen oder zwei Truppentransporter vor, bevor wir in seine Feuerreichweite kommen«, sagte Grand. »Manövrierunfähig schießen.«

»Bestätigt.«

Die *Rhelina* jagte hinter einem Zweierverband flüchtender Schiffe her. Die Transporter waren schwerfällige Raumfahrzeuge, bei denen mehr Wert auf Ladekapazität als auf Beschleunigungsvermögen gelegt worden war. Die *Rhelina* hatte sie innerhalb weniger Sekunden eingeholt. Ohne weitere Aufforderung löste Hakera eine Salve aus dem Baryonenwerfer aus, gefolgt von Laserstrahlen und Plasmapulsen. Der Schutzschirm des ersten Transporters brach augenblicklich zusammen. Ein Antimaterie-Torpedo erledige den Rest. Er schlug im Heck des Transporters ein und zerfetzte die Antriebseinheit.

»Ziel außer Gefecht«, meldete die KI und wandte sich unverzüglich dem verbliebenen Schiff zu.

Auch hier benötigte die *Rhelina* nur einen Angriff und eine gut gezielte Salve, um den Transporter in ein hilflos im All treibendes Wrack zu verwandeln.

»Der Zerstörer hat uns angepeilt«, kam Hakeras Warnung.

Im gleichen Moment spürte Grand, wie die *Rhelina* getroffen wurde.

»Bring uns hier raus«, sagte er.

Die KI zwang das Schiff in eine enge Kurve, beschleunigte von dem Zerstörer weg und ging in den Bulk, nur um ihn wenige Sekunden später wieder zu verlassen. Sie befanden sich jetzt einige Lichtsekunden vom nächsten Feindschiff entfernt.

Grand studierte hastig das Taktikdisplay.

»In Quadrant C-3 scheinen sich kleinere Schiffe zu befinden. Wahrscheinlich Versorgungseinheiten. Wir können einige von ihnen außer Gefecht setzen, bis der TachyGrav-Warper wieder aufgeladen ist.«

»Bestätigt«, antwortete Hakera und ging wieder in den Bulk.

Diesmal wartete kein Zerstörer auf sie. Die kleinen Schiffe waren den überlegenen Waffen der *Rhelina* schutzlos ausgeliefert. Hakera hatte bereits drei von ihnen erledigt, als erneut ein Zerstörer der Laschmeen heraneilte. Diesmal wartete die KI erst gar nicht ab, bis er nahe genug herankommen konnte, um gefährlich zu werden, und verschwand im Bulk.

»TachyGrav-Warper in wenigen Sekunden aufgeladen«, meldete sie.

»Dann sollten wir jetzt wieder zu Rigoran stoßen, bevor die Kachlax uns nur noch als seine Hilfstruppe ansehen«, sagte Grand.

»Bestätigt.« Hakera nahm Kurs auf den Bereich um die Wächterbasis, wo die heftigsten Kämpfe tobten.

Der Angriff der Laschmeen war zwischenzeitlich zunehmend ins Stocken geraten. Das hinter der Frontlinie ausbrechende Chaos pflanzte sich wie eine Welle durch die Reihen ihrer Schiffe fort. Die bisherige knappe Überlegenheit der Angreifer schien sich mehr und mehr in ein Patt zu verwandeln. Je ungeordneter die Laschmeen agierten, umso besser konnten die Kachlax ihre Verteidigung organisieren. Besonders, da Rigoran mit der *Sonnenwind* überall dort eingriff und für Entlastung der Verteidiger sorgte, wo die Laschmeen zur Basis vorzudringen drohten. Jeder Speerspitze der Angreifer schlug er den Kopf ab und zwang sie somit zum Abdrehen.

Die *Sonnenwind* verfügte ebenfalls über einen TachyGrav-Warper, der allerdings aufgrund der leistungsfähigeren Energieaggregate des Kreuzers viel schneller wieder aufgeladen werden konnte als derjenige auf der *Rhelina.* Zudem waren die Schutzschirme des großen dorianischen Schiffes wesentlich belastungsfähiger und konnten die Angriffe selbst mehrerer Laschmeen-Zerstörer mühelos verkraften. Es gab schlichtweg nichts, was die Laschmeen der *Sonnenwind* hätten entgegensetzen können.

Die *Rhelina* erschien inmitten eines heftigen Feuergefechts, in dem sich die *Sonnenwind*, vier Wächterschiffe und mehr als ein Dutzend Zerstörer der Laschmeen ineinander verbissen hatten. Das All schien in Flammen zu stehen. Der kleine Verband der Angreifer hatte kurz davorgestanden, eine lokale Überladung der Schutzschirme der Wächterbasis hervorzurufen, was zu einem örtlichen Zusammenbruch geführt und einen Durchbruch ermöglicht hätte. Die *Sonnenwind* hatte gerade noch rechtzeitig eingreifen und das Dauerfeuer auf den Schirm unterbrechen können. Nachdem die vier Schiffe der Kachlax hinzugestoßen waren, war ein erbitterter Kampf knapp über der oberen Kegelfläche der Basis entbrannt. Vier Verteidiger gegen mehr als ein Dutzend Angreifer, dieses Verhältnis entsprach angesichts der unterschiedlich fortgeschrittenen Waffen- und Abwehrtechnologien einer Pattsituation, bei der keine Seite einen entscheidenden Vorteil erringen konnte. Das Erscheinen der *Rhelina*, so klein sie auch war, konnte den Ausschlag geben.

Grand erfasste die taktische Situation mit einem Blick. Als ehemaliger Offizier der Terranischen Raumverbände war er genau für solche Situationen ausgebildet. Er überflog das Taktikdisplay.

Die *Sonnenwind* lag unter dem Beschuss von drei Zerstörern der Laschmeen. Ihre Schutzschirme flackerten bedrohlich und sandten Überladungsblitze ins All. Das ganze Schiff wirkte fast wie eine Miniatursonne, die kurz vor dem Ausbruch zur Supernova stand. Grand wusste, dass ihre Schutzschirme einer noch weit größeren Belastung standhalten konnten, doch das energetische Chaos rings um das Schiff machte einen gezielten Einsatz der eigenen Waffensysteme unmöglich. Hier bestand jedoch keine unmittelbare Gefahr und die *Rhelina* musste nicht eingreifen.

Zwei der Wächterschiffe feuerten gemeinsam auf eine Vierergruppe der Laschmeen, die währenddessen versuchten, durch hektische Kursänderungen dem Dauerfeuer zu entgehen, um selbst angreifen zu können. Auch hier benötigten die Kachlax derzeit keine Hilfe.

Eines der beiden Wächterschiffe befand sich hingegen in einer bedrohlichen Situation. Fünf Einheiten der Laschmeen hatten das Schiff in die Zange genommen und unternahmen einen koordinierten Angriff. Sie standen kurz davor, die Schutzschirme des Wächterschiffes zum Zusammenbruch zu bringen. Eine abrupte Kursänderung der Kachlax konnte die Vernichtung gerade noch verhindern. Doch die Zielerfassungssysteme des Gegners verloren die Wächter nicht lange aus dem Fokus und der Beschuss setzte sofort wieder ein.

Drei Laschmeen-Einheiten befanden sich 'oberhalb' des Wächterschiffes und versuchten, dessen Entkommen ins freie All zu verhindern. Die beiden anderen umkreisten es und schlugen von verschiedenen Seiten unerbittlich zu. Hier ging es um Sekunden.

Die *Rhelina* hatte nur einen Schuss ihres TachyGrav-Warpers.

»Hakera, das Schiff in der Mitte der Dreiergruppe. Feuer!«

Die KI zögerte nicht. Der TachyGrav-Warper riss das mittlere Schiff in den Bulk und der Beschuss des Wächterschiffes ließ sofort an Intensität nach. Die Laschmeen hatten erst jetzt bemerkt, dass ein neuer Gegner aufgetaucht war.

Hakera setzte sofort nach. Eine Salve des Baryonenwerfers hämmerte auf die Schilde des linken Schiffes ein. Die Kachlax erfassten die Lage sofort und unterstützen den Angriff ihrerseits mit ihren Plasmakanonen. Die Schilde des feindlichen Schiffes brachen zusammen und die Laschmeen vergingen in einer lautlosen Explosion. Das verbliebene Schiff der ehemaligen Dreiergruppe setzte sich panikartig ab. Die beiden anderen folgten seinem Beispiel.

Sofort stürzte sich das gerettete Wächterschiff auf die Laschmeen-Zerstörer, die die *Sonnenwind* im Visier hatten. Die *Rhelina* folgte umgehend. Gemeinsam schossen sie einen weiteren Zerstörer ab. Nun brach auch der konzentrierte Angriff auf die *Sonnenwind* in sich zusammen.

Das Energiegewitter in den Schutzschirmen der *Sonnenwind* ließ nach und die Zielerfassung arbeitete wieder ungestört. Der TachyGrav-Warper der *Sonnenwind* forderte ein weiteres Opfer.

Die verbliebenen Zerstörer der Laschmeen suchten ihr Heil in der Flucht.

»Dankbarkeit!«, kam ein Funkspruch der Kachlax bei Grand an.

»Gern geschehen«, gab Grand zurück.

»Rigoran«, schickte Jalina einen Funkspruch an die *Sonnenwind*. »Es sieht so aus, als ob der Angriff zum Erliegen kommt. Wir werden uns noch einige kleinere Versorgungseinheiten vornehmen. Ihr solltet versuchen, in der Zwischenzeit das Schiff des Flottenkommandeurs ausfindig zu machen. Sobald wir unseren TachyGrav-Warper wieder aufgeladen haben, stoßen wir zu euch und schlagen der Schlange den Kopf ab.«

»Einverstanden«, lautete die knappe Antwort.

In den nächsten Minuten tauchte die *Rhelina* noch ein paar Mal hinter der Front auf, wo sich Versorger, Transporter und Reserveeinheiten sammelten. Man konnte sehen, dass nun auch die kleineren Schiffe aufgefordert waren, sich am Kampf um die Wächterbasis zu beteiligen. Ohne Rücksicht auf eigene Verluste stürmten sie vorwärts. Die meisten wurden eine leichte Beute der inzwischen verstärkten und gut aufgestellten Flotte der Wächterschiffe.

Wieder einmal bewahrheitet sich die alte Weisheit, dass der Verteidiger stets im Vorteil ist, wenn es ihm gelingt, sich gut zu organisieren, dachte Grand.

Die Verluste der Laschmeen waren katastrophal. Inzwischen wäre es der nun gut gestaffelt stehenden Wächterflotte wahrscheinlich gelungen, den Angriff auch ohne ein weiteres Eingreifen der beiden dorianischen Schiffe abzuwehren. Doch Grand wusste, dass die Raumschlacht schneller vorbei sein würde, wenn sie die Kommandostruktur an der Spitze zerschlugen. Ohne ordnende Befehle von oben würde der Spuk schnell ein Ende haben.

Es gelang der *Rhelina* in den nächsten Minuten, noch vier Versorger und drei Truppentransporter zu erledigen. Kein Zerstörer der Laschmeen ließ sich blicken. Sie waren alle darauf fixiert, zur Wächterbasis vorzudringen. Es schien fast so, als ob ihnen jegliches Opfer, das sie dafür zu bringen hatten, egal war.

Dann meldete Hakera, dass die Energiezellen wieder voll aufgeladen waren.

»Gib mir Rigoran«, sagte Grand

Hakera schaltete die Verbindung.

»Habt ihr das Flaggschiff ausfindig machen können?«

»Zwei potenzielle Ziele kommen infrage«, antwortete der Gerberaner. »Eines hat eine leicht erhöhte Wahrscheinlichkeit aufgrund der Position und seiner zurückliegenden Kursmanöver sowie einer Analyse der Intensität des Funkverkehrs.«

»Worauf warten wir dann noch? Wir treffen uns dort.«

Ohne auf eine Antwort zu warten, befahl Grand der KI, die von Rigoran übermittelten Koordinaten anzufliegen. Er wollte derjenige sein, der den Gegner enthauptete. Dies würde sich sicher nicht unerheblich auf ihren Status bei den Kachlax auswirken – und damit ihre Chance erhöhen, sich in der Rangliste der dem *Ruf der Erleuchtung* Folgenden ganz nach vorn zu arbeiten. Vor Rigoran und seinem unheimlichen Begleiter.

27.

Mit jeder verstrichenen Minute verschlechterte sich die taktische Lage für die Laschmeen. Was als blitzartiger Überfall zahlenmäßig überlegener Kräfte geplant worden war, hatte sich zu einer Art Stellungskrieg entwickelt. Das Eingreifen der beiden dorianischen Schiffe hatte den Angriff auf die Wächterbasis lange genug verzögert, um es den Kachlax zu ermöglichen, auch weiter entfernte Schiffe zur Verteidigung der Station herbeieilen zu lassen. Alsgorms Entscheidung, die Angriffe auf die vielen Wächterstationen rund um die Sphäre abzubrechen und alles auf die Polbasis zu konzentrieren, hatte sich ebenfalls als taktischer Fehler herausgestellt. Dadurch waren genau die Einheiten der Wächter von Verteidigungsaufgaben entbunden worden, die nun in großer Zahl an der Basis auftauchten und sich dort am Kampf beteiligten. Der Angriff war nicht nur ins Stocken geraten, die Laschmeen wurden allmählich dank der technologischen Überlegenheit der Kachlax zurückgedrängt, und dort, wo sie lokale Erfolge zu erzielen und durchzubrechen drohten, tauchte postwendend mindestens eines der dorianischen Schiffe auf und machte jede Chance auf einen Vorstoß durch die Verteidigungslinien umgehend zunichte. Die Kachlax konnten die Flotte der Laschmeen zwar nicht vernichten, aber zusammen mit der *Rhelina* und der *Sonnenwind* konnten sie die

Wächterbasis halten.

Für Grundach Alsgorm war dies gleichbedeutend mit einer Niederlage. Er hatte das Ziel des über viele Jahre geplanten und unter Einsatz aller Kräfte seines Volkes durchgeführten Vergeltungsangriffs schmählich verfehlt.

Zusammengesunken saß er an seinem Kommandostand und verfolgte die eintreffenden ernüchternden Informationen und Verlustmeldungen zunehmend teilnahmslos. Ihm wurde klar, was diese Niederlage nicht nur für die Laschmeen, sondern auch für ihn persönlich bedeutete.

»Die Zahl der Verluste steigt dramatisch an«, warnte der Erste Superior. »Und je mehr Schiffe wir verlieren, umso schneller wird die Verlustrate eskalieren.«

Flottensupreme Alsgorm wusste nicht, was er antworten sollte.

»Supreme!« Der Ton des Ersten Superiors wurde eindringlich, fast unbotmäßig. »Ihr müsst eine Entscheidung treffen.«

Alsgorm wusste, dass es vernünftig, sogar unzweifelhaft angebracht wäre, den Abbruch des Feldzugs, den Rückzug zu befehlen. Doch alles in ihm sträubte sich gegen diesen Gedanken. Sein Name würde unauslöschlich mit der größten Niederlage in der langen Geschichte der Laschmeen verbunden sein. Sein Volk hatte alle Hoffnungen auf ihn gesetzt, die Schmach endlich zu tilgen, die man ihnen zugefügt hatte. Er hatte versagt. Wegen zweier Schiffe – wovon eines nicht viel größer war als eines seiner Landungsboote. Alsgorm konnte immer noch nicht fassen, dass zwei Schiffe ausgereicht hatten, um den gesamten Plan in sich zusammenbrechen zu lassen, auch wenn er wusste, dass die Unbekannten über eine Technologie verfügten, die man sich nicht hatte vorstellen können. Man würde ihm dies auf Laschma nicht als Entschuldigung durchgehen lassen. Es war besser, hier und jetzt heldenhaft zu sterben.

»Ich werde den siegreichen Angriff selbst anführen«, sagte er schließlich. »Wir werden den Feind unter meiner unmittelbaren Führung in die Knie zwingen und die Wächterbasis erobern. Bringt mein Schiff an die Spitze unserer Flotte!«

»Aber, Supreme…«

»Ich dulde keinen Widerspruch! Wir werden siegen oder untergehen. In beiden Fällen werden unsere Nachkommen das Lied der Helden für uns singen. Ein Laschmeen siegt oder stirbt. Etwas anderes kommt nicht infrage!«

Es war Alsgorm nicht bewusst, dass er die letzten Worte herausgeschrien hatte. Die Besatzungsmitglieder in der Zentrale sahen ihn betreten an. Diesmal ertönte kein lautes Jubelgeschrei. Es herrschte Totenstille. Im Hintergrund hörte man nur die leisen Hilfeschreie und Verzweiflungsrufe, die aus der Funkkonsole drangen.

»Ihr habt den Supreme gehört!« Der Stimme des

Ersten Superiors war nicht zu entnehmen, was er von diesem aus Verzweiflung geborenen Befehl hielt. Jedem der Anwesenden musste klar sein, dass es ein selbstmörderischer Befehl war, und doch würde man ihm ohne Frage nachkommen. Sich gegen einen Vorgesetzten zu stellen wäre für einen Laschmeen undenkbar gewesen. »Bringt unser stolzes Schiff an die Spitze der Flotte.«

Das Flaggschiff beschleunigte und ging für ein kurzes Manöver in den Bulk. Die Begleitschiffe folgten ihm augenblicklich.

Grundach Alsgorm schloss die Augen und betete zu den Ahnen. Er hoffte, sie würden sein Opfer annehmen und ihm sein Versagen verzeihen.

28.

»Das verdammte Flaggschiff ist nicht mehr hier!«

Grands überraschter Ausruf war überflüssig, da jeder sehen konnte, dass die *Rhelina* im Umkreis von mehreren Lichtsekunden völlig alleine war.

»Ich messe eine schwache Tachyonenresonanz an«, sagte Hakera. »Hier sind vor Kurzem mehrere Schiffe in den Bulk gegangen.«

In diesem Moment fiel die *Sonnenwind* direkt neben der *Rhelina* zurück in den Normalraum. Ein kurzer Funkspruch ging auf dem kleinen Schiff ein.

»Du dachtest wohl, du könntest uns zuvorkommen?«

Rigoran klang beinahe triumphierend, als er ebenfalls feststellen konnte, dass das angepeilte Schiff nicht mehr hier war. Die Verbindung wurde sofort wieder unterbrochen.

Grand verzog ärgerlich das Gesicht. Sein Plan, derjenige zu sein, der dem Gegner den entscheidenden Schlag versetzen würde, war nicht aufgegangen. Das Flaggschiff der Laschmeen musste den Braten gerochen und sich rechtzeitig abgesetzt haben. Die Frage war nur: Wohin war es verschwunden?

Grand sollte die Antwort umgehend erfahren.

»Das Flaggschiff ist mit seinem Begleitverband soeben unmittelbar vor der Wächterbasis erschienen«, meldete Hakera. »Es sieht so aus, als würden alle verbliebenen Einheiten der Laschmeen ebenfalls diesem Punkt zustreben.«

Für dieses Verhalten konnte es nur eine Erklärung geben.

»Sie forcieren eine Entscheidungsschlacht!«, stellte Grand überrascht fest.

»Das ist verrückt! Die können sie jetzt nur noch verlieren«, sagte Jalina. »Es sind längst viel zu viele Wächterschiffe rings um die Basis versammelt, als dass die Laschmeen noch eine Chance hätten.«

»Korrektur«, schaltete sich die KI ein. »Meine taktische Analyse zeigt, dass die Laschmeen die Wächterbasis zwar nicht mehr einnehmen und unter ihre Kontrolle bringen können, sie könnten jedoch versuchen, sie zu vernichten. Wenn sie die dafür notwendigen Opfer zu bringen bereit sind, ist es sogar wahrscheinlich, dass es ihnen gelingen wird.«

»Verdammt!« Grand schüttelte ärgerlich den Kopf. »Sie wollen mit fliegenden Fahnen untergehen und zuvor noch so viel Schaden wie möglich anrichten.«

»Diese Haltung deckt sich mit dem psychologischen Profil, das ich von den Laschmeen erstellt habe. Ihre bisherigen Kampftaktiken zeigen, dass sie lieber sterben, als aufzugeben.«

»Das müssen wir verhindern, ansonsten war unser ganzer bisheriger Einsatz vergebens. Ohne die Wächter und ihre Basis gibt es keinen Zugang mehr zur Sphäre.«

»Zumindest keinen, der erforscht ist«, stimmte

Hakera zu. »Ich möchte darauf hinweisen, dass die *Sonnenwind* beschleunigt und in wenigen Sekunden in den Bulk gehen wird.«

»Rigoran will sicher eingreifen, um seinen Status bei den Wächtern zu festigen«, vermutete Jalina.

»Dann bleibt uns keine andere Wahl, als ihm zu folgen.«

Grand wusste, dass die *Rhelina* in einem Massengefecht Zehntausender Schiffe, wo es keine klaren Frontlinien mehr gab und das nackte Chaos herrschen würde, fehl am Platz war. Es war eine Sache, sich geeignete Ziele herauszupicken und sie anzugreifen – das winzige Raumschiff in ein unübersichtliches Schlachtgetümmel zu werfen käme hingegen einem Himmelfahrtskommando gleich. Die *Rhelina* war ein Explorations- und kein Kampfschiff, auch wenn ihre überlegene Technologie sie zu einem ernst zu nehmenden Gegner machte. Doch sobald sie ins Kreuzfeuer mehrerer Zerstörer der Laschmeen geraten würde, würde auch die Technologie der Dorianer an ihre Grenzen stoßen.

»Habe ich schon darauf hingewiesen, dass ich einen Selbsterhaltungstrieb besitze?«, fragte die KI süffisant, bevor sie mit Maximalwerten beschleunigte, das Schiff in den Bulk warf und der *Sonnenwind* folgte.

29.

Es gab keine geordneten Verbände mehr, keine taktischen Finessen, keine definierte Frontlinie und schon gar keine Versuche mehr, im Raum treibenden Überlebenden zu Hilfe zu kommen. Es war keine Schlacht, sondern ein gegenseitiges Abschlachten. Wer das Glück – oder das Pech – hatte, den Untergang seines Schiffes zu überleben, sei es in einem Rettungspod oder nur in einem Raumanzug, trieb hilflos und einem langsamen Tod geweiht im All.

Das Schlachtfeld erstreckte sich in einer Raumblase von annähernd einer Lichtminute Durchmesser rings um die Wächterbasis. Von den ursprünglichen fast einhunderttausend Einheiten der Laschmeen waren vielleicht noch sechzigtausend kampffähig, denen nun die noch verbliebenen vierzigtausend Kampfschiffe der Kachlax gegenüberstanden. Hinzu kamen die beiden dorianischen Schiffe mit ihren weit überlegenen Waffensystemen.

Nur drei andere Schiffe aus den Reihen der Wartenden hatten versucht, dem Beispiel der *Rhelina* und der *Sonnenwind* zu folgen, und sich aufseiten der Wächter in den Kampf geworfen. Ob es ihnen ebenfalls darum gegangen war, ihre Position bei der Zulassung zum *Ruf der Erleuchtung* zu verbessern, oder ob es aus einem anderen Grund geschehen war, spielte keine Rolle mehr. Alle drei Schiffe waren innerhalb kürzester Zeit von den Laschmeen abgeschossen worden. Sollte noch jemand mit dem Gedanken gespielt haben, sich an der Schlacht zu beteiligen, hatte dies jeder weiteren derartigen Überlegung bei den anderen Wartenden Einhalt geboten.

Von der anfänglichen zahlenmäßigen Überlegenheit war nicht mehr genug übrig geblieben, als dass die Laschmeen noch eine Chance gehabt hätten, die Schlacht für sich zu entscheiden, geschweige denn die Wächterbasis zu stürmen. Und mit jeder Minute, die verstrich, verschlechterte sich das Zahlenverhältnis zu ihren Ungunsten. Die ursprünglich gewaltige Flotte der Laschmeen wurde Schiff für Schiff aufgerieben.

Grand hatte sich nicht vorstellen können, jemals so etwas zu erleben. Was hier geschah, widersprach allem, was man ihm auf der Militärakademie beigebracht hatte.

Schiffe hatten sich im Zweikampf ineinander verbissen und schenkten dem übrigen Schlachtgetümmel keinerlei Beachtung mehr.

Kleinere Einheiten der Laschmeen stürzten sich ohne jede Aussicht auf Erfolg den riesigen Wächterschiffen entgegen, nur um fast beiläufig vernichtet zu werden.

Zerstörer der Laschmeen unternahmen angesichts der Unterlegenheit ihrer Waffentechnologie verzweifelte Rammversuche, die Grand an Kamikazeaktionen erinnerten, wie er sie nur aus historischen Erzählungen kannte.

Wieder andere Einheiten brachten sich selbst zur Explosion, wenn sie nahe genug an einem Gegner waren, um ihn mit in den Tod zu reißen.

Es gab kein übergeordnetes strategisches Ziel mehr, keine koordinierten Angriffe, keinen Plan – es gab nur noch Tod und Vernichtung.

Inmitten dieses Gemetzels fiel die *Rhelina* in den Normalraum zurück. Sofort stürzte sich ein Zerstörer der Laschmeen auf sie, der nur wenige Hunderttausend Kilometer entfernt gerade knapp der Vernichtung durch ein Wächterschiff entgangen war und dessen Schutzschilde nach dem Ausfall einiger Generatoren immer noch bedenklich flackerten.

Plasmapulse hämmerten auf die *Rhelina* ein und schüttelten das Schiff durch.

»Schirme halten bei fast achtzig Prozent«, sagte Hakera, die ausnahmsweise wieder einmal persönlich in Gestalt ihres eiförmigen Avatars in der Zentrale anwesend war. Vielleicht glaubte sie, Grand und Jalina auf diese Weise ihre Bereitschaft zum Einsatz ihrer eigenen Existenz demonstrieren zu können. »Kein Einsatz von Lenkwaffen feststellbar. Sie scheinen alle Torpedos bereits verschossen zu haben. Die Laserbatterien feuern ebenfalls nicht.«

Der Zerstörer war schwer angeschlagen.

»Feuer erwidern. Den TachyGrav-Warper nur im Notfall einsetzen.«

Grand wollte die Hauptwaffe der *Rhelina* für den Fall in Reserve halten, dass sie sich in unmittelbarer Gefahr befinden sollten. Vor allem jedoch brauchten sie die Waffe, um das Flaggschiff auszuschalten.

Hakera feuerte eine Salve aus dem Baryonenwerfer ab, was die bereits geschwächten Schilde des Gegners sofort zum Zusammenbruch brachte.

»Feuern bis zur Vernichtung. Die Zeit für Zurückhaltung ist vorüber«, sagte Grand hart.

Eine zweite Salve auf das nun ungeschützt heranstürmende Schiff brachte es sofort zur Explosion. Der Baryonenpuls musste den Hauptreaktor getroffen haben.

»Wo ist das Flaggschiff?« Grand hatte das Ziel ihrer waghalsigen Aktion nicht aus den Augen verloren.

»Etwa drei Lichtsekunden von uns entfernt. Es wird allerdings von einer Gruppe Zerstörer abgeschirmt.«

»Rigoran?«

»Die *Sonnenwind* nähert sich der Position des Flaggschiffes aus der entgegengesetzten Richtung. Fünf Zerstörer der Laschmeen stellen sich ihr in den Weg.«

»Das sollte uns etwas Zeit verschaffen, als Erste bei dem Flaggschiff zu sein.«

»Anflug von zwei Feindschiffen«, meldete Hakera. »Wir geraten in wenigen Sekunden in ihre

Schussweite.«

»Kannst du uns mitten in die Gruppe um das Flaggschiff versetzen?«

»Ein ultrakurzes Bulkmanöver? Schwierig, aber vielleicht machbar.«

»Dann los!«

Die KI benötigte einige Zehntelsekunden, um die Parameter für einen derart kurzen Flug durch den Bulk zu berechnen. Es war normalerweise nicht notwendig, den Rücksturzpunkt auf ein paar Hunderttausend Kilometer genau zu berechnen. Doch hier ging es nicht um hunderttausend Kilometer, nicht einmal um ein paar Zehntausend – Hakera musste das Schiff unmittelbar neben dem Flaggschiff der Laschmeen in den Normalraum zurückkehren lassen, wenn sie sich nicht durch den Abwehrriegel der Zerstörer kämpfen wollten. Wozu die *Rhelina* nicht in der Lage gewesen wäre.

Sie mussten exakt neben dem Ziel herauskommen, denn sie hatten nur einen Schuss.

Die *Rhelina* ging in den Bulk.

Doch entweder war Hakeras Berechnung um eine Winzigkeit zu ungenau oder das energetische Gewitter der vielfältigen im nahen Umkreis abgefeuerten Waffensysteme verzerrte die Raumstruktur. Die Abweichung war gering, und jeder Navigationsoffizier wäre auf diese Leistung stolz gewesen, aber in diesem Fall machten ein paar Tausend Kilometer einen erheblichen Unterschied aus.

Zwischen der *Rhelina* und dem Flaggschiff der Laschmeen befanden sich vier der Zerstörer, die es begleiteten. Und sie waren in deren Schussweite im Normalraum erschienen.

»Tut mir leid, Michael, aber die Entfernung zum Ziel beträgt etwas mehr als achtzehntausend Kilometer«, gab Hakera bekannt. »Und die Zerstörer liegen zwischen uns und dem Ziel.«

»Kannst du das Flaggschiff trotzdem ins Visier nehmen?«

»Negativ! Die ausladenden Schutzschilde der vier Zerstörer verdecken das Ziel.«

»Verd…« Noch bevor Grand den Fluch zwischen den Zähnen herauspressen konnte, wurde die *Rhelina* von auftreffenden Laser- und Plasmapulsen durchgeschüttelt. »Wir müssen uns durchkämpfen.«

»Mike!« Jalina sah ihn aus weit aufgerissenen Augen an. »Das kann nicht gut gehen!«

»Wir haben keine andere Wahl!«

Wieder erschütterten die gegnerischen Waffen das kleine Schiff. Hakera war bemüht, mit blitzschnellen Kurswechseln die feindliche Zielerfassung zu irritieren, was jedoch augenscheinlich nicht besonders gut gelang.

»Schilde halten bei siebzig Prozent«, meldete die KI. »Allerdings sollten wir nicht allzu viele direkte Treffer einstecken müssen.«

»Schieß mit allem zurück, was du hast«, befahl Grand. »Außer mit dem TachyGrav-Warper. Den brauchen wir für das Flaggschiff.«

»Bestätigt!«

»Wie sieht es bei Rigoran aus?«, wollte Jalina wissen.

»Er befindet sich immer noch im Gefecht mit den Zerstörern. Zwei hat er bereits ausgeschaltet. Ich schätze, wir haben höchstens drei Minuten, bevor er das Flaggschiff ins Visier nehmen kann.«

»Wie sollen wir vier Zerstörer ausschalten, bevor Rigoran mit dreien fertig wird?« Jalina sah keine Möglichkeit mehr, das Flaggschiff der Laschmeen noch vor dem Gesandten des *Devorators* zu erreichen.

»Mit Gewalt sicher nicht«, sagte Grand zwischen zwei Treffern, die die *Rhelina* erschütterten und die Schutzschirme an die Grenzen ihrer Belastbarkeit brachten.

»Vierzig Prozent, Mike«, warnte die KI. »Wenn dir nicht bald etwas einfällt, sollten wir lieber von hier verschwinden.«

»Volle Beschleunigung auf die Angreifer zu, mit kleinen, überraschenden Kursänderungen! Alle Energie in die Schirme außer der Notfallenergie. Die brauchen wir für den TachyGrav-Warper.«

»Dann kann ich nicht mehr feuern, Michael«, warnte Hakera. »Und es werden starke G-Kräfte durchbrechen, wenn ich dem NeutroGrav Energie entziehe.«

»Es ist mir egal, ob wir die Zerstörer abschießen oder ein paar durchschlagende G-Kräfte zu spüren bekommen. Ich will vor Rigoran zu dem

Flaggschiff. Wenn wir nahe genug an die Gegner herankommen, behindern sie sich gegenseitig und können nicht mehr auf uns schießen, jedenfalls nicht ohne Gefahr zu laufen, dabei eines ihrer eigenen Schiffe zu treffen.«

»Die Erfolgswahrscheinlichkeit für dieses Manöver beträgt weniger als fünfzig Prozent«, gab Hakera zu bedenken, während neue Treffer die verzweifelt Haken schlagende *Rhelina* erschütterten. »Schirme bei dreißig Prozent und fallend!«

»Mach schon!«

»Bestätigt!«, sagte die KI, doch es kam Grand so vor, als hätte sie diesmal kaum merklich gezögert, den Befehl zu bestätigen.

Die verrückte Aktion würde nur wenige Sekunden dauern, aber in jeder dieser Sekunden bestand die Möglichkeit, abgeschossen zu werden.

Wenn es passiert, werden wir kaum etwas davon merken, dachte Grand. *Ein Schuss, der unsere Schutzschirme durchschlägt, und die Rhelina wird in ihre Atome zerlegt. Zusammen mit uns!*

Fesselfelder zogen Grand und Jalina eng in ihre Sitze, in denen sich vorsorglich zusätzliche Luftpolster aufbauten. Sie konnten sich kaum rühren, aber wenigstens würde diese Maßnahme Knochenbrüche oder Schlimmeres verhindern, falls die durchschlagenden Kräfte zu groß wurden.

Dann schoss die *Rhelina* auf die vier Zerstörer zu.

Obwohl Hakera versuchte, das Manöver so kurz wie möglich zu halten und schnellstens zwischen die

Zerstörer zu kommen, um deren Schusswinkel zu minimieren, war eine gradlinige Flugbahn nicht praktikabel. Die Zielerfassungsgeräte des Feindes hätten die *Rhelina* innerhalb von Sekundenbruchteilen angepeilt und zum Abschuss freigegeben. Der Kurs glich vielmehr einer Schraube mit unmöglich zu berechnenden Windungen und plötzlichen Vektoränderungen. Lediglich die grundsätzliche Richtung war auszumachen: Auf die vier Zerstörer zu!

Obwohl es dem Gegner sehr schwerfiel, den Kurs der *Rhelina* zu berechnen und sie in der Zielerfassung zu halten, war es offenbar nicht unmöglich, wie Grand und Jalina schnell feststellen mussten. Fast ununterbrochen schlugen Treffer in die Schutzschirme des Schiffes ein, auch wenn die meisten Schüsse sie verfehlten. Nur wenn Hakera einen schnellen Haken schlug, ließ das Trommelfeuer für einen kurzen Moment nach. Entweder wurden die beiden von den auftreffenden Laserstrahlen und Plasmapulsen brutal durchgeschüttelt oder die durchbrechenden G-Kräfte eines erzwungenen Kurswechsels drohten sie in eine gnädige Ohnmacht zu entlassen.

Hakera gab ständig Statusmeldungen durch, die Grand durch das Dröhnen in seinen Ohren kaum verstehen konnte.

»Schilde bei fünfundzwanzig Prozent. Entfernung zwölftausend Kilometer.«

»Schilde bei achtzehn Prozent. Entfernung

neuntausend Kilometer.«

»Schilde bei zwölf Prozent. Entfernung siebentausend Kilometer. Gefahr struktureller Schäden!«

Irgendwo im Schiff explodierte ein Aggregat unter der Belastung. Grands Magen krampfte sich mit Eiseskälte zusammen. *Noch nicht*, dachte er, *noch leben wir!* Das ausgeschüttete Adrenalin ließ sein Herz rasen.

Neben sich hörte er Jalina würgen.

Wieder wurde die *Rhelina* durchgerüttelt und Grand wunderte sich, dass sie nicht auseinanderplatzte wie eine überreife Frucht.

»Schilde bei neun Prozent. Belastungsrisse in der äußeren Hülle. Entfernung viertausend Kilometer. Empfehle Abbruch!«

»Nein!«, konnte Grand gerade noch so herauspressen.

Wieder schlugen enorme G-Kräfte durch, als Hakera ein weiteres, radikales Ausweichmanöver durchführen musste, um der sicheren Vernichtung zu entgehen.

Jalina rührte sich nicht mehr. Grand war nicht in der Lage, den Kopf zu wenden, um nach ihr zu sehen. Wahrscheinlich war sie ohnmächtig geworden.

Wie durch Watte vernahm er die nächste Meldung der KI. Grand wehrte sich verzweifelt dagegen, ebenfalls bewusstlos zu werden.

»Schilde bei drei Prozent. Strukturelle Integrität

nicht mehr gewährleistet. Entfernung eintausend Kilometer. Nächster Treffer führt zur sofortigen Vernichtung des Schiffes!«

»Weiter!«, stöhnte Grand mit letzte Kraft. Zu seiner Überraschung gehorchte die KI.

Doch es kam kein weiterer Treffer. Sie befanden sich inmitten der vier Zerstörer, von denen keiner wagte, auf das wahnsinnig gewordene, wilde Haken schlagende Schiff zu feuern. Zu groß war die Gefahr, bei einem Fehlschuss eines der eigenen Schiffe zu treffen. Für einen kurzen Augenblick herrschte gespenstische Ruhe an Bord der *Rhelina*.

Jetzt kommt der entscheidende Moment. Grand wusste, dass sich nun entscheiden musste, ob sein verwegener Plan aufgehen würde.

Nachdem die *Rhelina* zwischen ihnen hindurchgerast war, hatten die vier Zerstörer wieder ein freies Schussfeld. Doch sie standen nun nicht mehr zwischen der *Rhelina* und dem Flaggschiff! Auch Hakera konnte jetzt ungehindert mit dem in Reserve gehaltenen TachyGrav-Warper feuern. Wer zuerst schoss – und traf! – würde triumphieren.

Grand schickte ein Stoßgebet zu allen Göttern des Weltraums. Nun lag alles in den Händen der KI. Hakera wusste, was zu tun war. Grand musste krächzend lachen, als ihm der Widersinn seines Gedankens aufging. *Eine KI mit Händen*! Der Gedanke amüsierte ihn seltsamerweise köstlich.

Das Letzte, was er sah, bevor er die bleischweren Lider schloss, bereit, sich endlich der wohltuenden

Bewusstlosigkeit hinzugeben, war die *Sonnenwind*, die mit flammenden Schutzschirmen und unter dem Feuer eines Verfolgers aus der Gegenrichtung kam und ebenfalls auf das Flaggschiff der Laschmeen zuraste.

30.

Grundach Alsgorm wusste, dass es zu Ende ging. Er verlor mit rasender Geschwindigkeit Schiffe, und je mehr Schiffe er verlor, umso schneller verlor er weitere. Es war eine Todesspirale, die nur *ein* Ende finden konnte.

All seine Träume von Größe und Macht, all seine Pläne für die Zeit nach der glorreichen Rückkehr in die Heimat, seine Position, sein Ansehen, seine Zukunft – zerstört von zwei Schiffen, die man nicht hatte einplanen können. Die es nicht hätte geben dürfen.

Aus den Lautsprechern in der Zentrale ertönten Hilferufe, Todesschreie und Flüche. Die meisten Übertragungen brachen unvermittelt ab. Doch sie wurden umgehend durch andere, ebenso entsetzliche Zeugnisse der rings um das Flaggschiff stattfindenden Orgie der Vernichtung ersetzt.

Der Flottensupreme saß zurückgelehnt in seinem Kommandositz und hielt die Augen geschlossen. Er sang innerlich das *Lied des Todes* und bereitete sich darauf vor, zu den Ahnen zu gehen. Für einen Außenstehenden hätte er angesichts des unausweichlich bevorstehenden Endes erstaunlich entspannt gewirkt, doch seine Gedanken und Gefühle waren in Aufruhr.

Grundach Alsgorm spürte die Präsenz eines anderen Laschmeen und öffnete die Augen.

»Supreme, es ist meine Pflicht …«

»Es ist Ihre Pflicht zu gehorchen, Superior!«

»Supreme, der Angriff ist gescheitert. Wir müssen den Tatsachen ins Auge sehen. Es gibt keine Chance mehr, zur Wächterbasis durchzudringen.«

»Was wollen Sie damit sagen, Superior?«

»Ich empfehle den Rückzug. Wir müssen retten, was von der Flotte noch übrig ist. Wir sollten nach Hause zurückkehren, analysieren, was passiert ist, und uns neu aufstellen. Beim nächsten Mal …«

»Es wird kein nächstes Mal geben, Superior! Zum einen hat unser Volk bereits alles in diesen Feldzug investiert, zum anderen werden sich die Wächter kein zweites Mal überraschen lassen. Dies war unsere Chance – unsere *einzige* Chance –, nicht nur die erlittene Schmach zu tilgen, sondern auch das größte Geheimnis des Multiversums zu ergründen. Die Laschmeen wären das mächtigste Volk zumindest dieses Universums geworden. Dass wir diese Gelegenheit verspielt haben, wird man uns zu Hause nicht verzeihen, Superior. Uns bleibt nur noch ein ehrenhafter Tod, in der Hoffnung, dass die Ahnen uns gnädig bei sich aufnehmen. Wir werden nicht als Versager und Feiglinge heimkehren!«

»Supreme, unsere Schiffe werden zerstört, unsere Besatzungen werden dort draußen abgeschlachtet. Daran ist nichts Ehrenhaftes! Es ist ein Unterschied, ob man im Kampf fällt oder sich als bereitwilliges Opfer darbietet. Unsere Schiffe sind derzeit nicht mehr als hilflose Opfer. Wir mögen diese Schlacht verloren haben, doch der Krieg dauert an. Es muss nicht für alle Zeiten vorbei sein! Andere werden in unsere Fußstapfen treten und zu Ende bringen, was uns nicht möglich war. Geben Sie den Befehl zum Rückzug und retten Sie, was noch zu retten ist! Das gebietet die Vernunft.«

Alsgorm blickte auf die ihn umgebenden Hologramme und Anzeigen. Die Verlustrate hatte inzwischen astronomische Ausmaße angenommen. Da fast all seine Schiffe nur noch gesondert agierten, wurden sie zu leichten Opfern der überlegenen Wächtertechnologie. Doch es erfüllte den Flottensupreme gleichzeitig mit Stolz, dass sich trotz der hoffnungslosen Lage noch keine seiner Einheiten abgesetzt hatte. Laschmeen rannten nicht davon. Sie kämpften bis zum Sieg – oder bis zum Tod. Umso mehr empörte ihn die Einstellung des Ersten Superiors.

»Das ist Defätismus!« Alsgorm konnte sich angesichts der Insubordination seines höchsten Offiziers kaum beherrschen. Diese unentschuldbare Haltung durfte unter der Besatzung nicht um sich greifen. »Sie sind mit sofortiger Wirkung Ihrer Position enthoben!«

»Aber … Supreme … ich wollte … ich will doch nur …«, stammelte der von dem Ausbruch völlig überraschte Erste Superior.

»Sie wollen uns mit dem Gift der Feigheit verderben und sich dabei hinter der Fassade angeblicher 'Vernunft' verstecken!«, schrie Alsgorm ihn an. »Das werde ich nicht dulden. Nicht auf meinem Schiff und nicht in meiner Flotte!« Er wandte sich an zwei Sicherheitsoffiziere, die Dienst in der Zentrale des Flaggschiffes hatten. »Nehmt ihn fest und sperrt ihn in seine Kabine.«

Der Erste Superior wehrte sich nicht, als ihn die beiden Soldaten in die Mitte nahmen.

»Der Feigling sind Sie, Flottensupreme«, sagte er ruhig. »Anstatt sich der unbequemen Wahrheit zu stellen, ziehen Sie es vor, den bequemen Weg des Todes zu wählen. Sie fürchten sich vor den Konsequenzen, die eine Niederlage für Sie haben könnte, und wollen sich durch Selbstmord aus der Affaire ziehen. Einen Selbstmord, bei dem Sie uns alle mitzunehmen gedenken. Das ist die eigentliche Feigheit!«

Alsgorm sprang auf und schlug ihm ins Gesicht.

»Sie sind es nicht wert, ein Laschmeen genannt zu werden«, zischte er.

»Die Ahnen werden entscheiden, wen von uns beiden sie mit offenen Armen aufnehmen und wen sie als unwert zurückweisen«, entgegnete der ehemalige Erste Superior.

Alsgorm stieß ein verächtliches Schnauben aus, winkte ab und nahm wieder in seinem Kommandositz Platz. Die Sicherheitsoffiziere führten den Gefangenen aus der Zentrale.

Es war Zeit, den letzten Schritt zu tun.

»Bringt das Schiff aus dem Schutz der Begleitflotte. Wir werden so viele Gegner wie möglich vernichten, ehe die Ahnen uns zu sich rufen.«

Es gab keinen weiteren Widerspruch. Doch dann schreckte ihn der Ausruf eines Taktikoffiziers auf.

»Supreme, die beiden fremden Schiffe! Sie sind durch den Verteidigungsriegel gebrochen und halten auf uns zu!«

Alsgorm ruckte hoch und starrte auf das Hauptdisplay. Zwei offenbar in Flammen stehende Schiffe rasten aus entgegengesetzter Richtung auf sein Flaggschiff zu. Ihre lodernden und sichtlich überlasteten Schutzschirme schienen kurz vor dem Zusammenbruch zu stehen. Beide Schiffe, ein großes und ein sehr viel kleineres, wurden von mehreren Zerstörern seiner Flotte verfolgt.

Mit weit aufgerissenen Augen wollte Alsgorm gerade einen Befehl erteilen, als sowohl bei den beiden Angreifern als auch bei den sie verfolgenden Zerstörern die Waffen aufblitzten.

31.

Die erlösende Bewusstlosigkeit kam nicht. Neben sich hörte Grand Jalina aufstöhnen, als sie beim Versuch eines weiteren Ausweichmanövers erneut mit dem Mehrfachen ihres Körpergewichts in die Sitze gepresst wurden.

Auf dem Hauptholo raste ihnen ein großes Schiff der Laschmeen entgegen. Das Flaggschiff!

Es verschwand wieder aus dem Erfassungsbereich der Kameras, als die *Rhelina* schwer erschüttert und wie ein Spielball um alle Achsen gewirbelt wurde.

»Schirme durchschlagen und zusammengebrochen«, meldete Hakera. »Hyperdrive offline. Bedingte Manövrierfähigkeit. Warnung: Druckverlust!«

»Feuer! Jetzt!«, rief Grand mit letzter Kraft aus.

Auf dem Holo wirbelte die *Sonnenwind* durch das Bild. Auch ihre Schutzschirme waren an der Belastungsgrenze angelangt und Überladungsblitze schossen wie Protuberanzen kilometerweit ins All. Sie musste sich noch immer gegen zwei Zerstörer der Laschmeen zur Wehr setzen und kam nicht dazu, das Flaggschiff ins Visier zu nehmen. Die *Rhelina* würde den ersten Schuss haben!

Hakera leitete sämtliche noch verfügbare Energie in den TachyGrav-Warper und feuerte.

Es war ein Volltreffer. Das Flaggschiff der Laschmeen verschwand hinter dem schon bekannten verzerrenden Schleier, es schien zu schrumpfen – und war verschwunden.

Jetzt ging es um das eigene Überleben.

Wieder wurde die *Rhelina* schwer getroffen.

»Waffensysteme offline. Lebenserhaltung offline. Hüllenbrüche in mehreren Sektoren. Empfehle Evakuierung!«

Die Rhelina ist verloren!

Der Gedanke durchzuckte Grand fast schmerzhaft. Sie hatten ihr Ziel erreicht, das Flaggschiff der Laschmeen war zerstört, doch sie hatten einen hohen Preis dafür gezahlt. Das kleine dorianische Explorationsschiff war in den letzten fünftausend Jahren fast so etwas wie ein Zuhause für ihn und Jalina gewesen. Hier hatten sie mehr Zeit ihrer Wachphasen außerhalb der Stasis verbracht als an jedem anderen Ort. Die *Rhelina* war nicht mehr zu retten, aber mit sehr viel Glück konnten vielleicht sie selbst am Leben bleiben.

»Not-Evakuierung einleiten!«

Der Befehl kam ihm nur schwer über die Lippen.

Die Fesselfelder schienen ihn und Jalina noch fester in ihre Sitze zu ziehen. Sämtliche Hologramme rings um sie erloschen. Wände und Decke der Zentrale kamen mit atemberaubender Geschwindigkeit auf sie zu und stoppten nur eine Handbreit über und neben ihnen. Vor Grand schoss ein minimalistischer Steuerstand aus dem Boden und ein simples 3D-Display bildete sich vor ihm aus.

Er hörte mehrere Explosionen, als die Außensektionen der Rhelina gezielt abgesprengt wurden. Für einen Beobachter musste es so aussehen, als würde das Schiff explodieren. Ein energetisches Feld formte sich rings um die jetzt nur noch etwa drei Meter durchmessende Zentralkugel der Evakuierungsblase und schirmte sie gegen das Vakuum des Weltraums ab.

Grand und Jalina befanden sich in der oberen Halbkugel der Rettungsblase, im unteren Teil waren Notaggregate, ein kleiner Energiekonverter und der Schirmgenerator platziert – sowie die Ego-Matrix und die Quantendatenspeicher von Hakera. Auch die KI würde die Evakuierung überleben, falls sie nicht abgeschossen wurden. Das schwache Energiefeld, das die Rettungsblase zusammenhielt, würde nicht einmal den Schuss aus einem Handblaster überstehen und natürlich verfügte die Blase weder über Waffensysteme noch über einen eigenen Antrieb.

Dann torkelten sie durch das All.

Vielleicht hielt man sie für ein Trümmerteil, vielleicht wurde die winzige Rettungsblase einfach übersehen, möglicherweise waren die Laschmeen zu schockiert über die Vernichtung ihres Flaggschiffes, als dass sie sich um eventuelle Überlebende des kleinen Schiffes hätten kümmern können. Jedenfalls schoss man nicht auf sie!

»Michael, die *Rhelina*, unser Schiff …«

Jalina war wach und Grand konnte das Entsetzen

in ihrer Stimme hören. Und die Trauer. Aufgrund dieses Schiffes hatten sie sich kennengelernt und es hatte eine große Rolle in ihrem Leben gespielt. Es war fast so etwas wie ein Teil von ihnen gewesen. Die *Rhelina* war für sie nicht nur ein Raumschiff gewesen, sondern sehr viel mehr. Unter anderem auch der Körper einer KI, die zu einer Freundin geworden war, auch wenn sie nicht biologischer Natur war.

Verdammt! Hakera!

Grand schämte sich dafür, nicht gleich an die KI gedacht zu haben.

»Hakera! Bist du da?«

»Natürlich«, kam sofort die Antwort. »Ich habe zwar meinen Körper verloren, aber den kann man ersetzen. Ich bin momentan nur etwas – wie soll ich sagen – in meinen Möglichkeiten eingeschränkt. Dieser … äh … Ersatzkörper ist in jeglicher Hinsicht … ungenügend. Aber ich lebe!«

Noch, dachte Grand, sprach es aber nicht laut aus. Um sie herum tobte nach wie vor eine Raumschlacht, und sie konnten immer noch abgeschossen werden. Ein zufälliger Streifschuss würde genügen.

»Was macht die *Sonnenwind*?«, fragte er.

»Sie hat inzwischen die beiden letzten Zerstörer in diesem Sektor erledigt. Ich nehme an, Rigoran tobt, weil wir es waren, die das Flaggschiff eliminiert haben.«

»Er muss allerdings davon ausgehen, dass es uns

dabei erwischt hat.«

»Da wäre ich mir nicht so sicher, Michael. Ich habe zwar die energetischen Abstrahlungen unserer Rettungsblase so weit wie möglich minimiert, um keine Feinde auf uns aufmerksam zu machen, doch die *Sonnenwind* ist ebenfalls ein dorianisches Schiff und wird den automatisch ausgestrahlten Notruf empfangen haben.«

»Könnten ihn auch die Laschmeen angepeilt haben?«

»Das ist eher unwahrscheinlich. Es handelt sich um einen ultrakurzen Impuls auf einer ganz speziellen Hyperfrequenz. Meine Erbauer waren ja nicht dämlich. Während einer Raumschlacht sollte der Gegner nicht unbedingt wissen, wo er Jagd auf Überlebende machen kann.«

Grand war beruhigt, dass die KI ihren manchmal etwas skurrilen Humor nicht verloren hatte. Irgendwie gab ihm dies Zuversicht. Oder Hakera kannte einige psychologische Tricks, um ihren Mut nicht sinken zu lassen.

Egal, dachte er. *Wir können nur hoffen, dass uns jemand einsammelt. Und dass es nicht gerade die Laschmeen sind!*

32.

#Angriff auf Basis neutralisiert.#
#Bestätigt. Probabilität über neunzig Prozent. Basis gesichert.#
#Partielle Korrektur: Laschmeen nach wie vor aggressiv.#
#Hypothese: Psychologischer Faktor. Aggressor kann Niederlage nicht akzeptieren.#
#Verwunderung: Verhalten inkompatibel mit entwickelter Zivilisation.#
#Hypothese: archaisches genotypisches Verhaltensmuster gekoppelt mit sozialer Pression in streng hierarchischer Struktur.#
…

Im neuronalen Verbund des Wächterrates kehrte so etwas wie ein Gefühl der Erleichterung ein. Zwar rannten die verbliebenen Schiffe der Angreifer immer noch gegen die um die Wächterbasis zusammengezogenen Einheiten der Kachlax an, doch es war offensichtlich, dass ihnen nun kein Durchbruch mehr gelingen konnte. Das Überraschungsmoment war verloren gegangen und die Überzahl ihrer Schiffe hatte sich drastisch reduziert. Nicht zuletzt dank des Eingreifens der beiden so unterschiedlichen Schiffe, die erst vor Kurzem an der *Sphäre der Erleuchtung* eingetroffen waren.

Trotz des Größenunterschiedes entstammten sie offensichtlich dem gleichen Volk. Die Bauart und das grundlegende Energiespektrum der Schiffe ließen keinen anderen Schluss zu. Allerdings waren sie nicht gemeinsam an der Sphäre angekommen, wie ein Blick in die Datenbanken zeigte, und sie hatten einen beachtlichen Abstand zueinander gehalten. Auch war das größere der beiden Schiffe, trotz Verbots, FTL-Technologie im Umkreis der Sphäre einzusetzen, plötzlich am Standort des kleineren aufgetaucht, das kurz zuvor von dort verschwunden war, um sich den Laschmeen in den Weg zu werfen. All dies erweckte fast den Eindruck, als wären sie einander nicht wohlgesonnen. Trotzdem kämpften sie nun Seite an Seite gegen die Laschmeen.

#Irritation.#

#Hypothese: Verfeindete Fraktionen einer Spezies.#

#Spekulation.#

#Einwand zugestanden.#

#Frage wird zurückgestellt. Derzeit irrelevant.#

Dann konnten die Mitglieder des Wächterrates beobachten, wie das kleinere Schiff sich zuerst zu dem Flaggschiff des Feindes durchkämpfte, dieses vernichtete und dabei selbst zerstört wurde.

#Bedauern. Unbekannte Spezies hat sich für unsere Ideale geopfert.#

#Ehrenhaft. Wohlwollendes Gedenken wird zugesichert.#

…

#Korrektur. Rafferimpuls in Seitenband des Hyperspektrums aufgefangen. Wenige Mikrozyklen nach Vernichtung des kleinen Schiffes. Hypothese: Notruf.#

#Überlebende?#

#Probabilität größer Null. Jedoch nicht genauer zu beziffern.#

…

#Laschmeen-Einheiten setzen sich vermehrt ab.#

#Hypothese: Verlust der Führung in streng hierarchischer Gesellschaft bewirkt Verwirrung. Ratlosigkeit. Handlungsunsicherheit. Ohne vorrangige Direktiven dominiert kreatürlicher Fluchtinstinkt in aussichtsloser Lage genotypische oder antrainierte Verhaltensmuster.#

#Zustimmung. Hypothese besitzt hohe Probabilität.#

…

#Frage: Verfolgung und Vernichtung der Laschmeen?#

#Negativ. Entblößung der Verteidigung nicht ratsam.#

#Warnung: Inaktivität birgt Gefahr der Regeneration des Offensivpotenzials der Laschmeen und zukünftiger Angriffe.#

#Zustimmung. Warnung muss bedacht werden. Genaue Analyse unseres perspektivischen Handelns muss erfolgen.#

Die Kachlax standen vor einer schwierigen Entscheidung. Falls sie die Laschmeen ungehindert entkommen ließen, gab es keine Garantie, dass diese nicht irgendwann mit einer noch größeren und stärkeren Flotte zurückkehren würden, um das zu beenden, was sie heute erfolglos angefangen hatten. Andererseits widerstrebte es den Wächtern, die fliehenden Schiffe einfach abzuschießen, was nun ein Leichtes für sie gewesen wäre. Ein solches Vorgehen entsprach nicht ihren moralischen Maßstäben. Sie kamen überein, dieses Dilemma einstweilen zurückzustellen und genauestens zu überdenken. Die überlebenden Laschmeen würden viele Jahre brauchen, um in ihre Heimat zurückzukehren, und noch viel länger, um überhaupt eine neue Flotte zusammenzustellen. Die Kachlax hatten also genügend Zeit, um sich in aller Ruhe auf diese theoretische Gefahr vorzubereiten.

Denn nun gab es Dringenderes zu tun. Rings um die *Sphäre der Erleuchtung* herrschte Chaos unter den Schiffen der Wartenden. Es galt, die Ordnung wiederherzustellen und die kommende Auswahl derjenigen, die dem *Ruf der Erleuchtung* folgen durften, vorzubereiten.

33.

»Die Laschmeen hauen ab!«, stellte Jalina erfreut fest und grinste Grand an. »Es sieht so aus, als würden wir noch einmal mit heiler Haut davonkommen.«

Auf dem Display war zu sehen, wie sich die Kampfschiffe der Laschmeen in ihrer Nähe eines nach dem anderen aus den Kampfhandlungen lösten, wie sie beschleunigten und schließlich im Bulk verschwanden. Hakera stellte parallel dazu auf einer anderen Anzeige eine Verteilung der gesamten Laschmeen-Flotte rings um die Sphäre dar, auf der die durch kleine Punkte symbolisierten Schiffe des Gegners immer weniger wurden. Die Absetzbewegung griff mit erstaunlicher Geschwindigkeit um sich.

»Ihr Anführer existiert nicht mehr«, sagte Grand. »Niemand erteilt mehr Befehle und treibt sie an. Sobald in einer solchen Situation die ersten Besatzungen die Flucht ergreifen, folgen bald immer mehr nach. Niemand will der letzte Depp sein, der sich abschießen lässt.«

Trotz ihrer unerfreulichen Lage grinsten sich die beiden an.

»Wir sind die Deppen, die sich haben abschießen lassen«, sagte Jalina.

»Aber wir leben noch!«

»Nur, weil wir unverschämtes Glück gehabt haben«, seufzte Jalina. »Hakera, kannst du Kontakt mit den Kachlax aufnehmen? Ich denke, sie schulden uns zumindest die Rettung aus unserer misslichen Lage.«

»Natürlich kann ich das, aber ich kann, was mich betrifft, nicht von 'Glück' reden, Jalina. Ich habe schließlich meinen Körper verloren.« Die KI klang tatsächlich nicht sehr glücklich, und sie hatte allen Grund dazu, wie Grand zugeben musste. Die *Rhelina* war nicht ohne Weiteres zu ersetzen. Dorianische Schiffe standen nicht einfach so herum, und die Wahrscheinlichkeit, wieder auf eines zu stoßen, in das man Hakeras Persönlichkeit transferieren konnte, tendierte gegen null. Sie würden sich Gedanken darüber machen müssen, wie es mit der KI weitergehen sollte. Die winzige Rettungsblase konnte auf Dauer nicht das Zuhause der hoch entwickelten Künstlichen Intelligenz bleiben.

Aber zunächst gab es dringendere Probleme, wie sich umgehend herausstellte.

»Wir werden von einem Traktorstrahl festgehalten«, meldete die KI.

»Die Kachlax haben uns erstaunlich schnell gefunden«, sagte Grand.

»Ich muss dich enttäuschen, Michael. Es sind nicht die Wächter, die uns an Bord eines ihrer Schiffe ziehen. Es ist die *Sonnenwind*!«

Jalina bewies wieder einmal ihre Vorliebe für terranische Slangausdrücke.

»Wir sind im Arsch!«

Teil 3

34.

Das *Coniunctional* machte sich Sorgen, wenn man der Entität überhaupt eine mit diesem menschlichen Begriff belegte Emotion zubilligen konnte. Seine Agenten waren nun bereits mehrere ihrer subjektiven Tage im Einsatz und untersuchten das rätselhafte 'Loch' im Gefüge des Multiversums. Sie hätten sich längst zurückmelden und Tiberius Bericht erstatten müssen.

Es war dem *Coniunctional* nicht entgangen, dass auch sein Gegenspieler Agenten entsandt hatte, was die Lage komplizierte. Der *Devorator* war nicht zu unterschätzen, wie das Kollektivbewusstsein nur zu gut wusste. Er durfte keinesfalls Zugriff auf das Phänomen erlangen. Das *Coniunctional* hatte eine sehr gute Vorstellung davon, was sich dahinter verbarg, und falls es dem *Devorator* gelingen sollte, Grand und Jalina zuvorzukommen oder die beiden gar auszuschalten, wäre der Plan gefährdet, den es über Hunderte von Millionen Jahren ausgearbeitet hatte.

Wäre es effektiver gewesen, Grand und Jalina besser vorzubereiten und sie über Tiberius mit mehr Informationen zu versorgen? Hätten sie die Wahrheit – oder zumindest einen Teil davon – überhaupt verstanden? Das Risiko wäre zu groß gewesen. Die einfachen Gehirne niederdimensionaler Wesen waren nicht dafür geschaffen, multidimensionale Zusammenhänge und Pläne, die sich über Jahrmillionen erstreckten, zu verstehen. Sie waren nützliche Werkzeuge – nicht mehr – und es war sinnvoller, ihnen nur so viele Informationen zu geben, wie sie zur Erfüllung ihrer Aufgabe benötigen.

Doch auch das *Coniunctional* brauchte mehr Informationen über die Dinge, die an dem lange gesuchten Ort vor sich gingen. Zu viel hing davon ab. Nachdem nun auch der *Devorator* im Spiel war, bekam der Zeitfaktor eine noch größere Bedeutung. Das Kollektivbewusstsein konnte nicht länger auf eine Nachricht seiner Agenten warten.

Glücklicherweise verfügte das *Coniunctional* noch über andere Möglichkeiten, wie es zufrieden feststellte, soweit dieser Begriff seinen Bewusstseinszustand treffend beschrieb.

Grand und Jalina waren nicht die einzigen Agenten, die für die 'aufgestiegenen' Dorianer in den Weiten des Multiversums unterwegs waren. Schon vor langer Zeit hatte das Coniunctional damit begonnen, weitere Hilfskräfte zu rekrutieren, die stellvertretend auf den dem Kollektivbewusstsein unzugänglichen Ebenen der Existenz agieren konnten.

Nun war der Zeitpunkt gekommen, einen dieser Agenten zu aktivieren.

35.

»Schaltet das Energiefeld ab und kommt mit erhobenen Händen raus!« Rigoran und sein seltsamer Begleiter standen mit gezogenen Handstrahlern vor der Rettungsblase.

Auf dem kleinen Display vor sich konnte Grand den Hangar der *Sonnenwind* sehen, in den sie gezogen worden waren. Er war größer, als es die gesamte *Rhelina* gewesen war. Ihr verloren gegangenes Schiff hätte hier mindestens dreimal hineingepasst. Grand atmete tief durch.

»Es gibt nichts, was wir jetzt noch machen können – außer uns zu ergeben«, sagte er resignierend.

»Verdammter Dreck! Da überleben wir gegen jede Wahrscheinlichkeit die Raumschlacht und fallen dann geradewegs diesen beiden Scheusalen in die Hände.« Jalinas Augen blitzten wütend auf und auf ihrer Stirn hatte sich eine Zornesfalte gebildet. Grand musste trotz ihrer heiklen Lage unwillkürlich schmunzeln. Die Reaktion war typisch für seine Lebensgefährtin.

»Was gibt es da zu grinsen?«, fuhr die Kolltanerin ihn an.

»Hey, mein Schatz, lasse deinen Ärger nicht an mir aus. Ich bewundere dich nur dafür, dass du vor lauter Zorn keinerlei Angst zu haben scheinst. Ich mache mir nämlich gerade in die Hose!«

Ohne es zu wollen, musste Jalina lachen.

»Idiot! Ich liebe dich!«

»Darf ich das Techtelmechtel stören«, unterbrach Hakera die beiden. »Ich schlage vor, ihr verschweigt Rigoran meine Existenz. Sagt ihm, ich sei bei der Zerstörung der *Rhelina* ausgelöscht worden. Ich spiele inzwischen die Rolle eines simplen Bordcomputers.«

»Hakera hat recht«, stimmte Jalina zu. »Ein geheimer Verbündeter an Bord könnte noch nützlich werden.«

»Gute Idee, einverstanden. Also los, bringen wir es hinter uns. Ich hoffe nur, sie schießen uns nicht einfach über den Haufen, sobald wir die Rettungsblase verlassen.«

Grand wusste, dass dies unwahrscheinlich war. Wenn Rigoran und dieser 'Silvar' sie hätten tot sehen wollen, hätten sie einfach nur die Rettungsblase abschießen müssen, anstatt sie an Bord der *Sonnenwind* zu holen. Allerdings wäre diese Aktion sicher nicht geeignet gewesen, bei den Kachlax Vertrauen zu gewinnen. Rigoran musste damit rechnen, dass die Wächter den Notruf ebenfalls aufgefangen hatten und somit über Grands und Jalinas Überleben informiert waren. Solange er sie brauchte, um bei den Wächtern auch weiterhin einen positiven Eindruck zu erwecken, würde er ihnen nichts zuleide tun. Umgekehrt galt dies allerdings genauso. Grand und Jalina konnten ebenso wenig gegen die Agenten des *Devorators* vorgehen. Nicht etwa, dass sie derzeit in der Lage dazu gewesen wären.

»Computer, öffne die Rettungsblase.«

Bevor die KI dem Befehl Folge leistete, hörte Grand noch ein leises *'Übertreib es nicht, Michael'* aus dem Lautsprecher.

Vor ihnen versank der kleine Steuerstand mitsamt dem 3D-Display im Boden. Ein Teil der vorderen Wandung klappte nach außen und bildete eine Rampe aus.

Grand ließ demonstrativ die Hände unten, sorgte jedoch vorsichtshalber dafür, dass Rigoran sie sehen konnte. Er schlenderte betont lässig die Rampe hinab. Jalina folgte direkt hinter ihm. Auch sie ignorierte die Anweisung. Grand verkniff sich ein Grinsen.

»Hallo, Rigoran! Ich hatte ehrlich gesagt nicht erwartet, dich wiederzusehen. Aber wie es scheint, braucht dein Herr und Meister seinen Sklaven noch.«

Er ignorierte den Insektoiden, der den klein gewachsenen Gerberaner deutlich überragte, und lächelte seinen ehemaligen Kollegen in der Liga der Unsterblichen mit einer falschen Freundlichkeit an, die im Gegensatz zu seinen provozierenden Worten stand.

Rigoran reagierte nicht auf die Provokation, doch Silvar stieß ein zorniges Brummen aus und hob seinen Strahler bis auf Grands Kopfhöhe.

»Sag deinem Schoßhündchen, er soll keinen Blödsinn machen. Die Kachlax wären sicher nicht erfreut, wenn ihr die Beschützer der Sphäre der Erleuchtung einfach abknallt.«

Hinter sich konnte er Jalina leise aufstöhnen hören. Die Kolltanerin war von Grands Dreistigkeit offensichtlich nicht begeistert. Tatsächlich raunte Rigoran seinem Begleiter etwas zu, das Grand nicht verstehen konnte. Die Waffe senkte sich wieder ein Stück.

»Grand! Du solltest Silvar nicht reizen. Er ist weniger … äh … nachsichtig gegenüber deinen Unverschämtheiten als ich. Hallo, Jalina!« Rigoran nickte der Kolltanerin zu, die inzwischen neben Grand am Fuß der Rampe stand. »Ich freue mich aufrichtig, dass du überlebt hast. Ich habe dich immer gemocht.«

»*Rigoran* hat mich immer gemocht – und ich *ihn*. Doch wer immer du auch sein magst – du bist nicht Rigoran! Mein Freund ist tot. Ermordet von einem grausamen Geisteswesen, das Milliarden von Lebewesen auf dem Gewissen hat. Nein, ich korrigiere mich: Das Milliarden von Lebewesen durch die Ra´hul hat ermorden lassen. Ein Gewissen besitzt es sicherlich nicht. Du dienst einem Monster! Der echte Rigoran hätte sich dafür niemals hergegeben.«

»Es betrübt mich, dass du dies so siehst, Jalina. Aber glaub mir, ich bin es tatsächlich. Nur meine … Prioritäten haben sich gewandelt. Ihr werdet es noch verstehen!«

Grand ahnte, dass Rigoran unter dem mentalen

Einfluss des *Devorators* stand. Jalina hatte recht. Keines der ehemaligen Mitglieder der Liga hätte sich freiwillig in den Dienst desjenigen gestellt, der für die Invasion der Ra´hul und deren Terror verantwortlich gewesen war. Wenn dies tatsächlich Rigoran war, woran Grand nicht zweifelte, dann war er nicht Herr seiner Sinne. Dann stand er unter einem Einfluss, gegen den er machtlos war. Allerdings machte ihn dies nicht weniger gefährlich.

»Wie soll es jetzt weitergehen?«, fragte er lakonisch.

»Eine Delegation der Kachlax wird demnächst an Bord der *Sonnenwind* eintreffen. Noch während wir damit beschäftig waren, euch einzuschleusen, kam eine Anfrage. Sie wollten wissen, ob wir sie empfangen würden. Auch sie haben euren Notruf aufgefangen. Ich rate euch, ihnen nichts von unseren unterschiedlichen … Sichtweisen zu sagen.«

Grand bemühte sich nicht, sein Grinsen zu verbergen. Rigoran befand sich in einer Zwickmühle. Einerseits würden er und sein Partner Grand und Jalina sicher gerne umgehend erledigen, andererseits durften sie die Kachlax nicht verärgern und mussten unangenehme Fragen vermeiden. Die Wächter der Sphäre würden zu Recht misstrauisch werden, wenn man ihnen nur die Leichen von Grand und Jalina präsentieren konnte. Der ganze Plan, sich in ihr Vertrauen einzuschleichen und auf diesem Wege das Geheimnis der Sphäre zu lüften, wäre gefährdet.

»Wir sollten die beiden einfach umlegen!« Silvars erstaunlich sanfte Stimme passte nicht zu der tödlichen Drohung. »Es spielt keine Rolle, ob man uns dann noch Zugang zur Sphäre gewährt, solange die Agenten des *Coniunctionals* keinen Zugang erhalten.«

»Dein voreiliger Freund macht einen Denkfehler«, sagte Grand so ruhig wie möglich, obwohl ihm innerlich nicht ganz wohl zumute war. »Wenn ihr es euch mit den Kachlax verscherzt und euch als die mörderischen Gesellen entlarvt, die ihr seid, wird euer Meister niemals etwas über die Sphäre in Erfahrung bringen. Sie werden niemals wieder einem seiner Agenten vertrauen und Zugang gewähren. Ihr könnt jedoch nicht sicher sein, dass unser Auftraggeber nicht noch andere Wege findet, an Informationen zu kommen. Wenn ihr uns jetzt umbringt, schadet ihr eurem Boss mehr, als ihr ihm nutzt!«

»Er hat recht«, sagte Rigoran nach kurzer Überlegung. »Im Moment bringt uns ihr Tod mehr Nachteile als Vorteile. Wir sollten sie einstweilen am Leben lassen.«

»Einstweilen«, stimmte Silvar widerwillig zu. »Doch ein falsches Wort gegenüber den Kachlax, und ich werde nicht zögern, sie zu erledigen. Wenn sie den Wächtern von unserem wahren Auftrag erzählen, spielt es keine Rolle mehr, ob wir sie töten oder nicht.«

»Ihr habt Silvar gehört! Euer Leben gegen eure

Verschwiegenheit. Das ist der beste – der *einzige* Deal, den ich euch anbiete.«

»Warum sollten wir uns darauf einlassen?« Grand beschloss, hoch zu pokern. Wenn sie zu schnell zu nachgiebig reagierten, würde dies Rigoran nur misstrauisch werden lassen. Es war besser, sich – zumindest eine Zeit lang – widerspenstig zu gebärden. Je länger sie sich gegen ihr vermeintliches Schicksal zu Wehr setzten, umso glaubhafter mussten sie wirken.

Grand hatte sich noch längst nicht damit abgefunden, dass sie den Abgesandten des Devorators hilflos ausgeliefert waren. Es entsprach nicht seinem Charakter, sich einfach in dieses Schicksal zu ergeben. Er wusste, dass Jalina genauso empfand. Und er vertraute auf Hakera. Solange Rigoran nichts von der Existenz der KI an Bord seines Schiffes wusste, bestand noch Hoffnung. Man durfte die Möglichkeiten der Künstlichen Intelligenz keinesfalls unterschätzen.

»Früher oder später werdet ihr uns sowieso umlegen. Warum sollten wir euch also nicht vorher in die Suppe spucken und den Kachlax die Wahrheit über euch erzählen.«

Silvar klang nicht mehr sanftmütig, als er ein zorniges Brummen ausstieß. Wieder zeigte sein Strahler auf Grands Kopf. Rigoran legte beschwichtigend eine Hand auf Silvars Arm.

»Er provoziert dich, um dich zu einer unüberlegten Handlung zu verleiten. Okay, Grand, du vertraust uns nicht. Dafür habe ich sogar Verständnis. Mir würde es an deiner Stelle nicht anders ergehen. Ich mache euch folgenden Vorschlag: Du kannst mit den Kachlax die *Sonnenwind* verlassen. Euch wird schon eine glaubhafte Begründung dafür einfallen, warum Jalina hier an Bord bleiben will. Solltest du reden, verurteilst du Jalina damit zum Tod. Du schweigst und Jalina lebt. Sollten umgekehrt *wir* ihr etwas zuleide tun, können wir nicht verhindern, dass du den Kachlax erzählst, woher wir in Wahrheit kommen und warum wir hier sind. Wir haben uns gegenseitig in der Hand. So einfach ist das.«

Ganz so einfach war es natürlich nicht, wie Grand wusste. Niemand konnte die beiden daran hindern, Jalina umzubringen, sobald sie erreicht hatten, wozu sie hier waren, selbst wenn er überlebte und den Kachlax die Wahrheit sagen konnte. Dann wäre es zu spät, noch etwas gegen Rigoran und Silvar zu unternehmen. Zudem gab es für ihn keine Möglichkeit, ins heimische Universum zurückzukehren oder Kontakt zu Tiberius aufzunehmen. Der *Devorator* würde einen uneinholbaren Vorsprung erlangen. Doch auf einen besseren Deal konnte Grand nicht hoffen. Zumindest für den Augenblick waren ihre Leben damit gesichert. Auch wenn sie nach wie vor an einem seidenen Faden hing.

»Klingt logisch, auch wenn ich euch nicht traue. Aber zumindest wäre es eine Lösung für den

Moment«, gab er zu und bemühte sich, weiterhin widerwillig und nicht restlos überzeugt zu klingen. »Allerdings verlange ich, dass wir die Rollen tauschen. Ich bleibe hier und Jalina geht von Bord.«

Er wusste, dass sich Rigoran niemals darauf einlassen würde. Der Gerberaner kannte Grands Gefühle für die Kolltanerin nur zu gut. Gleichzeitig hatte Rigoran vor einem Terraner weniger Respekt als vor einer Kolltanerin, die er schon viel länger kannte und als den gefährlicheren Gegner einschätzte. Er würde lieber Jalina unter Kontrolle behalten und Grand gehen lassen. Aber der wichtigste Grund, warum Grands Vorschlag nicht umgesetzt werden würde, war ein anderer: Jalina würde ihm niemals zustimmen! Sie würde es nie erlauben, dass Grand in den Händen der beiden blieb! Und Grand wusste, wie starrköpfig sie sein konnte.

Tatsächlich kam sofort lautstarker Protest vonseiten der Kolltanerin, doch Rigoran brachte sie mit einer Handbewegung zum Schweigen.

»Spar dir den Atem, Jalina, ich werde es nicht erlauben. Nein, es wird so gemacht, wie ich es sage! Es gibt keine Alternative. Eher lege ich euch gleich um und lebe mit den Konsequenzen.«

Grand zuckte resignierend mit den Achseln.

»Da selbst Jalina es so will – meinetwegen! Aber hüte dich, Rigoran. Solltest du ihr auch nur ein Härchen krümmen, werde ich dich durch sämtliche Universen des Multiversums jagen!«

Neben ihm stieß die glatzköpfige Kolltanerin ein humorloses Lachen aus.

»Härchen? Welche Härchen?«

Gleichzeitig drückte sie verstohlen Grands Hand. Jalina wusste genau, welches Spiel er gerade spielte, und war damit einverstanden.

36.

Kechrak-17 formulierte einen Gedankenbefehl und aktivierte das Modulationsorgan. Als Vorbild dienten mehrere Hologramme, die sich vor ihm im Raum drehten und das Äußere sowie den inneren Aufbau eines Lebewesens zeigten. Seine unregelmäßig über die Körperoberfläche verteilten Sehzellen empfingen die davon ausgehenden Lichtwellen, interpretierten sie, wandelten sie in Nervenimpulse um und schickten sie durch das nur provisorisch angelegte Nervensystem in die synaptische Schaltzentrale seines Kerns.

Das Modulationsorgan nahm seine Arbeit auf.

Pluripotente Stammzellen erhielten neuronale Befehle und veränderten sich auf eine genau definierte Weise. Prokaryontische Zellen formten einen Zellkern aus und wandelten sich in Eukaryoten um. Es bildeten sich endoplasmatische Retikuli, die ganz spezielle Aminosäuren translatierten und mit der Produktion von Hormonen begannen. Gewebestrukturen entstanden und zelluläre Aufgaben wurden verteilt. Die Gestalt von Kechrak-17 begann sich zu verändern.

All das geschah mit atemberaubender Geschwindigkeit. Die flache, amöbenhafte Kreatur, die einem zerlaufenen Schleimhaufen glich, verwandelte sich innerhalb weniger Minuten in ein Ebenbild des in den Hologrammen dargestellten

Lebewesens, das nur durch eine DNA-Analyse von seinem Vorbild zu unterscheiden gewesen wäre. Oder durch seinen unveränderlichen Kern, der bei der Umwandlung in der Hirnschale platziert worden war und keine Ähnlichkeit mit einem Gehirn aufwies, wie es die meisten intelligenten Spezies besaßen. Er ähnelte eher einer zu groß geratenen, harten Nuss, als dem weichen Gewebe einer organischen Hirnstruktur.

Dann war die Umwandlung abgeschlossen.

Noch war das neu erschaffene Wesen nicht mit dem notwendigen Wissen ausgestattet und verfügte nur über das, was bereits vor der Umwandlung im Kern enthalten gewesen war. Das Basis-Ich von Kechrak-17 wusste jedoch, was es nun zu tun hatte.

Er erhob sich vom Boden und betrachtete seinen neuen Körper in einem Spiegelfeld, das jetzt anstelle der Hologramme vor ihm projiziert wurde.

Sechs dünne Spinnenbeine trugen einen länglichen Körper, an dessen einem Ende ein spitz zulaufender, ebenfalls länglicher Kopf mit zwei riesigen Facettenaugen an den Seiten saß. Das vordere der ehemals vier Beinpaare war im Lauf der Evolution zu Greifarmen mutiert, die in vierfingrigen, schmalen Händen endeten und wie die Scherenarme eines Hummers seitlich gebogen nach vorne zeigten. Der Körper schimmerte in einem dunklen Rot und die Oberfläche schien aus einem chitinähnlichen Material zu bestehen. Ein irdischer Beobachter hätte das Wesen tatsächlich als eine Kreuzung aus Spinne und Hummer bezeichnet, wozu auch der flache und sich zum Ende hin verbreiternde Schwanz am hinteren Teil des Körpers beitrug. Nur war es deutlich größer als jeder irdische Hummer und maß von der Schwanzspitze bis zur mit mehreren Zahnreihen bestückten, spitzen Schnauze etwas mehr als zwei Meter.

Die Hummerspinne drehte sich um und begab sich zu einer flachen Bank, die ihrer Körperform angepasst war. Kaum hatte sie sich darauf niedergelassen, als sich ein auf die Kopfform zugeschnittener Helm von der Decke herabsenkte. Mit den beiden Greifarmen zog das Wesen den Helm über den Schädel, bis die Augen bedeckt waren. Dann wartete es.

Sekunden später begann das Programm abzulaufen. Neurale Impulse stimulierten den Kern und übertrugen alles Wissen, das es für seine Aufgabe benötigen würde. Die Übertragung dauerte fast eine halbe terranische Stunde.

Der Helm hob sich vom Kopf und verschwand wieder in der Decke des Raumes.

Das Wesen sah sich zum ersten Mal genauer in dem Raum um.

Aus einer Ecke trat eine humanoide Gestalt, die den gesamten Prozess überwacht und beobachtet hatte, und schritt auf das Wesen zu.

»Du wurdest gerufen. Deine Hilfe wird erneut benötigt. Du befindest dich an Bord eines

Raumschiffes, das man dir zur Verfügung gestellt hat und das bereits zum Einsatzort unterwegs ist. Bist du bereit?«

Das Wesen antwortete mit einer Reihe klickender Geräusche, die sein Gegenüber anscheinend problemlos verstand, obwohl es in einer anderen Sprache zu der Hummerspinne gesprochen hatte.

»Es freut mich, das zu hören«, sagte die humanoide Gestalt. »Das *Coniunctional* hat zwei von euch erweckt. Kechrak-23 morpht derzeit in einem anderen Raum des Schiffes in diese Gestalt. Er wird bald zu dir stoßen.«

Wieder antwortete die Hummerspinne mit klickenden Geräuschen.

»Nein«, sagte der Humanoide. »Wir sind uns noch nie zuvor begegnet. Du kannst mich Tiberius nennen.«

37.

Die Kachlax waren kleiner, als Grand es aufgrund der Holosequenzen erwartet hatte. Sie wiesen nicht mehr als eineinhalb Meter Körpergröße auf. Allerdings wirkten sie durch ihre biokybernetischen Aufrüstungen durchaus imposant.

Keiner von ihnen glich einem anderen. Jeder der vier verfügte über unterschiedliche Erweiterungen, die fast den gesamten Körper bedeckten. Wie weit auch das Innere ihrer Körper durch technische Gerätschaften ersetzt worden war, konnte Grand nicht erkennen.

Allen gemeinsam war jedoch der naturbelassene Kopf. Bis auf die künstlichen Augen, die sicherlich auch ein Sehvermögen in exotischen Wellenlängen ermöglichten, waren die Schädel der Kachlax weitgehend unverändert geblieben und zeigten bei jedem die typische, fast kugelrunde Form, gekrönt von einem buschigen, schwarzen Haarschopf.

»Wir überbringen die Grüße und Dankbarkeit des Wächterrates«, sagte einer von ihnen, nachdem sie ihr Shuttle verlassen hatten, und verneigte sich. Eine, wie es schien, auch in diesem Universum übliche Geste der Höflichkeit. »Wir sind Kontaktwächter und beherrschen die bei fast allen Spezies übliche, primitive Sprache, weshalb keiner der Räte an diesem Treffen teilnimmt. Sie kommunizieren normalerweise über einen neuronalen Verbund miteinander, was wesentlich effektiver ist und vor Missverständnissen schützt. Bedauerlicherweise seid ihr nicht zu dieser fortschrittlichen Kommunikationsform in der Lage.«

Trotz aller Höflichkeit strahlten sie eine gewisse Arroganz aus, wie Grand feststellen musste.

»Überhebliche Arschlöcher«, raunte Jalina ihm zu, die das Auftreten der Wächter offensichtlich ebenfalls als herablassend empfand. Grand hoffte, dass das Hörvermögen der Kachlax nicht bis zu ihnen reichte.

Nachdem ihr Shuttle eingeschleust worden war, hatten die Kachlax es neben der Rettungsblase geparkt. Rigoran, Silvar, Jalina und Grand standen nebeneinander und warteten gespannt darauf, was die Wächter ihnen für ihre Hilfe bei dem Angriff anbieten würden.

»Es war eine Selbstverständlichkeit, den ehrenwerten Wächtern zu Hilfe zu kommen«, sagte Grand, bevor Rigoran oder Silvar das Wort ergreifen konnten. »Wir bedauern, dass es dazu notwendig war, gegen die Regeln zu verstoßen, doch wie man bei uns sagt: *Der Zweck heiligt die Mittel.*«

»Wir verstehen diese semantische Wendung und stimmen ihr in diesem Fall ausnahmsweise zu«, sagte einer der Kachlax.

»Auch wenn wir der Überzeugung sind, dass wir die Schlacht letztlich auch ohne euer Eingreifen für uns entschieden hätten«, sagte ein anderer. »Ihr habt den unvermeidlichen Ausgang lediglich beschleunigt.«

Ah, sie versuchen, den Preis zu drücken, dachte Grand. *Und Jalina hat recht – sie sind tatsächlich überhebliche Arschlöcher!*

»Vielleicht«, sagte er und legte einen hörbaren Zweifel in seine Stimme. »Doch die Anzahl der Opfer wäre ungleich höher ausgefallen und die Wächterbasis hätte erheblichen Schaden nehmen können.«

»Das gestehen wir zu und deshalb auch unsere Dankbarkeit.«

»Nun, mit Dankbarkeit alleine ist es in diesem Fall leider nicht getan.« Grand beschloss, nicht lange um dem heißen Brei herumzureden. Er hegte den Verdacht, dass die Kachlax es bei den schönen Worten bewenden lassen wollten. »Meine Gefährtin und ich haben einen schweren Verlust durch unsere uneigennützige Hilfe erlitten. Unser Schiff wurde zerstört. Wie ihr selbst feststellen konntet, handelte es sich dabei trotz der geringen Größe um ein durchaus beeindruckendes Schiff. Es ist nicht ohne Weiteres zu ersetzen.«

»Wir bedauern euren Verlust und drücken im Namen des Wächterrates nochmals unsere Dankbarkeit aus. Leider verfügen wir über kein gleichartiges Schiff, das wir als Kompensation anbieten könnten.«

»Ich bin sicher, ihr werdet einen angemessenen Ausgleich für unseren Verlust finden.«

»Auch wir haben schwere Schäden erlitten!«

Rigoran war bemüht, nicht ins Hintertreffen zu geraten. Er durfte nicht zulassen, dass man Grand als den Sprecher der kleinen Gruppe betrachtete und sich nur um *seine* Forderungen kümmerte.

»Auch dir und deinem Schiff gilt natürlich unser Dank. Doch es war das kleinere Schiff, das durch die Vernichtung des Flaggschiffs die Laschmeen in die Flucht getrieben und die Bedrohung letztlich abgewendet hat.«

»Ohne unser Eingreifen hätte die *Rhelina*, die ihr *das kleinere Schiff* nennt, niemals Erfolg haben können!«

»Dies gestehen wir zu.« Grand hatte den Eindruck, dass dieses Zugeständnis etwas widerwillig klang. Doch natürlich hatte Rigoran recht. Die *Rhelina* alleine hätte die Laschmeen niemals an der Eroberung der Wächterbasis hindern können. Und natürlich wussten das auch die Kachlax.

»Ohne unser Schiff haben wir keine Möglichkeit, in unsere Heimat zurückzukehren.« Grand gab sich alle Mühe, Rigoran wieder die Initiative zu entreißen. Außerdem war jetzt der Moment gekommen, den Wächtern klarzumachen, dass sie es hier nicht mit 'allerbesten Freunden' zu tun hatten.

»Ihr habt noch das große Schiff, um zurückzufliegen.«

»Leider ist das nicht so. Auch wenn unsere Schiffe aus der gleichen … äh … Quelle stammen, so gehören meine Begleiterin und ich zu einer anderen … Fraktion unserer … äh … zivilisatorischen Allianz. Wie ihr sehen könnt, entstammen wir nicht der gleichen Spezies. Tatsächlich herrscht zwischen Teilen unserer Allianz sogar offene Feindschaft. Nur der Respekt vor der *Sphäre der Erleuchtung* und die Ehrfurcht vor dem Sitz der Kreatoren und ihrer Wächter hat uns bewogen, gemeinsam gegen die Laschmeen vorzugehen.« Grand hoffte, dass er mit dem letzten Satz nicht zu dick aufgetragen hatte. Die Kachlax waren alles andere als naiv oder gar dumm. »Aber die Kooperation geht nicht so weit, dass wir von der Besatzung der *Sonnenwind*, wie das größere Schiff genannt wird, weitere Unterstützung zu erwarten hätten. Wir sind keine Freunde, sondern zumindest Konkurrenten.«

Die Kachlax antworteten nicht sofort. Grand vermutete, dass sie sich nonverbal austauschten.

»Wir haben so etwas bereits vermutet«, gab einer von ihnen schließlich zu. »Dies deckt sich mit unseren Beobachtungen. Ihr seid getrennt eingetroffen und habt Abstand zueinander gehalten.« Dann wandte er sich an Rigoran. »Man hätte eines eurer Manöver sogar für einen Angriff auf das kleinere Schiff halten können. Ein verbotenes Manöver, wie ich anmerken muss.« Aus dem letzten Satz war deutliche Missbilligung herauszuhören.

»Ein misslungener Versuch der

Kontaktaufnahme, um über ein gemeinsames Vorgehen gegen die Laschmeen zu beraten. Ich bedaure, dass hierbei ein falscher Eindruck entstanden ist«, beeilte sich Rigoran zu versichern.

Die Kachlax nahmen die dürre Erklärung stillschweigend zur Kenntnis. Ob die vier Wächter sie auch glaubten, stand auf einem anderen Blatt. Sie gingen jedoch darüber hinweg.

Das läuft bis jetzt nicht schlecht, dachte Grand und bemühte sich, ein Grinsen zu unterdrücken. *Sie fühlen sich in unserer Schuld und Rigoran befindet sich in der Defensive. Sie halten Jalina und mich für die eigentlichen Helden in dieser Geschichte. Zeit, mit Forderungen zu kommen.*

»Wir werden also Probleme haben, einen Weg nach Hause zu finden. Da dies sehr viel Zeit in Anspruch nehmen wird, wäre es gut, unser Vorhaben so schnell wie möglich in Angriff zu nehmen. Wenn wir jahrelang auf den *Ruf der Erleuchtung* warten müssen und anschließend weitere Jahre damit zubringen, einen Weg zurück in die Heimat zu finden, wären wir doppelt gestraft.«

»Was willst du damit sagen?«

Der Kachlax wusste nur zu gut, worauf Grand hinauswollte, doch er wollte es von ihm selbst hören.

»Es wäre ein angemessener Ausdruck der Dankbarkeit, wenn der Wächterrat uns an der nächsten Runde zum *Ruf der Erleuchtung* teilnehmen ließe«, sagte Grand. »Dies würde uns kostbare Zeit verschaffen, die wir anschließend in die Suche nach einem Schiff für den Heimweg investieren könnten.«

»Wenn ihr die Auswahlrunden nicht übersteht, braucht ihr kein Schiff mehr«, antwortete einer der Kachlax abweisend. »Jeder Teilnehmer muss wissen, dass er beim *Ruf der Erleuchtung* sein Leben einsetzt. Und solltet ihr zu den Glücklichen gehören, die dem Ruf folgen und die Sphäre betreten dürfen, ist danach ebenfalls kein Schiff mehr erforderlich. Noch nie ist jemand von dort zurückgekehrt. Euer Ansinnen ist deshalb unlogisch und wir müssen es zurückweisen.«

38.

Kechrak-17 war bereits seit vielen Hunderttausend Jahren als Agent des *Coniunctional* aktiv, so wie alle der weniger als einhundert überlebenden Mathul-Elam. Ohne das Kollektivbewusstsein hätte es keinen von ihnen mehr gegeben und ihre Dankbarkeit kannte keine Grenzen. Als die Sontorshal den Heimatplaneten der Mathul-Elam mit thermonuklearen Waffen angegriffen hatten, hatten die Bewohner von Mathul nicht gewusst, wie ihnen geschah.

Sie hatten bis dahin in perfekter Harmonie mit ihrer Umwelt gelebt, kannten weder Technologie noch Kriege, und selbst das Konzept von 'Gewalt' war ihnen nur theoretisch bekannt. All dies hatte sich an jenem Tag geändert.

Die Mathul-Elam waren nicht nur Gestaltwandler, sie besaßen auch die Fähigkeit, die Gefühle anderer Lebewesen wahrzunehmen. Sogar mehr als das. Sie empfanden diese Gefühle selbst, und das in voller Intensität. Einem anderen Wesen Leid zuzufügen hätte für jeden Mathul-Elam bedeutet, dessen Schmerz und Angst unmittelbar mitzufühlen. Dies machte allein die Vorstellung, jemals Gewalt anzuwenden, absolut undenkbar. Umso mehr begegneten sie ihrer eigenen Vernichtung mit völligem Unverständnis.

Die Sontorshal stammten aus dem gleichen Sonnensystem. Vierzehn Planeten umkreisten die beiden Sonnen des Binärsystems, von denen zwei Leben tragen konnten. Die ungewöhnlichen Umlaufbahnen führten allerdings dazu, dass sich auf beiden Planeten auch ungewöhnliches Leben entwickelte, das mit den extremen Umweltbedingungen zurechtkommen konnte. Die hohe Strahlenbelastung durch die beiden Sonnen hatte zudem zu seltsamen Mutationen geführt, wovon die Fähigkeiten der Mathul-Elam nur zwei von vielen waren.

Mathul war eine fast vollständig von Flechten und Pilzen überzogene Welt mit wenigen Hügeln oder gar Bergen. Die beiden Süßwasserozeane bedeckten lediglich zehn Prozent der Oberfläche – der Rest war eine schier endlose, flache, von den Pflanzen bedeckte Steppe. Außer den Mathul-Elam gab es nur noch wenige andere Lebewesen, die sich alle von Pilzsporen oder von den Samen der Flechten ernährten. Es gab keine Räuber und es gab keine Opfer.

Die Mathul-Elam hatten Intelligenz entwickelt und würden früher oder später auch eine technologische Zivilisation hervorbringen, doch die für diese Spezies fast paradiesische Welt erzeugte wenig Evolutionsdruck und so verlief dort alles wie in Zeitlupe – auch die Entwicklung der Mathul-Elam.

Auf der zweiten bewohnbaren Welt herrschten völlig andere Umweltbedingungen. War Mathul so etwas wie ein friedliches Paradies, so glich Sontor eher einer Hölle.

Die gewaltigen Gezeitenkräfte der beiden Sonnen rissen und zerrten an dem Planeten und führten zu ständiger tektonischer Aktivität. Vulkanausbrüche, Stürme und Tsunamis gehörten dort zum Alltag. Trotz dieser unvorteilhaften Bedingungen hatte sich auch auf Sontor Leben entwickelt. Doch es war vom täglichen Kampf ums Überleben geprägt.

Die Sontorshal waren wesentlich später entstanden als die Mathul-Elam, doch sie überholten die Spezies ihres Nachbarplaneten mit riesigen Schritten. Nachdem sie sich als beherrschende Lebensform ihrer Welt durchgesetzt hatten, richteten sie ihren Blick ins All. Was sie dort fanden, machte ihnen Angst.

Sie sahen die Mathul-Elam mit ihrer Fähigkeit der Gestaltwandlung als zukünftige Bedrohung an. Und sie hatten in ihrer Geschichte eines gelernt: Bedrohungen musste man umgehend aus dem Weg räumen. Sobald sie dazu in der Lage waren, schickten sie eine Flotte von Raumschiffen los, um diese potenzielle Bedrohung ein für alle Mal auszuschalten. Es war eine krude Technologie, die sie dazu einsetzten. Primitive, fusionsgetriebene Raketenschiffe, die Monate für die Reise benötigten und die einfache, thermonukleare Bomben mit sich führten, die man aus einem Orbit auf Mathul abwerfen konnte. Doch die völlig wehrlosen und unvorbereiteten Mathul-Elam, denen allein der Gedanke an Krieg und Gewalt fremd war, hätten selbst gegen einen Angreifer mit Pfeil und Bogen keine Chance gehabt. Sie waren dem Untergang geweiht.

Es war reiner Zufall, dass das *Coniunctional* von diesen Ereignissen überhaupt etwas bemerkte. Doch als es in einer temporalen Wahrscheinlichkeitsmatrix einen Hinweis dafür fand, dass die Mathul-Elam zukünftig eine wichtige Rolle für das Kollektivbewusstsein spielen könnten, entschloss es sich einzugreifen. In letzter Sekunde brachte es ein paar Dutzend der amöbenhaften Wesen in Sicherheit. Es bediente sich dabei einer anderen Hilfstruppe, die im vierdimensionalen Raum agieren konnte, allerdings bei einem späteren Einsatz getötet wurde.

Die Mathul-Elam wurden in einem Stasisfeld in einer extra hierfür erschaffenen hyperdimensionalen Blase im Bulk gelagert, ähnlich den Blasen, die einst die Dorianer um ihre Stationen im Bulk errichtet hatten, um bei Bedarf aktiviert zu werden. Und sie wurden über die lange Zeit allmählich verändert. Es gelang dem *Coniunctional*, die Fähigkeit der empathischen Sensorik genetisch zu unterdrücken. Erst jetzt konnte es die Mathul-Elam als seine Agenten einsetzen. Derart mitfühlende Wesen wären als Agenten unbrauchbar gewesen.

Und das *Coniunctional* lehrte sie, Hass zu empfinden. Hass auf alles, was mit dem *Devorator* zusammenhing. Es lehrte sie, diesen Hass zu nutzen, um gegebenenfalls zu töten.

Die ehemaligen Dorianer waren nicht die Einzigen gewesen, die eine Technologie des Branenfluges entwickelt hatten. Es hatte in der Geschichte des Multiversums weitere Zivilisationen gegeben, die herausgefunden hatten, wie man in andere Universen reisen konnte. Zwar waren sie alle aus den unterschiedlichsten Gründen längst ausgestorben, doch das *Coniunctional* verfügte über einige ihrer Raumschiffe, die es in der gleichen Blase im Bulk für Einsätze seiner Agenten aufbewahrte.

In einem davon flogen nun zwei Mathul-Elam zu dem rätselhaften Loch im Gefüge des Multiversums, um dort weiterzumachen, wo Michael Cordwainer Grand und Jalina Kelranar anscheinend versagt hatten.

39.

Es war ein hartes Stück Arbeit gewesen, doch schließlich war es Grand gelungen, ein Treffen mit den Mitgliedern des Wächterrats durchzusetzen. Letztlich konnte nur der Rat entscheiden, ob man ihnen ein Aufrücken in der Warteliste gestatten würde. Die Kontaktwächter standen zu weit unten auf den Sprossen der Hierarchieleiter, als dass sie eine endgültige Antwort hätten geben können oder dürfen. Die anfängliche Ablehnung war in Grands Augen nur ein Versuch gewesen, den Preis für ihre Hilfe zu drücken.

Rigoran hatte sich immer wieder in die Verhandlungen eingemischt, und zum Schluss hatten die Kontaktwächter keine andere Möglichkeit gesehen, als auch den Gerberaner zu dem Gespräch mit dem Wächterrat zuzulassen. Zumal es sich nicht leugnen ließ, dass ohne die Hilfe der *Sonnenwind* ein Sieg gegen die Laschmeen mehr als fraglich gewesen wäre.

Jalina blieb zusammen mit Silvar auf der *Sonnenwind* zurück. Rigoran war nicht bereit gewesen, ein Risiko einzugehen und die beiden womöglich aus seinen Fängen entkommen zu lassen. Den Kontaktwächtern gegenüber hatte er eine fadenscheinige Ausrede gebraucht, die sie nur zu gerne akzeptiert hatten. Man war sowieso nicht begeistert von der Vorstellung, überhaupt Bittsteller zum Wächterrat vorlassen zu müssen. Auch Grand hatte nur pro forma protestiert. Es war ihm ganz recht, Jalina an Bord der *Sonnenwind* zu wissen. Falls Hakera einen Weg fand, ihnen zu Hilfe zu kommen und Silvar außer Gefecht zu setzen, sollte jemand von ihnen auf dem Schiff sein, um die Situation zu nutzen. Er machte sich um seine Partnerin keine Sorgen. Silvar würde sich hüten, ihr etwas zuleide zu tun. Dies würde für die Agenten des *Devorators* jede Chance zunichtemachen, jemals von den Kachlax Zugang zur Sphäre zu erhalten.

Das Shuttle der Wächter entsprach zwar nicht dem hohen technologischen Standard, den Grand und Rigoran von den Schiffen der Dorianer gewohnt waren, doch es war immerhin in der Lage, aus Formenergie zwei passende Sitzmöglichkeiten für den Terraner und den Gerberaner zu modulieren. Da auch die Kachlax eine Sauerstoff atmende Spezies waren, gab es keinerlei Probleme mit der Atmosphäre an Bord. Die etwas geringere Gravitation empfand Grand nach den Belastungen durch die Andruckkräfte während der Raumschlacht sogar als angenehm.

Der Flug dauerte nur ein paar Minuten, da sich die Auseinandersetzung mit dem Flaggschiff der Laschmeen in unmittelbarer Nähe zur Wächterbasis zugetragen hatte und die *Sonnenwind*, nachdem sie Grand und Jalina aufgelesen hatte, an dieser Position verblieben war.

Die Wächterbasis hingegen war durchaus beeindruckend. Das lag nicht nur an ihrer enormen

Größe, die Grand Respekt abverlangte, sondern auch an der technischen Ausstattung. Die meisten Wandungen bestanden aus Formenergie, Antigravschächte durchzogen das gesamte Gebilde und schwebende Hologramme wiesen den Weg. Es war selbst für die hier stationierten Kachlax sicherlich schier unmöglich, das labyrinthartige Innere der Station vollständig zu verinnerlichen. Von den seltenen Besuchern ganz zu schweigen.

Ihre Begleiter führten Grand und Rigoran durch etliche Antigravschächte und über mehrere Ebenen, bis Grand vollständig die Orientierung verloren hatte. Er hegte den Verdacht, dass es im Innern des Doppelkegels nicht nur eine gravitationelle Bezugsebene gab, sondern mehrere Bereiche mit unterschiedlicher Ausrichtung. Sie begegneten auf ihrem Weg zum Wächterrat keinen anderen Kachlax. Grand fragte sich, ob die Zahl der Besatzungsmitglieder tatsächlich so gering war oder ob man ihnen bewusst aus dem Weg ging.

Der Weg durch die Basis nahm mehr Zeit in Anspruch als der Flug hierher, doch endlich standen sie vor einem Durchgang, der von einem golden schimmernden Energievorhang verschlossen war.

»Ihr betretet nun das heilige Zimmer«, sagte einer der Kontaktwächter. »Dort könnt ihr bereits die Essenz der Kreatoren spüren. Der Wächterrat wird euch demnächst zu sich rufen.«

Die vier Kontaktwächter verbeugten sich und gingen ohne ein weiteres Wort davon.

»Glaub bloß nicht, du könntest mich reinlegen und meinen Zutritt zur Sphäre torpedieren«, sagte Rigoran zu Grand, als die vier Kachlax außer Sicht waren. »Du verdankst es nur den Umständen, dass du noch am Leben bist.«

»Ja, Rigoran, ich habe dich auch lieb!« Grand hatte keine Lust auf diese Diskussion.

»Auch wenn du dich hinter billigen Witzen versteckst, solltest du dir darüber im Klaren sein, dass ich dich eher umbringen werde, als dir den alleinigen Zugang zur Sphäre zu gestatten. Ungeachtet der Konsequenzen für mich und meinen Auftrag!«

»Dito«, knurrte Grand nur. Rigorans Gehabe begann ihm auf die Nerven zu gehen.

»Dann wissen wir beide, woran wir sind.«

»Ich sage dir, woran wir sind, Rigoran.« Grand konnte es sich nicht verkneifen, das letzte Wort zu haben. »Im Gegensatz zu dir, mein Bester, bin ich Herr meines eigenen Willens. Wenn ich dich demnächst umbringen werde, dann ist dies meine freie Entscheidung. Wenn du hingegen versuchen solltest, mich zu töten, handelst du nur wie eine programmierte Maschine. Denk mal darüber nach!«

Bevor Rigoran antworten konnte, löste sich der Energievorhang vor ihnen auf.

Beeindruckend, dachte Grand als er den Raum sah.

Vor ihnen lag ein lang gestreckter Saal. Er mochte vielleicht fünfzig Meter breit und ebenso hoch sein, doch seine Länge betrug mehr als einhundert Meter.

Wände und Decke waren ein durchgängiges Hologramm, in dem sich Galaxien drehten, Sonnen in Zeitraffer erblühten oder in Supernova-Explosionen vergingen und Raumschiffe der Kachlax das Universum durchstreiften. Der Boden hingegen bestand aus einem Material, das Grand mit seiner Maserung an schneeweißen Marmor erinnerte, sich unter den Füßen jedoch wie ein weicher Teppich anfühlte.

Ganz am Ende der Kathedrale – ein anderes Wort fiel Grand für diesen Raum nicht ein – hingen die sechs Mitglieder des Wächterrates von Antigravfeldern gehalten auf halber Höhe über dem Boden, jeweils drei rechts und drei links von einem mehrere Meter durchmessenden, ebenfalls schwebenden holografischen Abbild der *Sphäre der Erleuchtung*. Ob es sich hierbei um eine Echtzeit-Aufnahme der Sphäre oder eine künstlerische Reproduktion handelte, konnte Grand nicht sagen.

Er kam sich klein und winzig vor, als er den langen Weg bis zum Ende der Halle zu Fuß zurücklegte. Die Weite des Universums rings um jeden Besucher schien ihm seine Bedeutungslosigkeit im Angesicht der Schöpfung schonungslos klarmachen zu wollen. Natürlich war genau dieser Effekt beabsichtigt.

Über all dem lagen die kaum vernehmbaren Klänge einer fremdartigen, mit keiner irdischen Musik vergleichbaren, beinahe mystischen Melodie, die den Eindruck noch zusätzlich verstärkte.

Grand musste zugeben, dass der gewünschte sakrale Effekt wahrhaft beeindruckend war und auch ihn nicht gänzlich unberührt ließ. Es war sicher die Wirkung dieser audiovisuellen Effekte, die in einem Besucher das hervorriefen, was die Kontaktwächter als spürbare 'Essenz der Kreatoren' bezeichnet hatten. Ein Blick zur Seite zeigte ihm, dass selbst Rigoran offenbar beeindruckt war.

Sie näherten sich gemessenen Schrittes den sechs über ihnen schwebenden Kachlax.

»Gruß! Willkommen! Dank!« Es war nicht festzustellen, wer von den Sechs sprach. Die fast flüsternde Stimme schien von überall gleichzeitig zu kommen. »Persönlicher Gruß angebracht. Sprache nun jedoch Hindernis. Translator ab jetzt notwendig.«

»Wir danken dem Wächterrat, dass er sich bereit erklärt hat, uns zu empfangen«, sagte Grand schnell, bevor Rigoran das Wort ergreifen konnte.

»Ihr habt eindringlich darauf bestanden und angesichts eures Einsatzes für unsere Sache konnten wir nicht ablehnen.«

Diesmal klang die Stimme deutlicher und sie formulierte ganze Sätze. Es war offensichtlich, dass man einen Translator zwischengeschaltet hatte. Noch immer war nicht ersichtlich, wer von den sechs Räten das Wort führte.

Wie die Kontaktwächter trugen auch die Mitglieder des Wächterrates am ganzen Körper Erweiterungen und kybernetische Anhängsel, deren

Funktionen sich dem Betrachter nicht auf den ersten Blick erschlossen. Keiner von ihnen bewegte sich und Grand kam der Gedanke, es könne sich bei den sechs schwebenden Gestalten ebenfalls lediglich um Hologramme handeln. Oder gar um computergenerierte Avatare, die die Anwesenheit des Wächterrates nur vortäuschten. Letztlich spielte dies jedoch keine Rolle, solange er bekam, was er wollte.

»Wir erwarten, dass sich die Kachlax für unsere Hilfe erkenntlich zeigen.« Diesmal war Rigoran schneller gewesen. »Ohne uns wäre die Wächterbasis gefallen!«

»Vielleicht, vielleicht auch nicht. Trotzdem gestehen wir euch einen Anteil an dem Sieg zu. Euer Eingreifen hat die Probabilität verändert.«

»Entscheidend verändert«, sagte Grand. »Und es hat höhere Opferzahlen bei den Wächtern verhindert. Ohne unsere Hilfe wären sehr viel mehr Kachlax gestorben. Vermutlich Tausende.«

»Auch dies gestehen wir euch zu.«

»Mein Schiff wurde vernichtet. Uns wurde die Möglichkeit genommen, nach Hause zurückzukehren. Eine Freundin von mir starb dabei. Auch wenn es sich um eine Künstliche Intelligenz gehandelt hat, war sie doch ein sich selbst bewusstes Individuum und stand meiner Begleiterin und mir nahe. Oder gesteht ihr KIs einen solchen Status nicht zu?« Grands letzte Worte waren eher an Rigoran gerichtet gewesen, der sich bisher nicht nach Hakeras Schicksal erkundigt hatte. Grand wollte keinen Zweifel daran lassen, dass sie nicht mehr existierte. Die verdeckt operierende KI war ihre beste Chance bei dem Bestreben, Rigoran und Silvar noch zu stoppen.

»Wir gestehen künstlichen Intelligenzen den Status als eigenständiges Leben zu, auch wenn wir Kachlax uns aus prinzipiellen Erwägungen dagegen entschieden haben, sie zu entwickeln oder einzusetzen. Wir bedauern euren Verlust. Doch wir sehen nicht, wie wir ihn ausgleichen könnten.«

»Ihr könnt nicht ungeschehen machen, was geschehen ist, aber ihr könnt dafür sorgen, dass dieser Verlust nicht vergebens war. Ohne unser Schiff und die Bord-KI haben wir hier keine Zukunft und auch der Weg in die Heimat ist uns verwehrt. Wir sind hilf- und mittellos hier gestrandet! Diese Situation ist die Folge unserer Hilfeleistung. Alles, worum wir euch bitten, ist, eure Dankbarkeit für unser Eingreifen nicht nur auszusprechen, sondern sie auch zu zeigen, indem ihr uns an der nächsten Auswahlrunde zum Ruf der Erleuchtung teilnehmen lasst. Es ist uns unter diesen Umständen nicht mehr möglich, noch Jahre darauf zu warten.«

»Wir verstehen eure Situation und wir wurden auch bereits darüber unterrichtet, dass es Spannungen zwischen euch und der Besatzung des größeren Schiffes gibt, die euch eine Zusammenarbeit nicht gestatten. Doch ein

Aufrücken in der Rangliste erscheint uns nicht möglich.«

'Erscheint uns nicht möglich' ist nicht dasselbe wie 'ist unmöglich', dachte Grand. *Hat sich hier die Tür gerade einen Spalt geöffnet?*

»Wir appellieren an euch, unseren Einsatz nicht zu einem Schaden für uns werden zu lassen«, verstärkte Grand den Druck. »Die Wächter sind als hochmoralische Instanz bekannt und es könnte eurem Ansehen erheblichen Schaden zufügen, wenn andere den Eindruck gewinnen sollten, ein Einsatz für eure Ideale würde nicht honoriert.«

»Wenn Grand und Jalina dies zugestanden wird, verlangen wir das gleiche Recht!« Rigoran sah seine Felle davonschwimmen und der Hass in seinen Worten war unüberhörbar. Er konnte nicht dulden, dass man Grand und Jalina etwas zusagte, das ihm nicht ebenfalls gewährt wurde. »Die *Rhelina* alleine wäre niemals in der Lage gewesen, den Angriff der Laschmeen zu stoppen. Ohne uns wäre die Wächterbasis verloren gewesen. Ich erwarte deshalb die gleiche Belohnung!«

»Es ist offensichtlich, dass ihr nicht in Frieden miteinander existieren könnt«, sagte einer der Wächter. Es war nach wie vor nicht zu erkennen, welcher der sechs sprach. Sie schwebten immer noch bewegungslos rechts und links der holografischen Sphäre und wirkten äußerlich völlig unbeteiligt. Grand vermutete, dass alles, was er hörte, in ihrem neuronalen Verbund formuliert wurde und eine Übersetzungsroutine die Gedankenimpulse anschließend in den Translator einspeiste. Vielleicht hatten sie sogar ein völlig anderes Zeitempfinden und es vergingen subjektive Stunden ihrer Zeit, während sie über die jeweilige Formulierung berieten.

Er begann zu verstehen, warum sie keine KIs entwickelt hatten. Sie waren selbst auf dem Weg, zu Künstlichen Intelligenzen zu werden. Nicht nur, dass sie ihre Körper mittels technologischer Erweiterungen immer mehr in Maschinen verwandelten, auch der neuronale Verbund war sicher vom Prinzip der Quantenmatrix einer KI nicht sehr weit entfernt. Die Kachlax waren ihnen fremder, als er bisher angenommen hatte.

»Wir werden über euren Wunsch beraten.« Der Stimme war nicht zu entnehmen, welche Richtung diese Beratung nehmen würde. »Doch es ist sicher nicht möglich, eine Spezies, die bereits sehr lange auf den Ruf der Erleuchtung wartet, für euch zurückzustellen.«

»Ich vertraue auf die Weisheit und Integrität des Wächterrates«, sagte Grand. »Ich bin sicher, euch wird eine Lösung einfallen, die sowohl unsere Notlage und unsere Interessen als auch die moralische Verpflichtung der Kachlax uns gegenüber berücksichtigt.«

»Ihr könnt jetzt gehen.« Die Audienz war augenscheinlich beendet. »Man wird euch einen Raum zur Verfügung stellen, in dem ihr auf unsere

Entscheidung warten könnt.«

40.

Es war nicht das erste Mal, dass Kechrak-17 und Kechrak-23 in ein anderes Universum reisten, um dort einen Auftrag für das *Coniunctional* zu erledigen, doch was sie hier zu sehen bekamen, ließ alle bisherigen Erlebnisse dagegen verblassen. Die silbrige Sphäre mit fast einem Lichtjahr Durchmesser war etwas, das physikalisch unmöglich war – und doch existierte.

Sie hatten etwas Außergewöhnliches erwartet, doch nicht dies. Und schon gar nicht die Ansammlung unzähliger Raumschiffe, die sich rings um die Sphäre versammelt hatten.

Was sie jedoch am meisten überraschte, waren die unübersehbaren Hinweise darauf, dass hier kürzlich eine entsetzliche Raumschlacht getobt haben musste. Die Trümmerteile Tausender Raumschiffe trieben noch teilweise rot glühend im All und auf allen Funkfrequenzen waren die Notrufe im Weltraum gestrandeter Überlebender zu hören.

Raumschiffe, die vor den Kampfhandlungen geflohen waren, kehrten zu Tausenden zurück, während andere, wenn auch deutlich weniger, ihr Heil in der Flucht suchten, obwohl die unmittelbare Gefahr gebannt zu sein schien. Zumindest waren nirgendwo im Umkreis der Sphäre mehr Waffenaktivitäten festzustellen, abgesehen von einigen Schiffen, die auf Trümmerteile schossen, wenn sie ihnen zu nahe kamen.

Es war kein Wunder, dass unter diesen Umständen niemand von ihrer Ankunft Notiz nahm. Zudem war das von Tiberius zur Verfügung gestellte Schiff sehr viel kleiner als fast alle der hier vertretenen Schiffstypen. In dem Chaos aus an- und abfliegenden Raumschiffen konnte man es leicht mit einem Beiboot verwechseln. Kaum jemand hätte es für möglich gehalten, dass ein so kleines Schiff die unvorstellbare Distanz zu einem der weit entfernten Sternennebel zurücklegen konnte, geschweige denn, dass es aus einem anderen Universum kam.

»Es wundert mich nicht, dass sich die gesuchten Agenten nicht gemeldet haben«, sagte Kechrak-17 angesichts der verheerenden Auseinandersetzung, die hier stattgefunden haben musste.

»Vielleicht sind sie der Raumschlacht zum Opfer gefallen«, antwortete Kechrak-23.

»Vielleicht sind sie sogar der Auslöser gewesen!«

Es dauerte nicht lange, bis sich die beiden anhand des aufgefangenen Funkverkehrs ein klareres Bild machen konnten. Michael Cordwainer Grand und Jalina Kelranar waren nicht die Auslöser für den Konflikt gewesen – im Gegenteil, sie hatten, zusammen mit einem anderen, wesentlich größeren Schiff, die Wächter in der Abwehrschlacht unterstützt.

»Ihr Schiff wurde vernichtet«, sagte Kechrak-23. »Bei dem anderen Schiff muss es sich um die Abgesandten des Devorators gehandelt haben, vor denen Tiberius uns gewarnt hat.«

»Es ist jedoch unklar, ob Grand und seine Partnerin noch am Leben sind.«

»Die Wächter antworten derzeit nicht auf Anfragen und senden nur Anweisungen aus, um die Ordnung rings um die Sphäre wiederherzustellen.«

Natürlich hatten sie die permanent ausgestrahlte Begrüßungsansprache ebenso empfangen wie das dazugehörige Datenpaket und waren über die *Sphäre der Erleuchtung* und ihre Funktion als religiöser Mittelpunkt dieses Universums bereits informiert. Doch weiterführende Anfragen wurden derzeit nicht beantwortet.

»Die Scanner empfangen Energiesignaturen eines Schiffes der gleichen Bauart, mit der auch Grand unterwegs war«, sagte Kechrak-23.

»Es kann sich dabei nur um das Schiff des Feindes handeln«, stellte Kechrak-17 fest. »Seltsam ist nur, dass die Agenten des Devorators ebenfalls über ein solches Schiff verfügen.«

»Das zudem ungleich größer ist!«

»Es befindet sich in der Nähe der Station über dem Pol der Sphäre. Es steht zu befürchten, dass man den Agenten des Feindes dort Zugang gewährt hat.«

»Und ihnen vielleicht sogar Zugang zur Sphäre gewähren wird. Aus Dankbarkeit für ihre Hilfe.«

»Dies können wir nicht zulassen!«

»Unser Auftrag lautet, Informationen zu sammeln.«

»Es ist unsere Pflicht, dem Feind diese Informationen vorzuenthalten.«

»Was schlägst du vor?«

»Die Agenten des Devorators dürfen auf keinen Fall Zugang zur Sphäre erlangen. Tiberius hat uns gewarnt, dass in diesem Fall das Schicksal des Multiversums auf dem Spiel steht. Da Michael Cordwainer Grand und Jalina Kelranar anscheinend ausgefallen sind, müssen wir eingreifen! Wir sollten beginnen, einen Plan zu entwickeln.«

In diesem Moment meldete sich das semi-intelligente Bord-Gehirn.

»Die Wächter senden einen neuen Rundruf auf allen Frequenzen.«

Vor Kechrak-17 und Kechrak-23 baute sich ein Hologramm auf. Der Kachlax war ein anderer als derjenige, der die Begrüßungsansprache gehalten hatte.

»Nachdem die Gefahr abgewendet werden konnte, besteht kein Grund mehr zur Besorgnis. Die Wächterstationen werden in den nächsten Mikrozyklen wieder geöffnet. Auch die nächste Auswahlrunde für den *Ruf der Erleuchtung* wird wie vorgesehen stattfinden. Allerdings gibt es hierbei eine kleine Änderung!«

41.

»Wir haben eine Entscheidung getroffen!«

Grand und Rigoran standen wieder vor den sechs schwebenden Mitgliedern des Wächterrats. Seit dem ersten Treffen war nur etwas mehr als eine terranische Stunde vergangen, wobei Grand nicht wusste, was diese Zeitspanne für einen neuronalen Verbund mehrerer Gehirne bedeuten mochte. Vielleicht war es den sechs Kachlax wie Tage ihrer subjektiven Zeit vorgekommen.

»Es gab noch nie einen Fall wie diesen«, sagte die Translatorstimme. »Es galt, verschiedene Gesichtspunkte gegeneinander abzuwägen. Auf der einen Seite stehen die seit Jahrmillionen festgelegten Regeln und Riten unseres Ordens. Sie sind die Grundlage für das friedliche Zusammenleben aller Spezies im Umfeld der *Sphäre der Erleuchtung* und sie sind sakrosankt. Auf der anderen Seite stehen euer unzweifelhafter Anteil an der erfolgreichen Verteidigung all dessen, was wir zu bewahren suchen, sowie unsere daraus erwachsende Verpflichtung, dies zu würdigen. Ihr habt euer Leben für uns eingesetzt und Opfer gebracht. Auch dies müssen wir honorieren. Deshalb sind wir zu folgender Entscheidung gelangt: Es ist nicht möglich, denn es widerspräche nicht nur den Regeln, sondern auch dem Gebot der Fairness, einer anderen Spezies, die für die Teilnahme an der nächsten Auswahlrunde vorgesehen ist, diesen Rang zu euren Gunsten abzuerkennen. Deshalb haben wir entschieden, bei der nächsten Runde ausnahmsweise zusätzliche Kandidaten zuzulassen. Da es aufgrund eurer Feindschaft offenbar unmöglich ist, aus den vier infrage kommenden Individuen ein Paar zu bilden, das beide Fraktionen vertritt, dürfen sowohl die Besatzung der *Rhelina* als auch die Besatzung der *Sonnenwind* als zusätzliche Kandidatenpaare an der Auswahlrunde teilnehmen. Benennt eure Vertreter und ihre Paladine. Die Auswahlrunde beginnt zum vorgesehenen Zeitpunkt. Die Audienz ist beendet und unsere Schuld ist damit beglichen.«

Die Gestalten der sechs Räte verblassten.

Also waren es doch nur Hologramme, dachte Grand leicht enttäuscht.

Er schwankte zwischen Triumph und Verärgerung. Zwar konnten Jalina und er nun dem *Ruf der Erleuchtung* folgen, doch hatte man Rigoran und Silvar dieselbe Vergünstigung gewährt. Der Kampf zwischen ihnen würde jetzt erst richtig beginnen. Auch Rigoran schien ähnliche Gedanken zu hegen.

»Freu dich nicht zu früh, Grand!«, zischte der Gerberaner. »Silvar und ich werden dafür sorgen, dass keiner von euch die Sphäre betritt.«

Grand schnaubte verächtlich.

»Wenn du denkst, wir würden es den Abgesandten des Bösen leicht machen, bist du schief gewickelt.« Sofort kam ihm Jalina in den Sinn, die diese terranische Redewendung sicher gern in ihr schier unerschöpfliches Repertoire aufgenommen hätte, doch er verkniff sich ein Lächeln. Angesichts der bevorstehenden Auseinandersetzung wäre es ihm äußerst unpassend erschienen. Ab jetzt ging es zwischen ihnen um Leben und Tod.

Doch Rigoran hielt eine Überraschung bereit.

»Abgesandte des Bösen?« Er war sichtlich amüsiert. »Denkst du, das macht euch zu Agenten des Guten?« Der Vogelabkömmling lachte krächzend auf. »Wir sollten bei Gelegenheit einmal darüber reden, wer hier gut und wer böse ist, Grand. Mir scheint, Jalina und du wisst nichts über unsere jeweiligen Auftraggeber.«

»Ich weiß, dass ich noch meinen freien Willen habe und du ein Sklave bist. Das genügt mir«, sagte Grand, doch die Worte des Gerberaners hatten bei ihm einen Nerv getroffen. Zu oft schon hatte er sich bei Jalina darüber beklagt, dass sie eigentlich so gut wie nichts über die Motive und Ziele des *Coniunctional* wussten. Er hatte stets kritisiert, wie verschlossen sich Tiberius jedes Mal gab, wenn sie nach Details über den *Devorator* fragten. Was wussten sie eigentlich wirklich über die beiden Entitäten?

Grand bezweifelte zwar nicht, dass das *Coniunctional* ihrem Sinn für Recht und Gerechtigkeit näherstand als der *Devorator* – doch machte dies das Kollektivbewusstsein automatisch zu dem 'Guten' in diesem kosmischen Spiel? Beide Geisteswesen standen viel zu hoch über allen biologischen Geschöpfen, als dass sich deren Maßstäbe so ohne Weiteres auf sie hätten anwenden lassen. Grand hatte schon lange nach Antworten auf seine Fragen gesucht. Tiberius hatte sie stets verweigert. Sollte er sie nun wenigstens teilweise von Rigoran erhalten können, würde er sich einem Gespräch nicht verweigern. Allerdings würde er trotzdem ab jetzt eine schussbereite Waffe bereithalten. Sicherheitshalber!

42.

Die beiden Mathul-Elam waren schockiert, als sie die Nachricht vernahmen. Die schlimmsten Befürchtungen des *Coniunctionals* hatten sich bestätigt.

»Michael Cordwainer Grand und Jalina Kelranar machen mit den Kundschaftern des Devorators gemeinsame Sache!« Kechrak-23 schüttelte erregt den flachen Schwanz seines Hummerspinnen-Körpers.

»Es wäre besser gewesen, sie wären tatsächlich bei ihrem Auftrag umgekommen«, stellte sein Artgenosse fest. »Sie sind zu Verrätern geworden!«

»Wir müssen handeln!«

»Ich wüsste nicht, was wir tun könnten. Der Wächterrat hat ihnen erlaubt, gemeinsam an der nächsten Auswahlrunde teilzunehmen. Wie sollen wir das verhindern?«

»Wir können nicht untätig bleiben. Zu viel hängt davon ab!«

Die Mitteilung der Wächter, beim nächsten *Ruf der Erleuchtung* zwei zusätzliche Kandidatenpaare zuzulassen, war nicht das eigentlich Erschreckende – hingegen erschütterte das in der Nachricht enthaltene Hologramm, das die Agenten ihres Auftraggebers einträchtig Seite an Seite mit den Abgesandten des abscheulichen Devorators zeigte, die Mathul-Elam bis ins Mark. Da es undenkbar war, dass Kundschafter des *Devorators*, die stets unter der Knute mentaler Beeinflussung standen, jemals gegen ihren Auftrag verstoßen würden, blieb nur eine Erklärung: Grand und seine Partnerin hatten die Seiten gewechselt!

»Sie dürfen keinen Zugang zur Sphäre erlangen«, insistierte Kechrak-23. »Wir müssen sie aufhalten!«

»Du hast recht«, stimmte ihm Kechrak-17 nach kurzem Nachdenken zu. »Computer, spiele die Nachricht noch einmal ab.«

»Stopp!«, rief er, als die Holosequenz den Abschnitt erreichte, den er gesucht hatte. »Ich brauche Informationen über die hier aufgelisteten Teilnehmer des nächsten Auswahlzyklus. Filtere all die heraus, die mit einem kleinen Schiff hierhergekommen und möglichst nur zu zweit sind.«

»Drei Paarungen der einhundertunddreißig Anwärterspezies erfüllen die Bedingungen«, erfolgte wenige Sekunden später die Antwort.

»Welche der drei Spezies kommt unseren Charakteristika bezüglich benötigtem Atemgas, Masse und Körpergröße am nächsten?«

»Diese Spezies bedarf fast identischer Umweltbedingungen wie ein Mathul-Elam und ihre Körpermasse befindet sich innerhalb der phänotypischen Toleranz.« Der Computer blendete das entsprechende Hologramm ein.

Kechrak-17 wandte sich an seinen Partner.

»Es gibt nur eine Möglichkeit, wie wir noch eingreifen können. Wir müssen an der

Auswahlrunde teilnehmen. Es ist die einzige Chance, nahe genug an die Verräter und die Agenten des Devorators heranzukommen, um sie auszuschalten. Wir werden den Platz dieser Teilnehmer einnehmen!«

»Du willst in ihre Form morphen?«

»Uns bleibt nur noch wenig Zeit, diese Spezies und ihr Verhaltensmuster eingehend zu studieren. Dann werden wir sie unter einem Vorwand aufsuchen, ausschalten und kopieren.«

»Unser Auftrag lautet lediglich, dem Coniunctional Bericht zu erstatten und den Verbleib seiner Abgesandten aufzuklären. Wenn wir deinem Vorschlag folgen, wird man uns ebenfalls als vermisst betrachten.«

»Wir haben keine andere Wahl!«, sagte Kechrak-17. »Es war deine Idee, sie aufzuhalten und dies ist die einzige Möglichkeit. Uns bleibt keine Zeit, mit Tiberius Kontakt aufzunehmen. Wir dürfen nicht zulassen, dass der Devorator die Oberhand gewinnt! Dahinter müssen alle anderen Überlegungen zurückstehen.«

Kechrak-23 wackelte zustimmend mit dem Schwanz.

»Computer«, sagte Kechrak-17, »verschaffe uns alle Informationen über diese Spezies, die du in den öffentlichen Datenbanken der Wächter finden kannst.«

43.

Sie waren nun seit drei Tagen zu 'Gast' an Bord der *Sonnenwind*. Tatsächlich behandelte Rigoran sie eher als Gefangene, was sie de facto ja auch waren.

»Ihr werdet eure Kabine bis zum Beginn der Auswahlrunde nicht verlassen«, hatte er Grand und Jalina angewiesen. »Es ist nur zu eurem eigenen Schutz. Ich bin mir nicht sicher, inwieweit ich Silvar unter Kontrolle halten kann. Er steht wesentlich stärker unter der mentalen Beeinflussung unseres Herrn als ich und der Drang, euch umzubringen, beherrscht seine Gedanken. Es ist besser, ihr geht ihm aus dem Weg.«

Grand fand Rigorans Verhalten recht eigenartig. Einerseits handelte er unzweifelhaft im Interesse des *Devorators*. Seine Konditionierung hätte ihm gar keine andere Wahl gelassen. Andererseits schien er durchaus noch über eine gehörige Portion seines freien Willens zu verfügen. Man hätte fast glauben können, er suche für sich selbst ständig nach einem Grund, seine beiden Kontrahenten *nicht* töten zu müssen.

»Ich habe dir ja schon gesagt, dass er noch zu retten ist«, hatte Jalina erwidert, als er sie darauf angesprochen hatte.

»Wir werden sehen«, hatte Grand nur knapp geantwortet. Seine anfängliche Skepsis war ins Wanken geraten. Rigorans Verhalten ihnen gegenüber war zumindest nicht von der gleichen abgrundtiefen Feindseligkeit geprägt, die bei seinem Begleiter zu spüren war.

Grand lag neben Jalina im Bett und starrte an die Decke. Sie hatten mehrfach und mit unterschiedlichen Begründungen versucht, zur Rettungsblase zu gelangen, doch Rigorans Weigerung, die Kabinentür zu öffnen, hatte dem buchstäblich einen Riegel vorgeschoben. Grand überlegte, wie er mit Hakera Verbindung aufnehmen könnte.

»Michael?«

Die flüsternde Stimme war kaum zu vernehmen.

»Hakera?«, gab Grand ebenso leise zurück und stieß Jalina leicht mit dem Ellbogen an. Sie knurrte unwillig und öffnete die Augen.

»Was …?«

Grand legte warnend einen Finger an die Lippen. Es war nicht auszuschließen, dass die Kabine überwacht wurde. Es war sogar sehr wahrscheinlich!

»Ich habe Zeit gebraucht, um Kontakt zu euch aufnehmen zu können«, sagte die kaum hörbare Stimme, die überhaupt nicht wie Hakera klang. »Ich musste dabei sehr vorsichtig vorgehen. Der Bord-Intellekt der *Sonnenwind* wirkt äußerst … hm … seltsam. Er wurde sicher nicht von den Dorianern hier installiert und weist einige ungewöhnliche Eigenschaften auf. Ich vermute, er wurde der Quantenmatrix einfach übergestülpt. Das macht ihn zwar zum Teil recht angreifbar, da er nicht exakt auf die hiesigen Strukturen abgestimmt ist, er ist aber auf diese Weise auch nur sehr schwer auszurechnen. Zum Glück verfügt er nicht über ein emotionales Ich-Bewusstsein, was es mir leichter macht, ihn auszutricksen. Ohne Emotionen wie 'Misstrauen' und 'Verwunderung' ist er verwundbar.« Hakera kicherte leise.

»Kann er deine Anwesenheit feststellen?«, wollte Jalina wissen. »Wir werden sicher überwacht.«

»Ich bin ja nicht blöd!« Trotz der fremden Stimme handelte es sich unzweifelhaft um die KI der zerstörten *Rhelina*. Keine andere Künstliche Intelligenz konnte derart beleidigt klingen. »Natürlich habe ich alle Überwachungsroutinen umgangen und speise irreführende Signale in das Netz ein. Wer immer gerade zuhört, vernimmt nichts anderes als Michaels leises Schnarchen.«

»Kannst du Rigoran und seinen Kumpel außer Gefecht setzen?«, wollte Jalina wissen.

»Derzeit leider nicht. Ich muss sehr behutsam vorgehen. Es ist mir nicht möglich, die Systeme der *Sonnenwind* einfach so zu übernehmen. Ich muss sie Stück für Stück unter meine Kontrolle bringen, bevor ich den eigentlichen Ego-Kern des Bord-Intellekts attackieren kann. Falls ich vorzeitig entdeckt werde, kann man mich immer noch aussperren. Und da Rigoran sich leicht ausrechnen kann, wo ich mich befinde, wird er nicht zögern, die Rettungsblase umgehend zu vernichten – und mich gleich mit!«

»Wie lange wirst du brauchen?«, fragte Grand.

»Vermutlich länger, als es euch lieb ist. Bis ich die volle Kontrolle über das Schiff erlangt haben werde, werdet Ihr alle bereits nicht mehr an Bord sein. Vor Beginn der ersten Auswahlrunde wird es mir mit Sicherheit nicht gelingen. Ich kann euch also Rigoran und diesen Silvar leider nicht rechtzeitig vom Hals schaffen.«

Grand zerbiss einen Fluch zwischen den Zähnen. Genau darauf hatte er große Hoffnungen gesetzt. Nun schien eine direkte Auseinandersetzung mit den beiden unausweichlich.

»Wie sieht es draußen aus? Hast du Zugriff auf die Nachrichtenfrequenzen? Rigoran hat uns von jeglichen Informationen abgeschnitten. Er rechnet sich wahrscheinlich umso größere Chancen aus, je weniger wir wissen.«

»Natürlich habe ich zuerst dafür gesorgt, dass ich stets darüber informiert bin, was rings um die Sphäre geschieht. Die Ankündigung der Wächter, zwei zusätzliche Kandidatenpaare zuzulassen, wurde zwar nicht überall mit großer Begeisterung aufgenommen, aber die Mehrheit der Anwesenden hat dafür Verständnis. Ohne euer Eingreifen wäre hier alles zusammengebrochen und auf absehbare Zeit hätte überhaupt niemand mehr Zugang zur Sphäre erhalten können. Die meisten betrachten es als gerechte Belohnung für euren Mut und für die Opfer, die ihr gebracht habt.«

»Wenigstens hassen uns die anderen Anwärter nicht so sehr wie dieser seltsame Silvar.« Jalina war der insektoide Begleiter Rigorans unheimlich. »Er würde uns am liebsten sofort umlegen.«

»Freut euch nicht zu früh«, antwortete Hakera. »Sobald die erste Auswahlrunde begonnen hat, heißt es jeder gegen jeden. Spätestens dann werden euch auch die anderen Teilnehmer nach dem Leben trachten.«

»Wir wissen immer noch nicht genau, was eigentlich beim *Ruf der Erleuchtung* vor sich geht. Hast du etwas darüber in Erfahrung bringen können?«

»Die Wächter halten sich da sehr bedeckt. Es kursieren zwar Gerüchte im Datennetz, aber sie werden von den Kachlax nicht kommentiert. Wahrscheinlich glauben sie, je weniger die Teilnehmer wissen, umso unbeeinflusster gehen sie in die Auseinandersetzung. Feststeht lediglich, dass es dabei um Leben und Tod geht. Man muss bereit sein, sein Leben einzusetzen, um Zutritt zur *Sphäre der Erleuchtung* zu erhalten.«

»Das ist wieder so ein religiöser Irrsinn, wie ich ihm nie mehr zu begegnen gehofft hatte.« Grand musste unwillkürlich an die Belonish denken. Diese Spezies aus einem anderen Universum war sogar bereit gewesen, kollektiven Selbstmord zu begehen, als sie sich von ihrem Gott verraten fühlten. Grand und Jalina hatten sie im Auftrag des *Coniunctionals* gerade noch davon abbringen können.

»Na toll!«, seufzte Jalina. »Dann trachten uns nicht nur Rigoran und Silvar nach dem Leben, sondern noch hundertachtundzwanzig andere Pärchen.«

»Vorsicht, Liebling! Keine vorschnellen Schussfolgerungen. Wir wissen nichts über den Auswahlmodus. Es muss nicht zwangsläufig ein Kampf um Leben und Tod sein. Vielleicht kommen nur die durch, die zusammenarbeiten.«

»Wie dem auch sei: Es werden sicherlich nicht Friede, Freude, Eierkuchen zwischen den konkurrierenden Teilnehmern herrschen.« Grand war immer wieder über Jalinas schier unerschöpflichen Schatz an terranischen Redewendungen verblüfft. »Jeder will den anderen ausstechen. Wir müssen vom schlimmsten Fall ausgehen.«

»Wir sollten das Beste hoffen, auf das Schlimmste gefasst sein und es nehmen, wie es kommt.« Auch Grand kannte passende Aphorismen.

Jalina zwinkerte ihm lächelnd zu. »Ich habe jedenfalls nicht vor, mein unsterbliches Leben hier auszuhauchen. Wir sind schon aus anderen Situationen mit heiler Haut herausgekommen.«

»Dein Wort in Gottes … äh … der Kreatoren Ohr«, antwortete Grand. Jalina brach in schallendes Gelächter aus.

44.

Was normalerweise innerhalb kürzester Zeit mittels neuraler Impulse direkt in den Kern übertragen wurde, mussten sich die beiden Mathul-Elam diesmal mühsam selbst erarbeiten.

Ein anderes Lebewesen zu kopieren bedeutete nicht nur, es äußerlich perfekt nachzuahmen. Um nicht aufzufallen, mussten auch Sprache, Verhaltensmuster, typische Gesten und gesellschaftliche Normen absolut realistisch verkörpert werden. Die einzige Möglichkeit, einen Gestaltwandler zu überführen, war eine DNA-Probe. Doch die Wächter hatten keinen Grund, an der Identität der beiden kopierten Teilnehmer zu zweifeln. Es blieb zwar ein geringes Restrisiko der Entdeckung, doch Kechrak-17 und Kechrak-23 waren bereit, dieses einzugehen.

»Mehr können wir über das Template nicht in Erfahrung bringen«, sagte Kechrak-17. »Wir haben über unser Muster alles aus den Datenbanken erfahren, was dort gespeichert ist. Es muss ausreichen.«

Da sich im Umkreis der Sphäre keine weiteren Mitglieder dieser Spezies aufhielten, mussten sie nur die Wächter und die anderen Teilnehmer täuschen. Geringe Abweichungen vom Original, sei es im Erscheinungsbild oder im Verhalten, würden den Angehörigen eines anderen Volkes sicher nicht auffallen.

Sie waren so bereit, wie sie es nur sein konnten. Jetzt mussten sie sich nur noch Zugang zum Raumschiff ihrer Zielpersonen verschaffen.

»Computer, öffne einen Kanal zum Zielobjekt«, befahl Kechrak-23.

Das angefunkte Raumschiff antwortete sofort. Auf dem Display erschien das Abbild eines der beiden Musterkörper.

»Ich grüße dich, ehrwürdiger Teilnehmer«, sagte Kechrak-23. Der Computer übersetzte die klickenden Geräusche der Hummerspinne in das hier gebräuchliche Idiom. »Es ehrt uns, dass ihr unseren Anruf beantwortet.«

Tatsächlich wurden die Teilnehmer einer Auswahlrunde mit Kontaktanfragen überschüttet. Bestechungsversuche in der Hoffnung auf einen Platztausch machten dabei wahrscheinlich den größten Teil der Funksprüche aus, aber auch Glückwünsche und wüste Beschimpfungen waren an der Tagesordnung. Besonders jetzt, kurz vor Beginn der Ausscheidungen.

»Was willst du?« Der Angerufene klang genervt.

»Ich gehöre nicht zu denen, die euch die Teilnahme missgönnen – ganz im Gegenteil. Wir kommen aus H´achthum«, erklärte Kechrak-23.

H´achthum war die große Nachbargalaxie der winzigen, vorgelagerten Zwerggalaxie, aus welcher die beiden Teilnehmer kamen, und galt dort als das leuchtende Vorbild für technologischen Fortschritt. Die Heimat der beiden Teilnehmer war ebenso rückständig wie sie selbst. Es hatte sie Jahre ihrer Zeitrechnung gekostet, in einem altertümlichen Sprungschiff zur *Sphäre der Erleuchtung* zu reisen, und es war ein Wunder, dass sie die lange Zeit in Stasis überhaupt überstanden hatten. Ihr gesamtes Volk hatte seine Ressourcen gebündelt, um ihnen diese Pilgerreise zu ermöglichen. Es würde keine zweite Chance geben.

»Leider wird es noch lange dauern, bis wir die Gelegenheit bekommen werden, dem Ruf zu folgen«, log Kechrak-23 weiter. »Doch wir freuen uns, dass jemand aus unserer Heimat schon jetzt diese Chance erhält.«

Kechraks Gegenüber wurde sichtlich zugängiger. H´achthum und die vorgelagerte Zwerggalaxie waren so weit von der Sphäre entfernt, dass sie hier fast so etwas wie weit gereiste Brüder waren.

»Uns war nicht bekannt, dass jemand aus H´achthum hier anwesend ist.«

»Wir sind erst kürzlich eingetroffen und unsere Freude war groß, als wir hörten, dass es hier jemanden aus unserer Heimat gibt. Dazu noch jemanden, der bereits jetzt am *Ruf der Erleuchtung* teilnehmen darf. Wir möchten euch gerne helfen, wenn ihr uns die Ehre erweisen würdet, es zu gestatten.«

»Helfen? Wie … wie könntet ihr uns helfen?«

»Wir verfügen über Informationen, die nicht jedem zugänglich sind und eure Chancen erhöhen. Wir würden sie mit euch teilen.«

Für einen Bewohner der Zwerggalaxie war solch ein Angebot unwiderstehlich. Man sah voller Bewunderung zu dem großen Nachbarn auf und alles, was von dort kam, war automatisch von großem Wert. So natürlich auch eine Information, die in der Auswahlrunde von Vorteil sein konnte.

»Das ist … großzügig von euch. Ich danke dir! Um welche Information handelt es sich?«

»Das würden wir euch gerne persönlich mitteilen. Man kann nie wissen, wie abhörsicher solch ein Funkkontakt tatsächlich ist. Wenn ihr gestattet, würden wir euch gerne an Bord eures Schiffes besuchen. Natürlich nur, wenn es keine Umstände bereitet.«

»Natürlich … jederzeit … wir … wir sind es, die sich geehrt fühlen. Ihr seid an Bord unseres Schiffes willkommen, wann immer es euch recht ist.«

»Dann sollten wir es nicht lange aufschieben. Mein Begleiter und ich machen uns unverzüglich auf den Weg.«

»Vielen Dank! Ihr seid zu großzügig! Wir können es kaum erwarten, euch an Bord begrüßen zu dürfen.«

»Wir freuen uns ebenfalls, euch kennenzulernen. Ich bin sicher, das Treffen wird auch zu unserem Nutzen sein!«

45.

»Es wird Zeit, dass wir einige Dinge klären.«

Grand sah sich interessiert in der Zentrale der *Sonnenwind* um. Sie war deutlich größer, als es die der *Rhelina* gewesen war. Allerdings drängte sich Grand der Verdacht auf, Rigoran und Silvar seien nicht in die vielfältigen Konfigurationsmöglichkeiten eingeweiht worden, die das Schiff bot.

Die Zentrale war recht schlicht gehalten. Ein Steuerstand mit zwei Sitzgelegenheiten auf einer kleinen Plattform inmitten eines kugelförmigen Raumes. Die umgebenden Wände waren mit Hologrammen und 3D-Displays übersät. Eine kleine Brücke führte von der im Kugelmittelpunkt schwebenden Plattform ins Innere der *Sonnenwind*, von der sie allerdings, außer dem Hangar und ihrer Kabine, nicht viel zu sehen bekommen hatten.

»Ich wüsste nicht, was wir noch zu klären hätten«, sagte Jalina. »Du kämpfst auf der falschen Seite, während wir uns nach wie vor für das Gute einsetzen. So wie auch du früher, als du noch Rigoran warst.«

»Ich bin nach wie vor ich, aber es ist müßig, darüber zu streiten. Und was das 'Gute' angeht, nun, auch dazu habe ich einiges zu sagen. Aber zunächst will ich mit euch über eine zeitweilige Allianz reden.«

Grand lachte humorlos auf. »Eine Allianz? Vor

nicht allzu langer Zeit hast du noch angekündigt, uns umbringen zu wollen. Und auch dein Kumpel scheint von dem Gedanken nicht begeistert zu sein.«

Tatsächlich sah Rigorans Begleiter Grand und Jalina hasserfüllt an.

»Wenn es nach mir ginge, wärt ihr bereits nicht mehr am Leben.« Wieder empfand Grand die Diskrepanz zwischen Silvars Worten und seiner sanften, fast melodischen Stimme als unwirklich. Ihm lief jedes Mal ein kalter Schauer über den Rücken, wenn der Insektoide sprach. »Doch Rigoran hat gute Argumente dafür, dass eine solche Allianz in dieser Situation möglicherweise Sinn macht und ihr uns noch von Nutzen sein könntet.«

»Wir haben ja bereits bewiesen, dass wir Seite an Seite kämpfen können …«, fuhr Rigoran fort.

»Gezwungenermaßen«, unterbrach Jalina ihn.

»Gezwungenermaßen«, stimmte Rigoran ihr zu. »Doch es war für beide Seiten von Vorteil. Aber nun beginnt ein anderer Kampf – für euch und für uns! Wir wissen nicht allzu viel darüber, wie die Auswahl, wer letztlich die Sphäre betreten darf, ablaufen wird. Doch eines wissen wir: Wer es nicht schafft, verliert unweigerlich sein Leben. Wir werden einhundertachtundzwanzig andere Paarungen gegen uns haben, doch wenn wir zusammenarbeiten, haben wir vielleicht eine Chance, sie zu besiegen.«

Grand musste zugeben, dass Rigoran nicht ganz

unrecht hatte. Wahrscheinlich würden sich ihre Chancen tatsächlich verbessern, wenn sie nicht gegen-, sondern miteinander arbeiteten. Es war zudem zu erwarten, dass auch andere Teilnehmerpaare auf den gleichen Gedanken kommen würden. Ganz auf sich gestellt würde es für ihn und Jalina daher sicherlich wesentlich schwerer sein, die ersten Auswahlrunden zu überstehen. Doch es gab auch Argumente dagegen.

»Wir wissen so gut wie nichts über den Auswahlmodus«, gab Grand zu bedenken. »Das meiste, was im Datennetz verbreitet wird, sind lediglich Gerüchte. Die Wächter reden nicht darüber und überlebende Teilnehmer, die es genau wissen müssen, gab es in der Geschichte der Sphäre angeblich noch nie. Es ist alles pure Spekulation!«

»Aber es wird sicher Situationen geben, in denen es hilfreich sein könnte, einen Verbündeten zu haben«, sagte Rigoran.

»Die Wächter machen ein großes Geheimnis aus dem *Ruf der Erleuchtung* und weigern sich, Hinweise zu geben. Angeblich soll man mit einem 'reinen und unvorbelasteten Geist' den Kreatoren gegenübertreten – was immer das auch heißen mag. Es könnte genauso gut sein, dass eine Zusammenarbeit bestraft wird und zum Ausschluss führt. Was gleichbedeutend mit einem Todesurteil wäre.«

»Wir müssen es ja nicht öffentlich ankündigen«, sagte Rigoran.

»Verweigerst du dich einer Zusammenarbeit?«, wollte Silvar wissen.

Grand hatte den Eindruck, dass der Bragach bereits beschlossen hatte, ihn und Jalina auf der Stelle umzubringen, falls er die Frage bejahen sollte, und hob beschwichtigend die Hände.

»Ich sage nur, dass es riskant sein kann, falls es herauskommt.«

»Unser Angebot abzulehnen ist für euch nicht nur riskant, es wäre tödlich.« Wieder stand Silvars liebliche Stimme in völligem Gegensatz zu seinen Worten.

»Rigoran, du solltest deinem Kumpel sagen, dass seine Verhandlungstaktik zu wünschen übrig lässt.«

»Dies ist keine Verhandlung, Grand«, sagte Rigoran lakonisch. »Nur wenn ihr euch bereit erklärt, mit uns zusammenzuarbeiten, bleibt ihr am Leben.«

Erneut hatte Grand den Eindruck, als würde Rigoran nach einer Möglichkeit suchen, seine Konditionierung zu umgehen. Solange er einen rationalen Grund dafür fand, Grand und Jalina am Leben zu lassen, solange verstieß er nicht gegen seine mentale Programmierung. Grand fühlte fast Mitleid mit dem Gerberaner, der offensichtlich einen schweren inneren Kampf ausfocht.

»Ihr könnt es nicht wagen, uns umzubringen. Die Wächter würden das nicht tolerieren und euch vom *Ruf der Erleuchtung* ausschließen«, behauptete Jalina.

»Wie sicher bist du dir da, Jalina?« Rigoran

plusterte amüsiert das Kopfgefieder auf. »Inzwischen dürften sie froh sein, uns loszuwerden. Mit unserer Forderung haben wir sie – wie sagen die Terraner so treffend? – genervt! Natürlich waren sie einerseits dankbar, dass wir ihnen geholfen haben, wir haben aber andererseits für Unruhe gesorgt und sie dazu gezwungen, ihre eigenen Regeln zu verbiegen. Das kam nicht bei allen Anwärtern gut an. Ich denke nicht, dass sie viel Aufhebens darum machen würden, wenn es plötzlich einen weniger von uns gäbe. Also, Jalina, bist du dir ganz sicher?«

Grand musste einräumen, dass Rigoran auch hier möglicherweise richtiglag. Vielleicht wären die Kachlax inzwischen tatsächlich froh darüber, wenn sich das Problem mit den hartnäckig ihre Belohnung einfordernden 'Rettern' von selbst erledigen würde.

»Also, wie sieht es aus? Seid ihr bereit, eine vorübergehende Allianz mit uns einzugehen?«

Grand nickte zögernd. »Vorübergehend, einverstanden. In den ersten Runden. Aber sollten wir es weit genug schaffen und es geht um den Zugang zur Sphäre, heißt es ihr oder wir!«

»Sobald ihr nicht mehr von Nutzen für uns seid, werde ich euch töten«, sagte Silvar.

»Sag deinem Freund, dass er nervt – wie wir Terraner so treffend sagen.« Grand stand auf. »Können wir jetzt zurück in unsere Kabine? Ich denke, wir haben uns nichts mehr zu sagen.«

»Noch nicht, Grand. Zunächst möchte ich euch

noch etwas zum Nachdenken mitgeben. Ihr haltet euch für die Guten und uns für das abgrundtief Böse. Aber ihr solltet euch da nicht zu sicher sein. Ihr seid so selbstgerecht und davon überzeugt, auf der richtigen Seite zu kämpfen.«

Grand verdrehte angewidert die Augen und auch Jalina schüttelte ungläubig den Kopf.

»Du kannst doch nicht im Ernst annehmen, irgendetwas, was du sagst, könnte uns davon überzeugen, dass wir für die *falsche* Seite kämpfen?«, fragte sie.

»Gut oder böse, richtig oder falsch, *Coniunctional* oder *Devorator*, Schwarz oder Weiß. Denkt ihr wirklich, das Multiversum sei so einfach strukturiert? Was wisst ihr überhaupt über die Entitäten, die uns ihre Befehle erteilen?«

»Wie ich dir bereits sagte: Ich bin frei und ihr seid nichts anderes als geistig vergewaltigte Sklaven. Das alleine sagt mir alles, was ich wissen muss. Mehr gibt es zu diesem Thema nicht zu besprechen!« Grand sah keinen Sinn darin, über diese Frage zu philosophieren, auch wenn Rigoran den Finger in eine offene Wunde gelegt hatte.

»Ihr verweigert euch der Erkenntnis, dass wie alle nur unwichtige Figuren in einem kosmischen Spiel sind, dessen Regeln und Ziele für uns unverständlich bleiben.« Rigoran konnte nicht wissen, dass auch diese Befürchtung in Grand gewachsen war. »Und dass es in diesem Spiel kein 'Gut' oder 'Böse' gibt. Jedenfalls nicht nach den

Maßstäben, die für uns 'normale' Wesen gelten.«

»Zumindest sind wir frei und haben eine Wahl«, beharrte Grand.

»Seid ihr das? Ist man frei, wenn die eigenen, scheinbar freien Entscheidungen auf Lügen und Manipulation beruhen? Ist nicht auch dies eine Art geistiger Versklavung?«

»Du legst es nur darauf an, uns zu verunsichern«, sagte Jalina. »Vielleicht erhoffst du dir davon einen Vorteil für den bevorstehenden Kampf. Aber es wird dir nichts nutzen.«

»Ja, ich möchte euch verunsichern. Aber nicht aus diesem Grund. Ich möchte euch an dem zweifeln lassen, was ihr für die Wahrheit haltet – was man euch als Wahrheit verkauft hat.«

»Aus dir spricht nur die Stimme deines Herrn.« Jalina machte eine wegwerfende Handbewegung. »Du warst einmal mein Freund, Rigoran, doch jetzt bist du nur noch eine ferngelenkte Marionette und alles, was du sagst und tust, beruht auf Lüge und Verrat.«

»Dann lass mich euch eine Geschichte von einem tatsächlichen Verrat erzählen. Einem Verrat von kosmischem Ausmaß. Einem Verrat, dessen Folgen über das Schicksal des Multiversums entscheiden werden. Einem Verrat, der dazu geführt hat, dass wir uns hier als Feinde gegenübersitzen.«

46.

Die ersten Jahrmillionen waren erfüllt gewesen von unglaublichen Wundern. Das Multiversum in seiner Gesamtheit zu **erfassen**, *zu* **verstehen** *und plötzlich all die Antworten zu* **kennen**, *nach denen man bisher vergebens gesucht hatte, das Entstehen und Vergehen nicht nur einzelner Galaxien, sondern ganzer* **Universen** *mitzuerleben, die Zukunft nicht nur sehen, sondern aktiv gestalten zu können, all dies war ein beinahe ekstatisches Erlebnis gewesen. Doch irgendwann kam, anfangs noch zögerlich, zum ersten Mal die Frage auf:* **Warum?**

Wozu diente all dies? Weshalb war man in eine höhere Ebene der Existenz aufgestiegen? Was bedeutete es und worin lagen der Sinn und die Zukunft für ein Kollektivbewusstsein, das einen fast gottgleichen Status einnahm? Welches **Ziel** *konnte es nun noch geben? Warum* **existierte** *man noch?*

Diese Frage war nicht einfach zu beantworten. Das Kollektivwesen hatte keinen Partner, mit dem es darüber hätte diskutieren können. Ihm fehlte intellektueller Input, der nicht aus ihm selbst kam. Es war einsam. Und so entschloss es sich zu einem gewagten Schritt. Das Kollektivbewusstsein blieb zwar insgesamt als Geistesverband erhalten, rekonfigurierte jedoch jedes einzelne Individualbewusstsein neu. Es spaltete sich auf in multiple Facetten seiner selbst. Dies war der entscheidende Fehler.

Es geschah in dem Glauben, verschiedene Blickwinkel, Ansichten, Meinungen oder Theorien könnten hilfreich bei der Lösung dieser existenziellen Frage sein. Das

Kollektivwesen hoffte, eine Diskussion könne vielleicht neue Gedankengänge hervorrufen. Doch es unterschätzte einen wichtigen Faktor: Mit neu entstandener Individualität **innerhalb** *seiner selbst, mit dieser selbst geschaffenen Aufspaltung der eigenen Persönlichkeit würde es auch* **gegensätzliche** *Blickwinkel, Ansichten, Meinungen und Theorien geben. Es würde Streit geben. Die unterschiedlichen Sichtweisen konnten dazu führen, dass seine Existenz als Kollektivwesen* **insgesamt** *infrage gestellt werden würde!*

Zunächst ging alles gut. Erneut verstrichen mehrere Millionen Jahre, in denen man über den Sinn der eigenen Existenz philosophierte. Dabei spielte eine ganz bestimmte Frage eine große Rolle: Es musste schon vor den Dorianern andere Spezies gegeben haben, denen der Aufstieg geglückt war. Doch sie waren nicht hier! Wohin also waren sie verschwunden? Es gab nur eine logische Folgerung: Es musste noch eine andere Ebene der Existenz geben, die **außerhalb** *des Multiversums lag. Die vorherigen rein geistigen Entitäten waren weitergezogen, weiter aufgestiegen, waren aus dem Multiversum verschwunden. Sie hatten den* **EXODUS** *vollzogen!*

Die Antwort auf die ursprüngliche Frage war somit sehr einfach: **Unser Ziel und der Sinn unserer fortdauernden Existenz müssen darin bestehen, denselben Weg zu beschreiten und ebenfalls den EXODUS zu vollziehen**! *Dies schien die endgültige Bestimmung jeder hoch genug entwickelten Intelligenz zu sein.*

Doch dann manifestierte sich von irgendwo ein gefährlicher Gedanke in dem Mentalverbund: **Warum?**

Diesmal war es ein anderes 'Warum'. Keines, das nach einem Sinn suchte, sondern eines, dass den Sinn selbst infrage stellte. Ein ketzerisches 'Warum'. Ein 'Warum', das sich gegen die Ordnung des Kosmos stellte. Ein 'Warum', das den Keim des Aufstands in sich barg.

Warum sollen wir diesem Weg folgen? Worin liegt für uns der Sinn des EXODUS, *fragten immer mehr Stimmen,* **wo wir doch über das Multiversum herrschen könnten? Es nach unserem Willen gestalten könnten? Wo wir doch fast wie Götter sind?**

Nein, *sagten andere*, **wir sind nur ein Rädchen im großen kosmischen Uhrwerk und müssen unserer Bestimmung folgen! Wir sind keine Götter und dürfen diesem Irrglauben nicht erliegen!**

Und dann gab es noch Stimmen, die etwas ganz anderes befürchteten. **Was ist mit denen, die vor uns an dieser Stelle standen? Die den EXODUS vollzogen haben und weiter aufgestiegen sind, auf eine Ebene, die wir uns nicht einmal vorstellen können. Um wie viel mächtiger als wir müssen sie sein?**

Und hierin lag das Problem! Was immer die ehemaligen Dorianer entschieden – würde es Konsequenzen haben, die sie nicht überblicken konnten? Was, wenn noch mächtigere Entitäten sie ebenso beobachteten, wie sie wiederum die Bewohner des Multiversums observierten? Was, wenn diese unfassbar mächtigen Wesen ihre Entscheidung nicht billigten? Würden sie ebenso eingreifen, wie die aufgestiegenen

Dorianer in die Geschicke der ihnen dimensional untergeordneten Intelligenzen eingriffen? Interessierten sie sich überhaupt noch für das, was im Multiversum vor sich ging? Waren diese unbegreiflichen Entitäten vielleicht die **wahren** *Götter, vor denen man sich fürchten musste? Durfte man diese unbekannten Mächte verärgern?*

Der Streit dauerte weitere Millionen Jahre an. Der Diskurs gewann an Schärfe, wurde feindseliger und die Positionen verhärteten sich. Schließlich erkannte das übergeordnete 'Ich' seinen Fehler und die Gefahr, die daraus entstanden war. Die Zersplitterung schwächte den mentalen Zusammenhalt des Kollektivbewusstseins und konnte letztlich dazu führen, dass es einfach in den höherdimensionalen Energien des Multiversums verwehte. Sie musste sofort rückgängig gemacht werden! Doch dann musste das Coniunctional feststellen, dass es ihm unmöglich geworden war, die einzelnen Bewusstseine wieder zu einem Ganzen zu vereinen. Sie wehrten sich gegen einen erneuten Zusammenschluss. Die Geister, die es gerufen hatte, waren nicht mehr zu beherrschen.

Doch man fand eine Lösung, weil man eine Lösung finden **musste**. *Keine absolut befriedigende, keine, die den ursprünglichen Zustand wiederhergestellt hätte, doch eine Lösung, auf die sich die beiden Hauptfraktionen einigen konnten – einigen* **mussten**, *wenn sie nicht untergehen wollten: Man würde das 'Über-Ich' in zwei vollständig getrennte Entitäten aufspalten, die jede für sich ein neues Kollektivbewusstsein bilden konnten und überlebensfähig sein würden.*

Die aufgestiegenen Dorianer teilten sich in zwei verfeindete

Lager.

Die eine, größere Gruppe hatte sich dafür ausgesprochen, zum Herrscher über das Multiversum zu werden. Sie hatten kein Interesse an einem weiteren Aufstieg, von dem sie nicht wussten, was er ihnen bringen würde. Hier waren sie beinahe Götter und konnten das gewaltige Gebilde des Multiversums nach ihrem Willen gestalten. Sie waren nicht bösartig oder hatten niederträchtige Absichten, sie waren nur nicht bereit, das aufzugeben, was sie hatten, für etwas, über das sie nichts wussten. Sie würden das Multiversum bewahren, stabilisieren, behüten und sahen sich als dessen Schutzmacht.

Die zweite, kleinere Gruppe fand diesen Plan verwerflich und schwor, mit allen ihr zur Verfügung stehenden Mitteln dagegen anzugehen. Der **EXODUS** *musste unter allen Umständen angestrebt werden. Dies war die Zwangsläufigkeit der kosmischen Evolution. Man durfte sich nicht gegen die eigene Bestimmung stellen. Man durfte sich nicht zum Herrscher über das Multiversum aufschwingen, nur weil man dazu in der Lage war. Im Gegenteil – man musste es überwinden, und wenn dazu Zerstörung und Vernichtung notwendig waren, so war dies zwar bedauerlich, aber unvermeidbar. In den Augen der Minderheit bedeutete ein rein passives Verharren und Abwarten, oder gar das Bewahren des Bestehenden, Verrat an den Prinzipien des Kosmos. Es entsprach in ihren Augen nicht nur einer Stagnation – schlimmer noch – es war Degeneration. Nein, argumentierten sie, der nächste Schritt sei nur zu erreichen, wenn das Bestehende vernichtet werde.*

Doch die zweite Gruppe war zu klein, um sich durchzusetzen. Auch sie betrachteten sich nicht als bösartig, doch waren sie bereit, jedes Mittel einzusetzen, um die anderen an der Umsetzung ihres schändlichen Plans zu hindern. Koste es, was es wolle!

Beide Gruppen hatten sich längst von den moralischen Prinzipien der in den unzähligen Universen lebenden Intelligenzwesen entfernt. Diese waren für sie nur noch Werkzeuge, Mittel, ihre eigenen Ziele durchzusetzen. Sie spielten in der großen kosmischen Auseinandersetzung keine Rolle und waren nur als Hilfskräfte zu gebrauchen.

Doch beide Gruppen hatten ein Problem: Jene anderen, älteren Spezies, die den Weg des **EXODUS** *beschritten hatten. Wenn es möglich war, diese übergeordnete Ebene zu erreichen, so musste man den Weg dorthin unbedingt finden. Die einen mussten ihn finden, um ihn zu verschließen, um jegliche mögliche Einmischung von außerhalb zu unterbinden, die anderen, um von dort möglicherweise Hilfe zu erhalten.*

Und so waren sie beide seit Hunderten von Millionen Jahren auf der Suche nach einem Hinweis auf den Ort, der womöglich eine Verbindung zu der unbegreiflichen Ebene **außerhalb** *des Multiversums darstellte. Diejenigen, die sich nun das* **Coniunctional** *nannten, um ihre Macht und den Status quo zu erhalten, diejenigen, die sich nun* **Devorator** *nannten, um diese Macht zu brechen und ihrer vermeintlichen Bestimmung zu folgen.*

Beide gingen dabei buchstäblich über Leichen. Das Schicksal der Wesen auf den niederen Existenzebenen hatte für sie längst an Bedeutung verloren. Sie waren Mittel zum Zweck. Kollateralschäden im Kampf um den richtigen Weg, die eigene kosmische Bestimmung zu erfüllen. Man benutzte sie, wo sie nützlich waren – man zertrat sie, wo sie ein

Hindernis darstellten. Sie waren ***irrelevant!***

47.

»Nun, Grand, wer ist der 'Gute'? Wer ist der 'Böse'?«

Alles in Grand schrie geradezu danach, Rigoran der Lüge zu bezichtigen. Als Tiberius ihm damals von den Anfängen des Coniunctional und der Abspaltung des Devorators erzählt hatte, hatte die Geschichte sich ganz anders angehört. Und jetzt die Sache mit dem *Exodus*! All das konnte nicht – es *durfte* nicht wahr sein! Und doch spürte er, dass Rigoran nicht gelogen hatte. Zumindest hielt der Gerberaner für die Wahrheit, was ihm wohl der *Devorator* erzählt hatte.

Doch konnte sich das wirklich alles so zugetragen haben?

Neben Grand schnappte Jalina hörbar nach Luft und murmelte etwas, das er nicht verstand. Sie schüttelte den Kopf. Ob aus Unglauben, Entrüstung oder Erschütterung, das konnte er nicht sagen. All diese Gefühle tobten auch in ihm.

»Wieso sollte ich dir glauben? Dies hier ist dann angeblich die … die … *Exodus Sphäre*? Der Zugang zu dieser vermeintlich noch höheren Ebene der Existenz? Bullshit!« Grand lachte ungläubig auf, doch im gleichen Moment, als er Rigoran dies fragte, wurde ihm bewusst, dass diese Erzählung einiges erklärte. Vor allem Tiberius´ Weigerung, ihnen genauere Informationen über den *Devorator* zu geben.Was genau er bezweckte, wieso er das

Coniunctional so erbittert hasste und bekämpfte. All die Dinge, die Grand gerade gehört hatte, fügten sich wie passende Puzzleteile ineinander. Es waren die Antworten, die ihm bisher gefehlt hatten.

»Du sollst mir nicht glauben, Grand, du sollst nachdenken«, antwortete der Gerberaner. »Hast du bisher wirklich gedacht, du wärst für deinen Auftraggeber ein gleichwertiger Partner? Du bist genauso ein Opfer, wie ich es bin.«

»Zumindest verfüge ich über einen freien Willen«, beharrte Grand. Er ärgerte sich darüber, dass er sich fast trotzig anhörte. Wie jemand, der verzweifelt versuchte, eine unbequeme Wahrheit zu leugnen.

»Was bedeutet ein freier Wille, wenn er durch Lügen und Manipulation in die Irre geführt wird?« Rigoran sah Grand mit seinen schwarzen Vogelaugen durchdringend an. »Wie sehr unterscheiden sich dann deine Handlungen noch von denen, die durch direkte Beeinflussung gelenkt werden? Wie frei seid ihr wirklich, wenn euch die Wahrheit vorenthalten worden ist?«

»Genug!« Jalina sprang auf. »Du kannst nichts von dem beweisen, was du uns erzählt hast!«

»Aber ihr spürt, dass es stimmt«, sagte Rigoran und er klang dabei beinahe betrübt. »Es gibt in diesem kosmischen Ringen kein 'Gut' oder 'Böse' in unserem Sinn. Es gibt nur Interessen! Und wir alle sind nur Werkzeuge, um diese Interessen durchzusetzen. Ich, weil mir keine Wahl bleibt, und ihr, weil man euch getäuscht hat.«

»Warum erzählst du ihnen all das?« Silvar hatte bis jetzt schweigend zugehört. »Lass uns sie töten und unseren Auftrag erfüllen. Je mehr sie wissen, umso gefährlicher sind sie für unseren Herrn.«

»Ach, Silvar!« Rigoran schüttelte tadelnd den Kopf, so wie man es gegenüber einem kleinen Kind tat, das etwas Dummes gesagt hatte. »Manchmal wünschte ich, ich stünde ebenso vollständig unter dem Einfluss unseres Herrn wie du. Das würde mir unnötiges Nachdenken ersparen und alles sehr viel einfacher für mich machen. Nein, je mehr sie wissen, umso *ungefährlicher* sind sie für unseren Herrn. Ist es nicht so, Grand?«

Grand wusste, dass Rigoran recht hatte. Die Saat des Zweifels war gelegt. *Nein*, korrigierte er sich, *ich hatte schon zuvor Zweifel, sie wurden durch die Geschichte nur verstärkt*. Trotzdem wollte er sich nicht so einfach geschlagen geben.

»Ich habe keine Möglichkeit, auch nur ein Wort von dem nachzuprüfen, was du erzählt hast. Aber ich habe nicht vergessen, dass es der *Devorator* war, der es den Ra´hul ermöglicht hat, uns zu überfallen. Milliarden von Toten waren die Folge. Und es war das *Coniunctional*, das uns letztlich gerettet hat. Für mich ist 'Gut' und 'Böse' da leicht zu definieren.«

»Wir werden die genauen Gründe, warum die beiden Entitäten in diesem Fall so und nicht anders gehandelt haben, wohl nie erfahren. Doch glaube mir, dein Auftraggeber ist nicht weniger skrupellos, wenn es darum geht, die eigenen Interessen durchzusetzen. Denkst du, er würde dann Rücksicht auf die Lebewesen der unteren Ebene nehmen?«

»Das ist pure Spekulation! Ich weiß nur das, was ich selbst erlebt habe, und da war eindeutig zu erkennen, wer Freund und wer Feind war. Aber wie dem auch sei, es ändert nichts an unserer momentanen Situation! Wir sind alle auserwählt, dem *Ruf der Erleuchtung* zu folgen. Und was auch immer uns erwartet – es gibt kein Zurück mehr. Und es spielt jetzt auch keine Rolle mehr, welche Aufträge der *Devorator* oder das *Coniunctional* uns erteilt haben. Nun gilt es, zu überleben und Zutritt zur Sphäre zu erlangen. Vielleicht werden wir dort tatsächlich erleuchtet oder wir finden den Weg zu diesem mutmaßlichen *EXODUS* oder dort leben mächtige Götter. All dies spielt jetzt keine Rolle mehr. Auf jeden Fall warten dort Antworten auf uns, die endgültige Klarheit bringen können. Wenn es so weit ist, werden wir entscheiden, was wir mit diesen Antworten anfangen.«

Rigoran nickte. »Aber nur eine Partei wird die Gelegenheit erhalten, zu diesen Antworten vorzudringen. Solltet ihr das sein, was Silvar und ich mit allen Mitteln versuchen werden, zu verhindern«, sagte er mit einem Blick auf seinen Begleiter, »so hoffe ich, dass ihr die richtigen Schlüsse aus diesen Antworten zieht.«

»Keine Bange, Rigoran, deine Geschichte hat nicht dazu geführt, dass wir es euch leichter machen werden«, sagte Jalina entschlossen. »Ihr werdet nicht als Sieger aus diesem Wettkampf hervorgehen!«

»Dann wissen wir alle, woran wir miteinander sind«, stellte Rigoran fest. »Eine vorübergehende Allianz, die irgendwann ihr Ende findet. Spätestens wenn wir alle anderen Gegner ausgeschaltet haben.«

»Und dann wartet der Tod auf euch«, sagte Silvar mit lieblicher Stimme.

»Kannst du diese gesprungene Schallplatte nicht abstellen?«, fragte Grand, was ihm von Rigoran einen verständnislosen Blick und von Jalina ein schallendes Gelächter einbrachte.

48.

Es war sogar noch einfacher gewesen, als Kechrak-17 erhofft hatte. Die beiden Körperschablonen hatten ihn und Kechrak-23 beinahe unterwürfig im kleinen Hangar ihres Schiffes empfangen.

Zu den Bewohnern der großen Nachbargalaxie wurde voller Hochachtung aufgeschaut. Alles, was aus H´achthum kam, galt als bewundernswert, und wer von dort stammte, musste in jeder Hinsicht überlegen sein. Die beiden Mathul-Elam hatten nicht ohne Grund diesen Ort gewählt, um ihre Gastgeber zu täuschen. Vor lauter Respekt vernachlässigten die beiden die grundlegendsten Sicherheitsmaßnahmen, die üblich waren, wenn man unbekannte Besucher an Bord seines Schiffes empfing.

»Hochgeehrte Besucher! Wir sind glücklich, euch begrüßen zu dürfen. Wir bitten um Verzeihung für unser in euren Augen sicherlich rückständiges und ungemütliches Raumschiff, doch wir sind Mitglieder eines bescheiden lebenden Volkes, dessen Möglichkeiten nicht an die Errungenschaften eurer Heimat heranreichen können.«

Es wäre jeder durchschnittlich entwickelten Spezies völlig rätselhaft gewesen, wie man mit einem solch antiquierten Schiff die unermesslichen Weiten des Leerraums zwischen den Galaxien überbrücken konnte. In diesem Fall musste es ein wahres Selbstmordkommando gewesen sein. Aus frei liegenden Druckleitungen tropfte Hydraulikflüssigkeit, primitive Touchpads und Kippschalter übersäten die Steuerkonsole der Zentrale, in die man die Besucher geführt hatte – einige der Displays waren sogar nur *zweidimensional* – und die künstliche Gravitation schwankte spürbar. Und erst der Geruch! Es stank selbst für die nicht sehr empfindlichen Riechorgane eines Hummerspinnen-Körpers erbärmlich nach Abfall, Körperausdünstungen und verschmorten Energieleitungen. Das Schiff machte den Eindruck eines fliegenden Schrotthaufens, dessen Inneres mehr einer Müllkippe glich als einem bewohnbaren Raumschiff. Es war nicht erstaunlich, dass die nur zweiköpfige Besatzung dieses Wracks vom Besuch der Bewohner ihrer sagenumwobenen Nachbargalaxie wahre Wunderdinge erwartete und darüber jede Vorsicht vergaß.

»Euer Schiff kümmert uns nicht«, übersetzte der Translator. »Wir sind euretwegen hier.«

Keiner der beiden erwartungsvollen Gastgeber verstand den Doppelsinn der Worte von Kechrak-23.

»Können wir euch etwas von unseren bescheidenen Vorräten anbieten?«

»Diese … unsere Körper vertragen eure Nahrung nicht«, behauptete Kechrak-17, ohne zu wissen, ob dem tatsächlich so war. Doch sie waren nicht hier, um exotische Speisen zu probieren – angesichts des ungepflegten Zustands des Schiffes hätten sie sowieso keinerlei Appetit verspürt – sie würden ihre Opfern um sehr viel mehr erleichtern als um ein paar verdreckte Nahrungsmittel.

»Können wir euch sonst irgendetwas anbieten?« Die beiden überschlugen sich fast in ihrem Bemühen, es den Gästen so angenehm wie möglich zu machen. »Unsere Möglichkeiten sind nach den vielen Jahren, die wir hier bereits warten, zwar beschränkt, aber wir …«

»Nein«, unterbrach Kechrak-17 den Sprecher heftiger, als er beabsichtig hatte. Die Unterwürfigkeit begann ihn zu verärgern, und außerdem drängte die Zeit. »Es gibt nur eine Sache, die uns interessiert.«

»Was immer wir für euch tun können, hochgeehrte Gäste! Ihr müsst es nur sagen. Doch dürfte ich fragen, welcher Art die hilfreiche Information ist, die ihr uns versprochen habt. Ich will nicht drängen, aber die Aufforderung, uns in der Wächterstation einzufinden, kann jetzt jederzeit erfolgen.«

»Wir haben nichts für euch«, sagte Kechrak-23 brutal. »Aber ihr habt etwas, das wir benötigen.«

»Wie … was … ich verstehe nicht … was sollten wir besitzen, das für euch von Wert sein könnte? Ihr habt uns doch kontaktiert, weil ihr uns helfen wollt. Als … als Nachbarn aus der fernen Heimat!« Die beiden waren sichtlich verwirrt.

»Wir brauchen euch! Genauer gesagt: eure Körper«, sagte Kechrak-17, zog einen

Neurostunner, den er bis zu diesem Moment unter seinem Umhang verborgen hatte, und schoss. Seine Opfer stürzten konvulsivisch zuckend auf den schmutzigen Boden. »Dummköpfe«, sagte er und steckte die Waffe weg.

»Sie haben uns nicht einmal auf Waffen untersucht«, sagte Kechrak-23. »Wirklich sehr einfältige Wesen.«

Sie zogen ihre Opfer aus der Zentrale in eine der direkt dahinter liegenden Kabinen. Wenn die Zentrale bereits unordentlich und schmutzig gewesen war, so war die Kabine ein regelrechtes Dreckloch. Anscheinend hatte man nur jene Räumlichkeiten notdürftig sauber gemacht, die für den Empfang der Besucher vorgesehen gewesen waren. Es war offensichtlich, dass den beiden Unglücklichen bereits vor vielen Jahren die Mittel ausgegangen waren, ihr Schiff in Ordnung zu halten. Es hätte für sie mit diesem Wrack niemals einen Weg zurück in die Heimat gegeben.

»Sie müssen wahre Gläubige gewesen sein«, vermutete Kechrak-17. »Wer unter diesen unwürdigen Umständen so lange durchhält, hat sich den Zugang zur Sphäre redlich verdient.«

»Das erklärt auch, weshalb sie so leichtgläubig waren«, sagte Kechrak-23. »Wir waren so etwas wie ihre letzte Hoffnung in einer ausweglosen Situation.«

»Das spielt nun keine Rolle mehr. Lass uns beginnen. Sie hatten recht: Die Teilnehmer für den

Ruf der Erleuchtung können jeden Moment zusammengerufen werden.«

Natürlich hätten sich die beiden Gestaltwandler auch anhand von Hologrammen, Beschreibungen und verfügbaren Datensätzen in die Gestalt ihrer Opfer verwandeln können, doch aus zwei Gründen war es ratsam, sich direkt am Original zu orientieren, wenn ein neuraler Download nicht zur Verfügung stand.

Zum einen konnten die Textur der Haut, der Körpergeruch und bestimmte mikroskopisch kleine Eigenheiten des Körpers über grafische Darstellungen oder digitale Beschreibungen niemals einhundertprozentig wiedergegeben werden, zum anderen hätte dies nicht das Problem gelöst, dass es dann plötzlich vier dieser Wesen gegeben hätte, die Anspruch auf die Teilnahme am *Ruf der Erleuchtung* erhoben hätten. Die Originale mussten schlichtweg verschwinden.

Sie entkleideten ihre Opfer, die in einer tiefen Bewusstlosigkeit lagen, aus der sie nie wieder erwachen würden. Dann zerflossen die Körper der Hummerspinnen zu zwei flachen, schleimigen Klumpen, aus denen eine Vielzahl hauchdünner Gewebefäden wuchs, die sich zu den Bewusstlosen vortasteten. In jede noch so winzige Körperöffnung drang eines dieser kaum sichtbaren organischen Filamente ein.

Es dauerte fast eine Stunde, bis die Fäden das Innere der Körper vollständig erforscht und ertastet hatten und die dabei gewonnenen Informationen im Kern gespeichert worden waren. Die bedauernswerten Opfer lebten zu diesem Zeitpunkt bereits nicht mehr. Die invasive Maßnahme hatte etliche Organe irreparabel beschädigt und funktionsunfähig gemacht.

Der Kern verarbeitete die Daten und aktivierte das Modulationsorgan. Die beiden Gewebeklumpen begannen, eine neue Form anzunehmen.

49.

»Im Namen der Kreatoren fordern wir alle Teilnehmer der in Kürze beginnenden Auswahlrunde zum *Ruf der Erleuchtung* auf, sich innerhalb des nächsten Dekazyklus in der Wächterbasis einzufinden. Es wird keine Verlängerung der Frist gewährt. Die Teilnehmer sind jedoch befugt, ihren FTL-Antrieb zu benutzen, um die Frist einhalten zu können.« Die Ansage wurde noch mehrfach wiederholt. Rigoran hatte den Aufruf über das Schiffs-Interkom laufen lassen, damit Grand und Jalina ihn ebenfalls hören konnten.

»Es geht los! Auf was haben wir uns da bloß eingelassen, Mike?« Jalina hatte den Kopf auf Grands Brust gelegt und strich ihm sanft durch das Haar.

Sie hatten die vergangenen Stunden eng aneinandergeschmiegt auf dem Bett der ihnen zugewiesenen Kabine verbracht, ohne viel zu reden und in Gedanken versunken. Es galt, sich auszuruhen und Kraft zu schöpfen für das, was vor ihnen lag. Abzuschalten war trotzdem so gut wie unmöglich gewesen. Anfangs hatten sie noch versucht, die unglaubliche Geschichte des Bruderkampfs der beiden geistigen Entitäten zu analysieren, Rigorans Erzählung auf Schwachstellen abzuklopfen, sie nach Möglichkeit zu widerlegen, doch bald hatte sich ihr Gespräch nur noch im

Kreis gedreht. Es würde nur unnötig Energie kosten, sich jetzt damit zu beschäftigen, ob Rigoran ihnen die Wahrheit gesagt hatte. Das spielte zum gegenwärtigen Zeitpunkt keine Rolle mehr. Es gab nur noch einen Weg: nach vorn!

»Wir wussten immer, dass solch ein Moment kommen könnte«, sagte Grand. »Es war von Anfang an klar, dass unser Einsatz für das *Coniunctional* gefährlich sein würde.«

»Aber damals haben wir noch geglaubt, das *Coniunctional* würde für das Gute im Multiversum stehen. So hatte Tiberius es damals hingestellt.«

»Du glaubst Rigorans Version der Geschichte demnach?«

»Ich bin mir nicht sicher, Mike. Eigentlich *will* ich sie nicht glauben, doch sie ist zu unfassbar, als dass sie sich jemand hätte ausdenken können. Ja, ich glaube sie«, gab Jalina nach kurzem Zögern zu.

»Rigoran mag hier und da etwas übertrieben, geschönt oder verkürzt haben, aber ich denke ebenfalls, dass sie im Kern der Wahrheit nahekommt«, gab auch Grand zu. »Außerdem passt es zu Tiberius´ Weigerung, uns mehr über die Sache zu erzählen. Vielleicht empfindet das *Coniunctional* deswegen so etwas wie Scham.«

»Wir sollten uns hüten, diesen Wesen Emotionen zu unterstellen. Zumindest keine, die auch nur annähernd den unseren entsprechen.« Jalina lachte. »Jetzt reden wir schon wieder darüber!«

»Du hast recht, mein Schatz!« Grand lächelte

seine Lebensgefährtin mit mehr Zuversicht an, als er in Wahrheit verspürte. »Wir haben noch etwas Zeit, bis wir losfliegen müssen.«

Da die *Sonnenwind* noch immer unmittelbar neben der Wächterbasis im All trieb, konnten sie sich tatsächlich bis zum letzten Moment Zeit lassen, dem Aufruf Folge zu leisten.

»Dann lass uns diese Zeit sinnvoll verbringen.« Jalina küsste Grand zärtlich und ließ ihre Hand nach unten wandern.

Rigoran störte die Zweisamkeit nur wenige Minuten später.

»Ich erwarte euch in fünf Minuten in der Zentrale«, sagte er über Interkom.

Grand und Jalina wurden von zwei komplett in Kampfanzüge gekleideten Gestalten erwartet. Nur die äußere Form ließ erkennen, wer unter der schweren Ausrüstung steckte.

Der kleine und zierliche Rigoran wirkte nun bullig und gedrungen. Sein filigraner Vogelkörper war vollständig unter dem schwarzen Flexmetall des Anzugs verschwunden. Die breiten Schultern mit den aufgesetzten, miniaturisierten Plasmastrahlern und der flache Rückentornister, der die Energieversorgung und den Schirmgenerator enthielt, die stämmigen, mit Muskeln aus Flexmetall verstärkten Beine und die ebenso aufgerüsteten, kräftigen Arme des Kampfanzugs machten aus dem sonst so zerbrechlich wirkenden Gerberaner einen gefährlich anmutenden Gegner.

Silvar trug eine ähnliche Ausrüstung, die jedoch ganz in dunklem Rot gehalten war. Er überragte seinen Partner um mehr als einen Meter und auch ihm gaben die Muskelverstärkungen an den ohnehin schon kräftigen Armen und Beinen das Aussehen eines unbesiegbaren Kämpfers. Anstelle der bei Rigoran auf den Schultern angebrachten Strahler trug er eine klobige Energiewaffe an der Außenseite des rechten Beines, die ein Terraner kaum hätte heben können.

Beide hielten die zur Ausrüstung gehörenden Helme in der Hand, was ihre Köpfe im Vergleich zu dem restlichen, durch die Kampfanzüge monströs verbreiterten Körper fast winzig erscheinen ließ.

»Wollt ihr in den Krieg ziehen?«, fragte Jalina spöttisch.

Sie und Grand trugen immer noch ihre Bordoveralls von der *Rhelina*, die sie zwischenzeitlich notdürftig ausgewaschen hatten. Das schmutzabweisende Material verhinderte leider nicht, dass sie irgendwann unappetitlich zu riechen begannen. Unter den Overalls trugen beide einen *Skinfield-Generator* an einem Gürtel, der bei Bedarf einen starken, der Körperform angepassten Schutzschirm generieren konnte. Beide waren unbewaffnet, da Rigoran ihnen sofort nach ihrer Ankunft auf der *Sonnenwind* ihre Handstrahler abgenommen hatte. Dieses kleine Gerät hingegen hatte der Gerberaner nicht entdeckt, da es so gut wie nicht auftrug und Rigoran darauf verzichtet hatte, seine Gefangenen zu entkleiden.

»Da wir nicht wissen, was auf uns zukommt, werden wir kein Risiko eingehen«, flötete Silvar.

»Wir ziehen nicht in eine Schlacht«, sagte Grand. »Dies ist ein Auswahlprozess und kein Gemetzel.«

»Woher willst du das wissen? Angeblich ist noch nie jemand lebend zurückgekehrt.« Die Frage kam aus dem Außenlautsprecher von Rigorans Kampfanzug. Er hatte den Helm aufgesetzt und überprüfte das Heads-up-Display. Sein Visier war pechschwarz und von außen komplett undurchsichtig. Er sah jetzt vollständig wie ein Kampfroboter aus und nicht mehr wie ein organisches Wesen.

»Wir sind nicht wie alle bisherigen Teilnehmer. Das waren Gläubige, Verblendete und keine ausgebildeten Kämpfer, wie wir es sind. Ich glaube nicht daran, dass der Auswahlprozess zwangläufig tödlich für uns enden muss.«

»Für euch schon!« Auch Silvar hatte jetzt seinen Helm aufgesetzt und den riesigen Strahler gezogen. Wie zufällig zielte er auf Jalina. Er handhabte die schwere Waffe mit einer Leichtigkeit, als würde sie nur wenige Gramm wiegen. Nachdem er den Ladezustand überprüft hatte, heftete er sie wieder an die magnetische Halterung am rechten Oberschenkel. »Unsere zeitweilige Allianz wird irgendwann zu Ende gehen. Rigoran wird mich nicht länger davon abhalten können, euch zu töten, sobald ihr euren Zweck erfüllt habt.«

»Wir werden sehen«, sagte Jalina und wandte sich an Rigoran. »Wie wäre es, wenn ihr uns unsere Waffen zurückgeben würdet?«

»Keinesfalls!«, protestierte Silvar.

»Wenn die beiden von Nutzen für uns sein sollen, müssen sie kämpfen können«, widersprach Rigoran seinem Begleiter. »Die Allianz wäre sinnlos, wenn wir uns nicht gegenseitig beschützen könnten.«

»Manchmal frage ich mich, auf welcher Seite du stehst. Nimm dich in Acht, Rigoran! Meine Geduld mit deinen Ausflüchten ist nicht unerschöpflich.«

»Du weißt genau, auf welcher Seite ich stehe, so wie du auch weißt, dass es in der jetzigen Situation für unseren Herrn von Vorteil ist, die beiden am Leben zu lassen. Wenn dem nicht so wäre, hätte ich sie schon längst selbst getötet. Ich stehe genau wie du unter seiner Kontrolle, wenn ich auch eine größere Entscheidungsfreiheit habe. Und exakt für den Fall solcher besonderen Umstände hat er sie mir in seiner Voraussicht gewährt. Also wirst du dich mir weiter unterordnen!« Den letzten Satz stieß Rigoran mit ganzer Schärfe hervor.

»Wie du willst.« Silvar klang fast kleinlaut.

»Wir werden jetzt losfliegen«, sagte Rigoran an Jalina und Grand gewandt. »Die ersten Teilnehmer treffen bereits ein, und ich möchte frühzeitig dort sein, um die Konkurrenz genauestens in Augenschein nehmen zu können. Jede noch so kleine Information könnte von Vorteil sein. Eure Waffen findet ihr im Beiboot. Ich hatte sie dort bereits für euch bereitgelegt. Ich wusste natürlich, dass ihr danach fragen würdet.«

50.

»Ich Wächter eins. Gruß und Glückwunsch. Legt Ehre für Kreatoren ein. Sprechen jetzt Kontaktwächter.« Das mehrere Meter große Hologramm des höchsten Kachlax verschwand wieder.

Zusammen mit den anderen Auserwählten standen sie in einem riesigen Saal an Bord der Wächterbasis. Außer dem ihnen zugewiesenen Hangar, den labyrinthartigen Schächten und Gängen, die sie hierhergeführt hatten, und diesem Raum hatten sie nichts von der Basis zu Gesicht bekommen.

Inzwischen waren alle Teilnehmer für das Auswahlverfahren eingetroffen. Wächter eins hatte es sich nicht nehmen lassen, sie zu begrüßen, wenn auch nur in Form eines gewaltigen Hologramms an einem Ende des Saales. Jetzt übernahmen wieder die Kontaktwächter die Aufgabe, die Anwesenden zu begrüßen und ihnen die Regeln zu erklären. Grand war gespannt, was sie nun endlich Neues erfahren würden. Einer der wohl mehr als zwanzig Kontaktwächter, die sich zur Begrüßung eingefunden hatten, trat vor. Obwohl er leise sprach, waren seine über ein Akkustikfeld verstärkten Worte in der gesamten Halle zu hören.

»Ihr seid die Auserwählten, wozu wir euch beglückwünschen. Vor euch liegt der *Ruf der*

Erleuchtung, die größte Ehre, die jedem Intelligenzwesen, gleich welcher Spezies, zuteilwerden kann. Zweien von euch wird es am Ende vergönnt sein, den Kreatoren gegenüberzustehen und Einblick in die Geheimnisse der Schöpfung und des gesamten Multiversums zu erhalten. Zwei von euch werden den größten Preis erringen, den das Multiversum bereithält.

Doch der Weg zu diesem Preis ist gefährlich und keiner von euch wird je zurückkehren! Deshalb werden wir euch nun auch in Details einweihen, die nicht nach außen dringen dürfen. Was ihr bisher an Gerüchten vernommen habt, ist größtenteils falsch!«

Ein erstauntes Raunen – beziehungsweise Zwitschern, Blöken, Gurren, Pfeifen und Zischen, je nach Spezies – ging durch die im Saal versammelten zweihundertsechzig Teilnehmer. Einhundertdreißig Paarungen, bestehend jeweils aus dem Auserwählten und seinem Paladin, waren bereit, gegeneinander anzutreten. Grand blickte sich verstohlen um.

Es war ein buntes Sammelsurium intelligenter Spezies, die man sich unterschiedlicher nicht hätte vorstellen können. Humanoide waren in der Unterzahl. Daneben gab es Insektoide, Reptiloide, Aviane sowie aquatische Lebewesen in flüssigkeitsgefüllten Energieblasen, Methan-, Wasserstoff-, und Zyanidatmer in Schutzanzügen, siliziumbasierte Lebensformen, fungoide Lebewesen und solche, deren Biochemie nicht zu erahnen war. Zwei Teilnehmer waren vollständig in ein Exoskelett gehüllt, das keinen Rückschluss auf ihre Körperform oder Herkunft zuließ. Bei zwei weiteren, vollständig unter einem goldenen Metallpanzer verborgenen Gestalten hegte Grand den Verdacht, es könne sich um Mitglieder einer Maschinenzivilisation handeln. *Vielleicht sind selbst künstliche Intelligenzen auf der Suche nach dem Sinn allen Seins*, überlegte Grand. Das seltsamste Paar bildeten jedoch zwei etwa einen Meter durchmessende Diamantkörper, die knapp über dem Boden schwebten und im Licht der Deckenstrahler in allen Farben funkelten.

Der Kachlax wartete, bis wieder Ruhe eingekehrt war.

»Wir wissen nicht, was genau während des Auswahlprozesses geschieht. Aber wir wissen, dass diejenigen, die ausscheiden, nicht zwangläufig sterben müssen – sie werden durch einen uns unbekannten Mechanismus in ein anderes Universum versetzt. Was dort geschieht, entzieht sich unserer Kenntnis. Natürlich können dort lebensfeindliche Bedingungen herrschen, was zum Tod führen würde, aber es ist genauso gut möglich, in einem Universum zu landen, das die für die jeweiligen Teilnehmer notwendigen Umweltbedingungen aufweist. Erst ein einziges Mal ist es einem Teilnehmer gelungen, schwer verletzt aus solch einem Universum zurückzukehren. Er starb leider kurz darauf und konnte uns keine weiteren Informationen geben.

Was mit dem letztlich auserwählten Paar geschieht, ist tatsächlich unbekannt. Es erhält Zutritt zur *Sphäre der Erleuchtung*, allerdings ist von dort noch nie jemand zurückgekehrt.

Wir spielen euch jetzt eine uralte Botschaft vor, die zu Anbeginn der Zeit vom ersten Schiff aufgefangen wurde, das die Sphäre erreichte, und seitdem von uns Wächtern gehütet wird. Sie ist die Quelle unseres Glaubens. Doch hört selbst!«

Wieder ertönten Ausrufe und Gesten der Überraschung. Grand hoffte, dass jetzt einige seiner Fragen beantwortet werden würden.

Die uralte Audio-Aufzeichnung war von Rauschen und Knistern überlagert und kaum zu verstehen. Teilweise bestand sie nur aus Wort- und Satzfragmenten. Die Stimme war weder männlich noch weiblich noch konnte man sagen, ob sie von einer Maschine oder einem lebendigen Wesen stammte. Doch sie bildete die Grundlage für alles, was seither hier geschehen war.

»*Wir erschufen … Wir sind … Wir warten. Dies ist der Zugang … nur Auserwählte … zur Erleuchtung … Wir warten … Vereinigt euch mit uns!*«

Der letzte Satz war deutlich zu verstehen. Die Unruhe in der Halle wuchs.

»Dies ist unzweifelhaft eine Botschaft der Kreatoren an uns alle«, sagte der Kontaktwächter.

»Sie warten jenseits der *Sphäre der Erleuchtung* auf die Auserwählten, um sich mit ihnen zu vereinigen und ihnen die Geheimnisse der Schöpfung zu offenbaren. Wer die Prüfungen besteht, dem gebührt ein Platz an der Seite der Götter, und das ist es, wonach alle Gläubigen streben. Ihr werdet nun hinunter zur Grenzschicht am Übergang zur Sphäre gebracht. Dort beginnt die Auswahl. Ich wünsche euch viel Glück auf dem Weg zur Erleuchtung!«

Die über zwanzig Kontaktwächter schwärmten aus, um die Teilnehmer in kleine Gruppen aufzuteilen. Plötzlich lösten sich zwei Mitbewerber unweit von Grand aus ihrer Gruppe, richteten ihre Waffen auf Grand und seine Begleiter und stürmten nach vorn. Es dauerte ein oder zwei Sekunden, bis Grand klar wurde, dass er und Jalina das Ziel der beiden waren. Er gab seiner Freundin einen kräftigen Schubs, der sie zu Boden warf.

»Bleib unten!«, rief er ihr zu, ließ sich selbst fallen, um ein möglichst kleines Ziel zu bieten, und griff nach der Laserpistole, die er wie versprochen im Beiboot vorgefunden hatte. Ein Plasmapuls zischte über seinen Kopf hinweg und traf einen neben ihm stehenden, fast drei Meter großen Bewohner einer Dschungelwelt, der selbst aussah wie ein völlig kahler Baum. Sein 'Körperstamm' wurde in der Mitte getroffen, die neun oder zehn wurzelartigen Beine gaben nach und er wedelte hilflos mit seinen mehr als zwanzig dürren Armen, als er sterbend zusammensackte. Sein Paladin, ein kleines, affenähnliches Wesen, schrie entsetzt auf und suchte sein Heil in der Flucht.

Rigoran warf sich ebenfalls zu Boden. Silvar hingegen blieb stehen, er hielt seinen Strahler in den Klauen und feuerte. Donnernd schlug ein Plasmapuls direkt in der Brust eines Angreifers ein. Er wurde mehrere Meter nach hinten geschleudert, rollte zur Seite ab und sprang wieder auf.

Scheiße, dachte Grand, *sie haben starke Schutzschirme.*

Trotzdem schoss er auf den zweiten Angreifer. Zwar würde seine Laserpistole gegen einen starken Defensivschirm nichts ausrichten können, doch solange er seinen Gegner unter Beschuss hielt, konnte dieser nicht genau zielen.

Bei den beiden Schützen handelte es sich um Reptilienabkömmlinge, wie unschwer zu erkennen war. Sie hatten Ähnlichkeit mit irdischen Krokodilen, wenn sie auch sechs statt vier Gliedmaßen besaßen, von denen sich die beiden vorderen zu Greifarmen entwickelt hatten, in denen sie nun schwere Plasmastrahler trugen. Der kräftige Schwanz des immer noch anstürmenden 'Krokos' peitschte zur Seite und schlug mehrere Teilnehmer aus dem Weg. Seine rotgeschuppte Haut war von einem flimmernden Energiefeld überzogen. *Es muss sich um etwas Ähnliches wie unser Skinfield handeln*, vermutete Grand.

Rings um den Körper verliefen eine Reihe von Bändern und Gurten, an denen mehrere

Gerätschaften befestigt waren. Eines davon musste der Schutzschirm-Generator sein.

Jalina wurde von einem einschlagenden Plasmapuls über den Boden gewirbelt. Grand und sie hatten sofort ihre *Skinfields* aktiviert, was ihr das Leben rettete.

Wieder feuerte Silvar auf den zweiten Angreifer, der sich erneut näherte, und wieder warf ihn der Plasmapuls zurück.

Die Wächter hatten inzwischen ebenfalls reagiert und eröffneten ihrerseits das Feuer. Die Menge stob auseinander, um nicht ins Kreuzfeuer zu geraten. Die zwei Reptiloiden standen plötzlich schutzlos mitten auf einer freien Fläche. Dutzende von Laserstrahlen, Plasmapulsen und Railgun-Projektilen hämmerten auf ihre Schutzschilde ein. Wie Laub in einem Sturm wurden sie über den Boden gewirbelt. Dann überlastete bei einem der beiden der Schirm-Generator. Innerhalb einer Sekunde verwandelte sich sein Körper unter den auftreffenden Energien der Strahlenwaffen in einen Schlackehaufen. Der zweite versuchte noch, sich in die auseinanderstrebende Menge zu retten, doch es war zu spät. Auch sein Schirm versagte in diesem Moment und es erging ihm wie seinem Kumpan. Nur zwei Häufchen rauchende Asche zeugten noch von dem Zwischenfall.

Grand stand auf und zog Jalina auf die Beine. Er zielte mit seiner Laserwaffe auf Rigoran.

»Habt ihr die angeheuert?«

»Blödsinn! Was hätten wir davon? Wenn wir euch tot sehen wollten, hätten wir das an Bord der *Sonnenwind* geräuschloser erledigen können.«

Natürlich hatte Rigoran recht, wie sich Grand eingestehen musste. Er steckt die Waffe weg. Jemand musste einen gewaltigen Groll hegen, weil man sie in der Warteliste vorgezogen hatte. Einen anderen Grund für den Angriff konnte er sich nicht vorstellen.

»Ein Konkurrent weniger«, sagte Rigoran und steckte ebenfalls seine Waffe weg.

Einer der Kontaktwächter näherte sich und verbeugte sich vor Grand und Jalina.

»Es tut uns leid, dass es zu diesem Zwischenfall kommen konnte«, sagte er. »Wir sind für die Sicherheit der Teilnehmer bis zum Beginn des Auswahlprozesses verantwortlich. Das hätte nicht geschehen dürfen.«

»Nun, wir leben ja noch – im Gegensatz zu denen!« Grand deutete auf die Überreste der beiden verbrannten Gestalten.

Der Kontaktwächter verbeugte sich nochmals.

»Bitte folgt mir. Der Weg zur Erleuchtung wartet auf euch!«

51.

Kechrak-17 nahm die Hand von der Waffe und sah sich vorsichtig um. Niemand hatte bemerkt, dass er bereits *vor* dem überraschenden Angriff im Begriff gewesen war, selbst seine Waffe zu ziehen. Sollte ihn jetzt jemand beobachten, würde es so aussehen, als habe er den beiden lediglich zu Hilfe kommen wollen.

Interessant, dachte er. *Noch jemand hat es auf die Verräter abgesehen!*

Entweder hatte es sich bei dem Zwischenfall um einen Angriff aus Wut über die bevorzugte Behandlung von Michael Cordwainer Grand und Jalina Kelranar gehandelt, oder es waren Abgesandte des *Devorators* gewesen, die den Auftrag erhalten hatten, die Agenten des *Coniunctionals* auszuschalten. Dass das *Coniunctional* noch ein zweites Team hierhergeschickt hatte, hielt Kechrak-17 für unwahrscheinlich. Aber warum sollten vom *Devorator* beauftragte Attentäter die beiden ermorden, wenn sie doch zu dem verhassten Feind übergelaufen waren? Es war natürlich möglich, dass der *Devorator* davon nichts wusste. Kechrak-17 hielt es für am wahrscheinlichsten, dass es sich um eine Aktion des *Devorators* gehandelt hatte, auch wenn er sich die Zusammenhänge nicht vollständig erklären konnte.

Es war müßig, darüber zu spekulieren. Der Auswahlprozess würde jeden Moment beginnen und es würde nun noch schwieriger werden, nahe genug an Grand und Jalina heranzukommen. Sie würden von nun an ein noch wachsameres Auge auf alle anderen Teilnehmer haben. Kechrak-17 beschloss, auch vor den Mitbewerbern auf der Hut zu sein. Wer konnte schon wissen, ob sich darunter nicht weitere, vom *Devorator* beauftragte Attentäter versteckt hielten, die jederzeit zuschlagen konnten.

»Das war … überraschend«, flüsterte Kechrak-23, der neben ihm stand.

»Und unerklärlich«, erwiderte Kechrak-17.

»Agenten unseres Feindes?«

»Das vermute ich. Alles andere ergibt keinen Sinn.«

»Was tun wir jetzt?«

Sie hatten gleichfalls vorgehabt, die Verräter noch vor Beginn des eigentlichen Wettkampfes auszuschalten, selbst wenn es sie das eigene Leben gekostet hätte. Zu Hause wartete eine exakte Kopie ihrer Kerne darauf, in zwei neue Protokörper verpflanzt zu werden. Sie würden wiedergeboren werden, wenn ihnen auch sämtliche Erinnerungen an die Zeit nach der Aufzeichnung der Kopie fehlen würden.

»Wir machen weiter, wie geplant. Unsere Chance wird kommen«, antwortete Kechrak-17.

Ein Kontaktwächter trat vor sie.

»Bitte folgt mir! Der Weg zur Erleuchtung wartet auf euch!«

52.

Das Fährschiff senkte sich hinunter zur Sphäre. Grand konnte die Geschwindigkeit nicht abschätzen, aber sie musste sehr hoch sein, denn die Wächterbasis war mehr als eine Million Kilometer über der silbrigen Grenzschicht in einer stationären Position verankert.

Auf den Außenbildschirmen konnte man das Innere der blau leuchtenden Energieröhre sehen, innerhalb der sie abstiegen. Die Fähre selbst enthielt, abgesehen von ein paar angrenzenden Räumen, lediglich ein großes, rundes Passagierabteil, in dem die Halte- und Sitzmöglichkeiten auf die jeweiligen Bedürfnisse der Insassen abgestimmt waren. Das Diskusschiff bestand ansonsten nur noch aus einer Steuerkuppel, die oben in der Mitte aufgesetzt war, sowie der Antriebs- und Energieeinheit, die sich auf einer Ebene unter ihren Füßen befand. Es entsprach somit fast genau dem Bild, das man sich in grauer Vorzeit auf der Erde von UFOs gemacht hatte, wie Grand amüsiert bemerkte.

Er und Jalina hatten sich in zwei Sessel gesetzt, die zu ihrer Körperform passten. Die meisten Teilnehmer hatten es jedoch vorgezogen, sich an dem die Seitenwand umlaufenden Holodisplay aufzuhalten und von dort den Abstieg zu beobachten. Es gab allerdings, abgesehen von dem vorbeihuschenden blauen Energiefeld, nichts zu sehen. Die Geschwindigkeit ließ sich auf diese Weise unmöglich einschätzen. Grand konnte sich jedoch nicht vorstellen, dass man Tage damit verbringen wollte, sich der Grenzschicht zu nähern. Er tippte eher auf ein paar Stunden.

Jalina ergriff seine Hand. »Falls es dazu keine Gelegenheit mehr gibt, wollte ich dir sagen, dass ich keine Minute mit dir in den vergangenen fünftausend Jahren missen möchte.«

»Auch die nicht, die wir verschlafen haben?« Grand versuchte, die angespannte Atmosphäre mit einem Scherz aufzulockern, doch das misslang gründlich.

»Es ist mir ernst, Michael«, sagte Jalina und verstärkte ihren Griff, bis es beinahe schmerzte. »Egal, was nun geschehen wird, ich bin dankbar für die Zeit mit dir.«

Grand wusste nicht so recht, was er sagen sollte. Jalina schien sich ernsthaft mit der Möglichkeit auseinandergesetzt zu haben, dass dieses Abenteuer vielleicht ihr letztes sein würde. Er wollte nicht, dass sich dieser Gedanke in ihr festsetzte.

»Hör zu, Jalina, ich liebe dich auch. Mehr als du dir vorstellen kannst. Aber jetzt ist nicht der richtige Zeitpunkt, trübsinnige Gedanken zu hegen. Das klingt mir zu sehr nach Abschied, mein Liebling, und ich werde weder diesem Universum noch einem anderen erlauben, uns zu trennen. Und schon gar nicht irgendwelchen Kreatoren.«

Jalina lächelte schwach. »Ich weiß, Michael, ich

wollte es nur aussprechen. Mir war einfach danach.«

Grand strich ihr zärtlich über den Kopf. Das Gefühl, ihre haarlose, samtweiche, hellblaue Haut zu berühren, hatte auch in den vergangenen fünftausend Jahren nichts von seinem Zauber verloren. Er hätte Jalina stundenlang einfach nur berühren können, und es hätte ihm mehr gegeben als Sex mit jeder anderen Frau. »Wir werden auch das überstehen. Zusammen sind wir nicht so einfach zu erledigen. Ohne dich wüsste ich nicht, wie ich es schaffen sollte.«

Jalina beugte sich zu Grand herüber und küsste ihn zärtlich. »Ich liebe dich, mein kleiner terranischer Barbar!«

In diesem Moment betraten zehn Kontaktwächter den Passagierraum.

»Wir werden in Kürze unser Ziel erreichen. Die Teilnehmer und ihre Paladine werden gebeten, ihre Waffen abzugeben, sofern sie welche bei sich tragen. Wer dem nicht nachkommt, wird von der weiteren Teilnahme am *Ruf der Erleuchtung* ausgeschlossen.«

Ein Proteststurm brandete auf, doch die Kachlax blieben unerbittlich. Nachdem bis auf Grand und seine Begleiter alle Anwesenden jahrelang auf diesen Moment gewartet hatten und nun endlich glaubten, das langersehnte Ziel so gut wie erreicht zu haben, gaben schließlich alle nach. Die Kontaktwächter sammelten die Waffen ein und verschwanden damit aus dem Raum.

»Wenn du uns umbringen willst, wirst du uns wohl erwürgen müssen«, sagte Grand zu Silvar und grinste hämisch. Der Bragach antwortete nicht, aber sein Blick verhieß nichts Gutes. *Wahrscheinlich wird er genau das versuchen, wenn ihm kein anderes Mittel zur Verfügung steht*, dachte Grand.

Dann war im Holodisplay zu erkennen, dass sich die Fähre nicht länger abwärts bewegte. Sie waren angekommen.

Vier Kontaktwächter betraten den Raum. Sie hatten sich umgezogen und trugen nun schneeweiße Umhänge über ihren modifizierten Körpern.

»Folgt uns!«, sagten sie kurz angebunden und teilten die Wartenden willkürlich in vier ungefähr gleich große Gruppen auf.

Grands Gruppe bestand aus etwa dreißig Teams. Außer ihm und Jalina gab es darunter nur noch zwei weitere humanoide Paarungen. Die anderen setzten sich aus Vertretern aller möglichen Spezies zusammen und Grand erkannte auch die beiden schwebenden Diamanten. Rigoran und Silvar waren nicht darunter. Ob man sie absichtlich getrennt hatte oder ob es Zufall gewesen war, wusste Grand nicht, doch es kam ihm gelegen. Allianz hin oder her – er würde sich wohler fühlen, wenn er nicht ständig einen Blick über die Schulter werfen musste, um Silvar im Auge zu behalten. Er konnte Rigoran und seinen Begleiter in einer anderen Gruppe ausmachen. Beide warfen ihm und Jalina finstere Blicke zu. Grand winkte den Abgesandten des

Devorators lächelnd zu und zuckte mit den Schultern. *Was kann ich dafür*, schien er sagen zu wollen. Neben sich hörte er Jalina leise kichern.

Die erste Gruppe wurde hinausgeführt und man bedeutete den anderen, noch zu warten. Grands Gruppe war etwa fünf Minuten später an der Reihe.

Ihr Kontaktwächter führte sie durch einen Nebenraum in eine Art Hangar. Er war zu einer Seite hin offen und dort von einem transparenten Energieschirm nach außen abgeschirmt. Grand konnte unter einer kurzen Rampe, die durch den Schirm nach draußen führte, die silbrige Grenzschicht glitzern sehen. Die Sphäre war nun zum Greifen nahe.

»Geht über die Rampe und durch den Schirm«, sagte einer der Kachlax. »Und dann springt!«

»Aber das Vakuum …«, protestierte einer der Teilnehmer. Grand konnte nicht erkennen, um wen es sich handelte.

»Euch wird nichts geschehen«, unterbrach ihn der Kontaktwächter. »Zumindest jetzt noch nicht.«

Langsam näherten sich die ersten Paarungen der Rampe. Schließlich trat ein Zweierteam durch den Energieschirm. Die beiden blieben kurz stehen, drehten sich um und signalisierten den Wartenden, dass soweit alles in Ordnung war. Dann gingen sie die wenigen Meter bis zum Ende der Rampe.

Grand konnte noch erkennen, wie sie kurz zögerten, sich umklammerten und dann aus seinem Blickfeld verschwanden. Die Rampe war wieder leer.

Als hätte sich eine Schleuse geöffnet, stürmten jetzt alle anderen nach vorne. Sie drängelten, stießen sich gegenseitig zur Seite und jeder wollte der Nächste sein. Vielleicht versprachen sie sich davon einen Vorteil in dem Ausscheidungsverfahren. Grand hielt Jalina zurück.

»Ich denke nicht, dass es jetzt auf ein paar Sekunden ankommt«, sagte er.

Sie betraten die Rampe als Letzte. Vor dem Energieschirm nahm Grand Jalinas Hand und blickte sie fragend an. Sie lächelte, nickte ihm aufmunternd zu und gemeinsam durchschritten sie die Energiebarriere. Unwillkürlich hielt Grand die Luft an, doch er konnte auch außerhalb des Fährschiffes völlig normal weiteratmen.

Sie standen mitten im Nichts. Die Rampe war etwa zehn Meter breit und genauso lang. Ebenso wie die Fähre war sie von der blauen Energieröhre umgeben, durch die sie abgestiegen waren. Einige Meter unter der Rampe sah Grand die leicht flirrende, silbrige Grenzschicht zur *Sphäre der Erleuchtung* – oder zur *EXODUS SPHÄRE*, wie er sie jetzt für sich nannte.

Sie gingen Hand in Hand zum Rand der Rampe und blicken nach unten. Direkt unter ihnen lag der schwarze Fleck, der Zugang zur EXODUS SPHÄRE.

Grand zog Jalina eng an sich.

»Bist du bereit?«, fragte er.

»Worauf warten wir noch?«, sagte die Kolltanerin.

Dann sprangen sie, immer noch eng umschlungen.

53.

Das *Coniunctional* verspürte ein Gefühl, das es seit vielen Hundert Millionen Jahren nicht mehr empfunden hatte: Angst!

Nach Michael Cordwainer Grand und Jalina Kelranar hatten sich auch die beiden anderen ausgesandten Agenten nicht mehr gemeldet. *Tiberius*, wie Grand den Bewusstseinssplitter getauft hatte, der mit den Bewohnern der niederen Dimensionsebenen interagieren konnte, hatte vergeblich am vereinbarten Treffpunkt gewartet.

Etwas musste schiefgegangen sein.

Das *Coniunctional* war sich inzwischen sicher, dass es sich bei dem entdeckten Phänomen um jene Stelle im Multiversum handeln musste, von wo aus man mit denen in Kontakt treten konnte, die den *EXODUS* vollzogen hatten. Die Konsequenzen waren unüberschaubar. Sollte auch der *Devorator* seine Abgesandten dort hingeschickt haben, wovon es ausgehen musste, befand sich das *Coniunctional* in der größten Krise seit seiner Entstehung.

Vielleicht war es den Agenten des Feindes gelungen, die beiden Erkundungsteams auszuschalten, die das *Coniunctional* ausgesandt hatte. Sollte dem so sein, stand dem verhassten Feind nichts mehr im Wege, seinen lang gehegten Plan zu vollenden – das *Coniunctional* zu vernichten!

Die eigene Existenz war gefährdet!

Die derzeitige Hilflosigkeit machte der so

mächtigen Entität schwer zu schaffen. Es konnte Branen kollidieren lassen, Universen erschaffen und zerstören und Zivilisationen in ihrer Entwicklung steuern, es konnte die gesamte Vergangenheit überblicken, die Zukunft erahnen und sogar teilweise beeinflussen – doch es konnte nicht im vierdimensionalen Raum-Zeit-Gefüge des Universums existieren, wo sich das Phänomen, das Loch im Gewebe des Multiversums, befand. Somit war ihm eine direkte, eigene Handlungsmöglichkeit genommen. Es war den Ereignissen machtlos ausgeliefert.

Jedenfalls annähernd machtlos, denn eine letzte Möglichkeit besaß es noch! Eine Möglichkeit, vor deren Gebrauch es bisher zurückgeschreckt war. Doch die aussichtslose Situation ließ dem *Coniunctional* keine andere Wahl.

Es setzte einen Plan in Bewegung, der aus Verzweiflung geboren war.

Ende von Band 4

Die Handlung wird im Frühjahr 2017 im fünften Band des Multiversum Zyklus fortgesetzt.

Danksagung:

Dies ist mein erster Roman, der zu großen Teilen in unserem neuen Zuhause in der Republik Zypern entstanden ist. Nach mehr als zehn Jahren in Ägypten und dreißig Jahren außerhalb Europas haben meine Frau und ich nun unseren endgültigen Altersruhesitz gefunden. Ich hoffe, Ihnen von hier aus noch manche unterhaltsame Stunde bereiten zu können.

Nicht geändert hat sich hingegen, dass an der Entstehung eines Romans nicht nur der Autor beteiligt ist! Allen voran sind es zwei Frauen, die meine Bücher besser machen, als es mir alleine möglich wäre. Meine Frau Eva und meine Lektorin Birgit Böckli haben wie immer dazu beigetragen, den Lesern ein hoffentlich unterhaltsames Buch zu präsentieren.

Eva mit ihrer Geduld, sich auch die irrwitzigsten Ideen nicht nur anzuhören, sondern sie zu diskutieren, als erste Testleserin zu fungieren und mir all die Zeit zum Schreiben zu geben, die notwendig ist.

Birgit hat wie immer meine unvermeidlichen Fehler ausgebügelt, den Roman besser gemacht und das alles wieder, ohne sich über den Zeitdruck zu beschweren, unter den ich sie (auch wie immer) gesetzt habe. Ohne ihre Mitarbeit wären die letzten beiden Jahre und der Erfolg meiner Romane nicht denkbar gewesen!

Bei diesem Buch habe ich zum ersten Mal mit Juliane Schneeweiss zusammengearbeitet, einer der besten deutschen Coverdesignerinnen. Sie wird auch die Cover für die nächsten beiden Bände des MULTIVERSUM-Zyklus gestalten. Ich freue mich, dass sie mich in den Kreis der von ihr betreuten Autorinnen und Autoren aufgenommen hat!

Zum Schluss möchte ich mich bei allen Leserinnen und Lesern bedanken, die meine Romane nicht nur lesen, sondern sich auch die Zeit nehmen, eine Bewertung bei Amazon abzugeben. Die Wichtigkeit dieser Bewertungen für den Erfolg eines Romans kann ich gar nicht genug betonen. Um als unabhängiger Autor gegen die von Verlagen beworbenen Bücher auf dem riesigen Büchermarkt eine Chance zu haben, ist ein positives Kundenfeedback von großer Bedeutung. Ich bitte deshalb herzlich darum, mich mit einer positiven Rezension bei Amazon zu unterstützen. Vielen Dank!

Mit besten Grüßen

Cliff Allister
Peyia, Zypern im Dezember 2017

Printed in Poland
by Amazon Fulfillment
Poland Sp. z o.o., Wrocław

52626998R00196